Donna Leon est née en 1942 dans le New Jersey et vit à Venise, théâtre de ses romans policiers, depuis plus de vingt-cinq ans. Elle enseigne la littérature dans une base de l'armée américaine située près de la Cité des Doges. Les enquêtes du commissaire Brunetti ont conquis des millions de lecteurs à travers le monde.

Mort à La Fenice est son premier roman. Il a été couronné par le prestigieux prix japonais Suntory, qui récompense les meilleurs romans à suspense.

Donna Leon

MORT À LA FENICE

ROMAN

Traduit de l'anglais
par William Olivier Desmond

Calmann-Lévy

TEXTE INTÉGRAL

TITRE ORIGINAL
Death at La Fenice
ÉDITEUR ORIGINAL
HarperCollins, New York

ISBN 978-2-7578-3711-5
(ISBN 2-7021-2707-X, 1re publication)

À ma mère

« Ah Signor, son rea di morte
E la morte io sol vi chiedo ;
Il mio fallo tardi vedo ;
Con quel ferro un sen ferite
che non merita pietà.

Ah, monsieur, je suis mortellement coupable
Et ne mérite que la mort ;
Trop tard ai-je vu mon péché ;
De votre fer percez ce sein
Qui ne mérite point pitié. »

Cosi Fan Tutte

1

LA TROISIÈME SONNERIE annonçant la reprise imminente de la représentation retentit discrètement dans les foyers et les bars de La Fenice. Les gens éteignirent leur cigarette, vidèrent leur verre, interrompirent leur conversation et commencèrent à refluer vers la salle, brillamment éclairée pendant l'entracte ; le bourdonnement des voix se fit plus fort au fur et à mesure que les spectateurs reprenaient leur place — un diamant lançait un éclair ici, une étole de vison s'ajustait sur une épaule nue là, une main chassait une poussière invisible d'un revers de satin ailleurs. Les balcons du haut se remplirent les premiers ; puis ce fut le tour de l'orchestre et enfin des trois rangées de loges.

Les lumières baissèrent, l'obscurité se fit et la tension qui précède toute représentation monta, pendant que le public attendait le retour du chef d'orchestre. Le brouhaha s'apaisa, les musiciens arrêtèrent de s'agiter sur leur siège et le silence général annonça que tout le monde était prêt pour le troisième et dernier acte.

Ce temps mort se prolongea et devint rapidement pesant. Quelqu'un, au premier balcon, fut pris d'une quinte de toux ; un livre tomba, ou peut-être était-ce un sac à main ; la porte donnant dans la fosse d'orchestre restait cependant toujours fermée.

Les premiers à se remettre à parler furent les musiciens. Un second violon se pencha sur sa voisine et lui demanda quels étaient ses projets de vacances. Dans la deuxième rangée, un bassoniste apprit à un hautboïste que les soldes, chez Benetton, allaient commencer le lendemain. Les gens du premier rang, dans les loges, ceux qui voyaient le mieux les musiciens, ne tardèrent pas à se mettre à murmurer doucement à leur tour. Le public des balcons les imita bientôt, puis celui de l'orchestre, comme si les plus fortunés voulaient être les derniers à se laisser aller à ce genre de comportement.

Aux murmures succéda un brouhaha. Les minutes passèrent. Soudain, les plis du rideau en velours d'un vert profond s'écartèrent sur Amadeo Fasini, directeur artistique du théâtre, qui s'avança d'une démarche empruntée dans l'étroite ouverture. L'éclairagiste, au-dessus du deuxième balcon, n'ayant aucune idée de ce qui se passait, décida de diriger un puissant rayon blanc sur l'homme au centre de la scène. Aveuglé, Fasini leva un bras pour se protéger les yeux. C'est le bras toujours levé, comme pour parer un coup, qu'il commença à parler : « Mesdames et messieurs... » puis il s'arrêta, adressant des gestes frénétiques de la main gauche au technicien, qui, comprenant son erreur, coupa le projecteur. Remis de sa cécité passagère, l'homme reprit son laïus. « Mesdames et messieurs, j'ai le regret de vous informer que le maestro Wellauer n'est pas en mesure d'assurer la suite de la représentation. » Murmures et questions fusèrent dans le public, des têtes se tournèrent dans des froissements de soie, mais il n'en poursuivit pas moins. « Le maestro Longhi va le remplacer. » Avant que la rumeur ne couvre sa voix, il ajouta, d'un ton faussement calme : « Y a-t-il un médecin dans la salle ? »

La question fut suivie d'un long silence, puis les gens se mirent à regarder autour d'eux : qui allait se dévouer ? Il s'écoula près d'une minute. Une main s'éleva enfin, lentement, dans l'un des premiers rangs de l'orchestre, et une femme quitta son siège. Fasini fit signe à l'un des employés du théâtre, au fond de la salle, et le jeune homme en uniforme se précipita jusqu'à l'extrémité de la rangée, où l'attendait la femme. D'une voix souffreteuse, comme si c'était lui qui avait besoin de soins, Fasini reprit : « Si vous voulez bien suivre ce jeune homme en coulisse, docteur… »

Il eut un dernier regard pour la salle encore plongée dans l'obscurité, échoua dans sa tentative de sourire et y renonça. « Veuillez excuser, mesdames et messieurs, ce contretemps. La représentation va reprendre tout de suite. »

Le directeur artistique se tourna, tripota le rideau, incapable, un instant, de retrouver l'ouverture. Les mains d'une personne invisible les écartèrent derrière lui et il disparut, se retrouvant dans la soupente misérable où Violetta allait bientôt mourir. Il entendit les timides applaudissement qui saluèrent l'arrivée du chef d'orchestre remplaçant lorsque ce dernier monta sur le podium.

Chanteurs, choristes et machinistes se pressèrent tout autour de Fasini, aussi intrigués que le public, mais le manifestant bien plus bruyamment. Si sa position hiérarchique le protégeait en général de tout contact avec des membres de la troupe d'un rang aussi inférieur, le directeur ne pouvait maintenant les éviter, ni eux ni leurs questions et leurs murmures. « Ce n'est rien, ce n'est rien », déclara-t-il sans s'adresser à personne en particulier, agitant les mains comme pour les chasser de la scène sur laquelle ils s'étaient rassemblés. On arrivait aux dernières mesures du prélude ; le rideau n'allait pas tarder à s'ouvrir sur la soirée de Violetta, pour l'instant assise, nerveuse, sur le châlit placé au centre du décor. La gesticulation de Fasini redoubla d'intensité et chanteurs et machinistes commencèrent à passer dans les coulisses, où ils continuèrent à murmurer entre eux. Il gronda un « Silenzio ! » furibond et attendit de le voir produire son effet. Quand les rideaux commencèrent à s'écarter, il rejoignit précipitamment le chef de plateau, à droite de la scène, à côté du médecin. Une femme de petite taille, à la chevelure sombre, se tenait juste en dessous d'un panneau *Interdiction de fumer*, une cigarette non allumée à la main.

« Bonsoir, docteur », dit Fasini en se forçant à sourire.

Elle glissa la cigarette dans la poche de sa veste et lui serra la main.

« De quoi s'agit-il ? » demanda-t-elle finalement, tandis que, derrière eux, Violetta commençait à lire la lettre de Germont père.

Fasini se frotta vivement les mains, comme si ce geste pouvait l'aider à décider de la meilleure manière de répondre.

« Le maestro Wellauer a été..., commença-t-il ; mais il ne trouva aucun moyen satisfaisant d'achever sa phrase.

— Il est malade ? s'impatienta le médecin.

— Non, non, il n'est pas malade », dit Fasini, de nouveau à court de mots. Il se remit à se frotter les mains.

« Il vaudrait peut-être mieux que je le voie, non ? Est-il encore dans le théâtre ? »

Comme Fasini paraissait toujours incapable de parler, elle reprit : « L'a-t-on amené quelque part ? »

La question mit fin à sa paralysie.

« Non, non, il est dans sa loge.

— Dans ce cas, nous ferions mieux d'y aller, il me semble.

— Oui, bien sûr, docteur. » Il paraissait soulagé de cette suggestion. Il l'entraîna sur la droite ; ils passèrent à côté d'un piano à queue et d'une harpe dissimulée sous une housse vert sombre avant de s'engager dans un corridor étroit. Il alla jusqu'au bout et s'arrêta devant une porte devant laquelle se tenait un homme de haute taille.

« Matteo, commença-t-il, se tournant vers le médecin, voici le docteur...

— Zorzi », dit-elle obligeamment. Pour des mondanités, le moment paraissait particulièrement mal choisi.

À l'arrivée de son supérieur et de quelqu'un qui, lui disait-on, était médecin, Matteo, l'assistant du chef de plateau, fut trop heureux de s'écarter de la porte. Fasini passa devant lui, entrouvrit le battant, regarda par-dessus son épaule et laissa le médecin le précéder dans la petite pièce.

La mort avait déformé les traits de l'homme qui se trouvait effondré dans un fauteuil, au milieu de la pièce. Son regard fixait le néant ; ses lèvres étaient retroussées sur une grimace féroce. Le corps était fortement incliné d'un côté, la tête renversée contre le dossier. Une traînée de liquide noir maculait le jabot empesé et brillant de sa chemise. Un instant, le médecin la prit pour du sang. Elle fit un pas de plus et sentit, plutôt qu'elle ne vit, qu'il s'agissait de café. L'arôme qui se confondait avec celui du café était également caractéristique : l'odeur acide d'amandes amères dont on parlait dans les livres.

Elle avait une telle expérience de la mort qu'elle n'avait pas besoin de consulter le pouls, mais elle n'en plaça pas moins deux doigts sous le menton relevé. Rien. La peau, cependant, était encore chaude. Elle s'écarta et regarda autour d'elle. Sur le sol, devant lui, gisait une soucoupe et la tasse à café d'où provenait la trace qui maculait sa chemise. Elle s'agenouilla et effleura la tasse du dos des doigts, mais elle était froide.

Elle se leva et s'adressa aux deux hommes qui se tenaient à côté de la porte, trop soulagés de la laisser se livrer à ces vérifications.

« Avez-vous appelé la police ?

— Oui, oui, balbutia Fasini, sans avoir vraiment écouté la question.

— Monsieur, reprit-elle en élevant la voix de manière à ce qu'il soit bien obligé de l'entendre, je ne peux rien faire de plus. Ce problème relève de la police. L'avez-vous appelée ?

— Oui », répéta-t-il, sans cependant donner l'impression qu'il avait entendu ou compris ce qu'elle venait de dire. Il contemplait fixement le mort, essayant de mesurer l'horreur, ou le caractère scandaleux, de ce qu'il voyait.

Abruptement, le médecin fonça vers la porte, bousculant l'homme au passage, et sortit de la pièce. L'assistant chef de plateau la suivit.

« Appelez la police », lui ordonna-t-elle. L'assistant acquiesça et une fois qu'il fut parti téléphoner, elle mit la main dans la poche, retrouva la cigarette qu'elle y avait laissé tomber, lui rendit sa forme et l'alluma. Puis elle aspira une grande bouffée et consulta sa montre. L'aiguille (la main gauche de Mickey) se tenait entre dix et onze, la main droite juste sur sept. Elle s'adossa au mur et attendit l'arrivée de la police.

2

On était à Venise : les policiers arrivèrent donc en bateau, un gyrophare bleu scintillant à l'avant de la cabine. Ils se rangèrent à quai dans le canal étroit, derrière le théâtre. Quatre hommes en descendirent, trois en uniforme, un en civil. Ils remontèrent d'un pas vif la ruelle qui longeait l'édifice et s'engouffrèrent dans l'entrée des artistes où le concierge, averti de leur arrivée, appuya sur le bouton qui déverrouillait la porte à tambour donnant accès aux coulisses. En silence, il leur indiqua un escalier.

C'est un directeur encore sous le choc qui les accueillit en haut de la première volée de marches. Il tendit la main en direction de l'homme en civil, qui lui paraissait être le responsable du groupe, puis oublia son geste en cours de route et fit demi-tour, jetant par-dessus son épaule : « Par ici. » Il les précéda dans le petit corridor et s'arrêta à hauteur de la loge du chef d'orchestre. Réduit à gesticuler, il montra l'intérieur de la pièce.

Guido Brunetti, l'un des commissaires de police de la ville, entra le premier. Lorsqu'il vit le corps dans le fauteuil, il leva la main, faisant signe aux policiers de ne pas s'avancer plus loin. L'homme était manifestement décédé, le corps déjeté vers l'arrière, le visage horriblement déformé ; il n'y avait pas à rechercher les signes vitaux ; ils n'en trouveraient aucun.

Brunetti savait qui était le mort, comme la plupart des habitants du monde occidental : non pas qu'ils l'aient vu diriger, mais parce que pendant plus de quarante ans, son profil, avec sa mâchoire germanique délicatement ciselée, ses cheveux restés aile-de-corbeau jusqu'à soixante ans passés, avait orné la couverture des revues et la première page des journaux. Pour sa part, le commissaire l'avait vu sur le podium deux fois, des années auparavant, et il s'était surpris à observer plus souvent le chef d'orchestre que les musiciens pendant le concert. Comme s'il était sous l'emprise d'un démon ou d'une divinité, Wellauer s'agitait sur son estrade, la main gauche à demi fermée, l'air de vouloir arracher leurs sons aux violons. Dans sa main droite, la baguette devenait une arme, fonçant ici, fonçant là, un éclair qui soulevait une houle de sonorités. À présent, dans la mort, toute trace de divinité avait disparu et il ne restait plus que le masque ricanant du démon.

Brunetti détourna les yeux et se mit à examiner la pièce. La tasse gisait sur le sol, non loin de sa soucoupe. Voilà qui expliquait les taches sombres sur la chemise et, il en était sûr, les traits horriblement déformés.

D'où il était, encore presque sur le seuil, le policier laissa son regard errer sur le reste de la pièce, notant ce qu'il voyait, curieux, ne sachant de quel sens pouvait être lourd chaque objet. Méticuleusement impeccable, son nœud de cravate bien serré, il portait les cheveux plus courts qu'il n'était de mode — jusqu'à ses oreilles, qui restaient collées à son crâne comme pour ne pas attirer l'attention. Sa tenue trahissait l'Italien, son débit verbal le Vénitien, ses yeux le policier.

Il toucha le mort au poignet ; le corps était froid, la peau sèche au contact. Il jeta un dernier coup d'œil circulaire et se tourna vers l'un des hommes qui se tenaient derrière lui, lui demandant d'appeler le médecin légiste et le photographe. Puis il enjoignit à son deuxième adjoint d'aller demander au concierge qui il avait pu voir dans les coulisses, pendant la soirée ; que l'homme fasse une liste. Il dit enfin au troisième qu'il voulait les noms de tous ceux auxquels le maestro avait parlé, que ce soit avant la représentation ou pendant les entractes.

Il alla, sur sa gauche, ouvrir une porte qui donnait sur une petite salle de bains. L'unique fenêtre était fermée, comme celle de la loge. Dans le placard, un manteau sombre et trois chemises blanches empesées étaient accrochés sur des cintres.

Il traversa de nouveau la pièce pour s'approcher du cadavre. Du dos de la main, il écarta les revers du veston et trouva, dans la poche intérieure, un mouchoir qu'il retira délicatement par un coin. La poche ne contenait rien d'autre. Il procéda de même avec les poches extérieures, dans lesquelles il trouva les choses habituelles : quelques milliers de lires en petites coupures, une clef accrochée à un porte-clefs en plastique, sans doute celle de sa chambre d'hôtel, un peigne et un deuxième mouchoir. Il ne voulait pas déplacer le corps tant qu'il n'avait pas été photographié et remit donc à plus tard l'examen des poches du pantalon.

Les trois policiers, ayant constaté la présence d'une victime en bonne et due forme, étaient partis exécuter les ordres de Brunetti. Le directeur du théâtre s'était éclipsé. Le commissaire passa dans le couloir, espérant le trouver et pouvoir lui demander à quel moment on avait découvert le corps. L'homme avait disparu ; il y avait par contre une petite femme brune qui fumait, adossée au mur. De puissantes vagues de musique leur parvenaient.

« Qu'est-ce que c'est ? demanda Brunetti.

— *La Traviata*, répondit simplement la femme.

— Oui, je sais… Mais cela signifie-t-il que la représentation continue ?

— Même si le monde entier s'écroulait. »

Elle avait parlé avec l'emphase pesante qu'on réserve en général aux citations.

« C'est dans *La Traviata* ?

— Non, dans *Turandot*, dit-elle, toujours aussi calme.

— Tout de même ! protesta-t-il. Ne serait-ce que par respect pour le mort… »

Elle haussa les épaules, laissa tomber la cigarette sur le sol en ciment et l'écrasa du pied.

« Et vous êtes… ? demanda-t-il.

— Barbara Zorzi, répondit-elle, précisant, sans lui laisser le temps de poser la question : Le docteur Barbara Zorzi. J'étais dans la salle lorsqu'on a demandé un médecin, et je me suis donc levée. Quand je l'ai trouvé, il était exactement vingt-deux heures trente-cinq. Le corps était encore tiède et j'ai estimé qu'il devait être mort depuis moins d'une demi-heure. La tasse de café renversée était froide.

— Vous l'avez touchée ?

— Du revers de la main. J'ai pensé qu'il pouvait être important de savoir si elle était encore chaude. Elle ne l'était pas. »

Elle prit une cigarette, lui en offrit une, ne parut pas étonnée par son refus et alluma la sienne.

« Autre chose, docteur ?

— Ça sentait le cyanure. J'en ai surtout des connaissances livresques, mais j'ai travaillé une fois sur le sujet, pendant mon cours de pharmacologie. Le professeur ne nous l'a pas laissé sentir. Il prétendait que mêmes les émanations étaient dangereuses.

— C'est à ce point toxique ?

— Oui. Je ne sais plus exactement quelle est la quantité nécessaire pour tuer une personne, mais c'est moins d'un gramme. Et l'effet est foudroyant. Tout s'arrête — le cœur, les poumons. Il devait être mort, ou du moins inconscient, avant que la tasse ne touche le sol.

— Le connaissiez-vous ? »

Elle secoua la tête.

« Pas plus que tout amateur d'opéra. Ou que n'importe quel lecteur de *Gente* », ajouta-t-elle.

Il eut du mal à croire qu'elle put lire un tel magazine bourré de ragots.

« Est-ce tout ? demanda-t-elle, levant les yeux sur lui.

— Oui, docteur, merci. Auriez-vous l'obligeance de laisser votre nom et vos coordonnées à un de mes hommes pour que nous puissions éventuellement vous contacter ?

— Zorzi, Barbara, répondit-elle, nullement impressionnée par ce que le ton et les manières du commissaire avaient d'officiel. Il n'y en a qu'une dans l'annuaire. »

Elle laissa tomber sa cigarette, l'écrasa et lui tendit la main.

« Alors bonsoir. Espérons que cette affaire ne se révélera pas trop ignoble. »

Il ignorait si elle voulait dire pour le maestro défunt, pour le théâtre, pour la ville ou pour lui-même, si bien qu'il se contenta d'acquiescer en silence et de lui serrer la main. Brusquement, comme elle s'éloignait, Brunetti fut frappé par la similitude étrange de son métier avec celui de médecin. La mort les réunissait, et l'un et l'autre se demandaient : « Pourquoi ? » Lorsqu'ils avaient trouvé la réponse à cette question, leurs chemins se séparaient de nouveau, le médecin remontant dans le temps pour trouver les causes matérielle du décès, lui allant de l'avant pour en trouver le responsable.

Un quart d'heure plus tard arriva le médecin légiste, accompagné d'un photographe et de deux hommes en blouse blanche qui auraient pour mission de convoyer le corps jusqu'à l'Hôpital civil. Brunetti salua chaleureusement le docteur Rizzardi et lui expliqua tout ce qu'il savait sur l'heure probable de la mort. Ils retournèrent ensemble dans la loge. Le photographe prit rapidement une dizaine de clichés, puis s'écarta. Tiré à quatre épingles, Rizzardi enfila des gants de caoutchouc, consulta machinalement sa montre et s'agenouilla auprès du corps. Le commissaire observa le médecin pendant que celui-ci examinait la victime, étrangement ému de constater qu'il traitait le cadavre avec autant de respect que s'il avait eu affaire à un patient vivant, le touchant avec douceur et, quand il eut besoin de le retourner, le manipulant de manière à accompagner le mouvement des muscles que la rigidité cadavérique commençait à gagner.

« Pourriez-vous lui vider les poches, docteur ? » demanda Brunetti qui, sans gants, ne voulait pas ajouter ses empreintes à celles que l'on pourrait éventuellement trouver. Le médecin, cependant, ne découvrit qu'un mince portefeuille, peut-être en croco, qu'il prit par un coin pour le poser sur la table.

Il se releva et se débarrassa de ses gants.

« Empoisonnement, c'est évident. Probablement au cyanure. En réalité j'en suis sûr, mais je ne pourrai vous le dire officiellement qu'après l'autopsie. À la manière dont son dos s'est arqué, cependant, il ne peut s'agir d'autre chose. » Brunetti remarqua que le médecin avait fermé les yeux du cadavre et tenté de redresser les commissures de ses lèvres. « C'est Wellauer, n'est-ce pas ? » ajouta Rizzardi, bien que la question ne fût pas nécessaire.

Le commissaire acquiesça, et le médecin s'exclama : « Sainte Vierge, voilà qui ne va pas plaire du tout au maire.

— Dans ce cas, le maire n'a qu'à trouver le coupable, rétorqua Brunetti.

— Oui, je suis idiot. Désolé, Guido. On devrait penser à la famille. »

À cet instant, l'un des trois policiers en uniforme apparut dans l'encadrement de la porte et fit signe à Brunetti. Lorsque le commissaire émergea de la pièce, il vit Fasini et une femme qu'il supposa être la fille du maestro. Elle était grande, plus grande que le directeur, plus que le commissaire lui-même, sans compter l'échafaudage de cheveux blonds qui la grandissait encore. Comme Wellauer, elle avait les pommettes hautes des Slaves et des yeux d'un bleu si clair qu'ils en avaient quelque chose de glacial.

Quand elle vit Brunetti sortir de la loge, elle s'avança en deux pas vifs.

« Qu'est-ce qui se passe ? demanda-t-elle en italien, avec un fort accent étranger. Qu'est-ce qui est arrivé ?

— Je suis désolé, signorina..., commença Brunetti.

— Qu'est-il arrivé à mon mari ? » exigea-t-elle de savoir, coupant le policier sans l'écouter.

Bien que pris par surprise, Brunetti eut la présence d'esprit de se placer de manière à bloquer le passage. « Je suis désolé, signora, mais il vaudrait mieux que vous n'entriez pas. »

Comment se faisait-il qu'ils devinaient toujours ce que vous alliez leur annoncer ? Était-ce le ton, ou bien une sorte d'instinct animal qui leur faisait entendre « mort » dans la voix qui apportait la nouvelle ?

La femme parut s'affaisser, comme si on venait de la frapper. Sa hanche heurta le clavier du piano, faisant retentir le couloir de sons discordants. Elle se retint d'un mouvement raide de la main, provoquant une deuxième rafale de fausses notes, puis dit quelque chose dans une langue inconnue de Brunetti et porta la main à la bouche — geste tellement mélodramatique qu'il devait être naturel.

Le policier eut l'impression, à cet instant, qu'il avait passé toute sa vie à une seule et unique chose : dire aux gens que quelqu'un qu'ils aimaient était mort, ou pis, avait été assassiné. Son frère Sergio, qui était technicien dans un laboratoire de radiologie, devait porter en permanence, à son revers, une petite carte métallique qui prenait une couleur bizarre au cas où il aurait été exposé à un taux anormal de radiation. S'il avait porté un système identique, mais sensible au chagrin, à la douleur et à la mort, il y a beau temps que la plaque aurait définitivement viré de couleur.

Elle rouvrit les yeux et le regarda.

« Je veux le voir.

— Je crois que ce n'est pas souhaitable, répondit-il, sachant qu'il n'avait que trop raison.

— Que s'est-il passé ? »

Elle s'efforçait de reprendre son calme, et elle y parvenait.

« Il semble qu'il ait été empoisonné. »

Il préférait ne pas être plus affirmatif.

« On l'a tué ? »

Elle avait posé la question avec un étonnement qui paraissait sincère. Ou le fruit d'un long entraînement.

« Je suis désolé, signora. Pour l'instant, je n'ai aucune explication à vous donner. Quelqu'un peut-il vous raccompagner chez vous ? »

Soudain, les applaudissements éclatèrent derrière eux, salve après salve. La jeune femme ne parut pas les entendre ni avoir saisi le sens de sa question ; elle se contentait de le fixer, bougeant silencieusement les lèvres.

« Y a-t-il quelqu'un, dans le théâtre, qui peut vous ramener chez vous, signora ? »

Elle hocha affirmativement la tête, comme si enfin elle comprenait.

« Oui, oui, dit-elle, ajoutant d'une voix radoucie : Il faut que je m'assoie. »

Brunetti s'attendait à cette réaction — la brutale intervention de la réalité, après le choc initial. C'était elle qui assommait les gens.

Il la prit par un coude et la conduisit dans les coulisses. Elle était tellement mince qu'en dépit de sa taille, il n'avait pas de mal à la soutenir. Il ne vit qu'un endroit, un petit cagibi encombré de matériel électrique et d'objets qui lui étaient inconnus. Il l'installa dans l'unique siège et adressa un signe à l'un de ses hommes, tandis que les coulisses s'emplissaient de gens en costume qui allaient saluer et se regroupaient dès que le rideau se baissait.

« Va au bar et fais-toi donner un cognac avec un verre d'eau », ordonna-t-il.

La signora Wellauer se tenait raide sur la chaise à dossier droit, les mains étreignant le rebord du siège, contemplant le plancher. Elle secouait la tête de droite à gauche, niant ce qu'elle venait d'apprendre ou poursuivant un dialogue intérieur.

« Vos amis sont-ils dans la salle, signora ?... Signora ? »

Elle ne réagit pas, restant plongée dans cette conversation silencieuse avec elle-même.

« Signora, reprit-il, lui posant une main sur l'épaule, vos amis sont-ils ici ?

— *Welti*, répondit-elle. Je leur ai dit de me retrouver ici. »

Le policier revint, tenant deux verres. Brunetti prit le plus petit et le tendit à la jeune femme.

« Buvez ceci, signora. »

Elle prit le verre et le vida sans y faire attention, puis fit de même avec l'eau, comme s'il n'y avait eu aucune différence. Brunetti se débarrassa des verres vides.

« Quand l'avez-vous vu pour la dernière fois, signora?
— Quoi?
— Quand l'avez-vous vu?
— Helmut?
— Oui, signora. Quand l'avez-vous vu pour la dernière fois?
— Nous... nous sommes venus ensemble. Ce soir. Puis je suis revenue après...
— Après quoi, signora? »
Elle étudia un instant le visage du policier avant de répondre.
« Après le second acte. Mais nous n'avons pas parlé. Il était trop tard. Il a juste dit — non, il n'a rien dit. »
Brunetti n'aurait su dire si sa confusion tenait au choc ou aux difficultés de la langue, mais il était certain qu'elle en était à un point où on ne pouvait plus l'interroger.
Derrière eux s'éleva une nouvelle vague d'applaudissements, gonflant et diminuant au fur et à mesure que les chanteurs allaient saluer individuellement. La signora Wellauer le quitta des yeux et baissa de nouveau la tête, même si son dialogue intérieur paraissait terminé.
Il dit au policier de rester auprès d'elle, ajoutant que des amis allaient venir la chercher et qu'à ce moment-là, elle serait libre de partir. Puis il retourna à la loge, où le médecin légiste et le photographe se préparaient à partir.
« Y a-t-il autre chose? demanda Rizzardi à Brunetti.
— Non. L'autopsie?
— Demain.
— La feras-tu toi-même? »
Le médecin réfléchit un instant avant de répondre.
« Normalement, je ne suis pas de service, mais étant donné que j'ai examiné le corps, le vice-questeur me demandera sans doute de la pratiquer.
— À quelle heure?
— Vers onze heures. Je devrais avoir terminé en début d'après-midi.
— Je passerai.
— Il n'est pas indispensable de venir à San Michele, Guido. On peut se téléphoner.

— Merci, Ettore, mais cela fait trop longtemps que je n'y suis pas allé. J'en profiterai pour me recueillir sur la tombe de mon père.

— Comme tu voudras. »

Les deux hommes se serrèrent la main et Rizzardi était sur le point de sortir de la pièce lorsqu'il s'immobilisa un instant et dit : « C'était le dernier des géants, Guido. Il n'aurait pas dû mourir de cette façon. Je suis navré que cela lui soit arrivé.

— Moi aussi, Ettore, moi aussi. »

Après le départ du médecin et du photographe, l'un des deux ambulanciers (ils avaient attendu auprès de la fenêtre en fumant et observant les allées et venues des gens sur la petite place, en contrebas) retourna près du corps, qu'ils avaient déjà allongé sur une civière.

« On peut y aller, maintenant ? demanda-t-il d'un ton faussement désintéressé.

— Non, répondit Brunetti. Attendez que tout le monde ait quitté le théâtre. »

Le second ambulancier expédia sa cigarette dehors d'une pichenette et vint se placer à l'autre bout de la civière.

« Cela risque de prendre pas mal de temps, non ? » observa-t-il, ne cherchant pas à dissimuler sa contrariété. Petit et trapu, il s'exprimait avec un fort accent napolitain.

« J'ignore le temps que cela prendra, mais attendez tout de même que le théâtre soit vide. »

Le Napolitain remonta la manche de sa blouse et consulta ostensiblement sa montre.

« C'est-à-dire... notre service prend fin à minuit, et si on attend encore, il sera plus tard que ça quand on retournera à l'hôpital. »

L'autre vint en renfort.

« D'après les accords syndicaux, nous ne devons pas faire d'heures supplémentaires sans en avoir été avisés vingt-quatre heures à l'avance. Je ne sais pas ce que nous devons faire, dans un cas comme celui-ci. »

Il indiqua la civière d'un mouvement du pied, comme si c'était un objet peu ragoûtant trouvé dans la rue. Un instant, Brunetti fut tenté d'employer le langage de la raison, mais il y renonça vite.

« Vous allez rester ici, tous les deux, et vous n'ouvrirez cette porte que quand je vous le dirai. » Comme les ambulanciers ne réagissaient pas, il ajouta : « Vous avez compris ? » Toujours pas de réponse. « Vous avez compris ?

— Mais les accords syndicaux...

— Rien à foutre de votre syndicat et de vos accords ! explosa Brunetti. Sortez-le avant que je vous le dise, et vous allez vous retrouver au violon pour avoir craché sur le trottoir ou juré en public. Je ne veux pas que ce soit le cirque, quand vous sortirez. Vous allez donc attendre que je vous le dise. »

Brunetti, lui, n'attendit pas de savoir s'ils avaient compris, cette fois, et sortit en claquant la porte.

Dans la partie plus large des coulisses sur laquelle débouchait le couloir, c'était le chaos. Des gens, dont certains étaient encore en costume de scène, allaient et venaient en tous sens ; aux regards en biais qu'ils jetaient en direction de la loge du chef d'orchestre, il était clair que la nouvelle s'était répandue. Il la vit d'ailleurs continuer à se propager : deux têtes qui se rapprochaient, l'une d'elle qui jetait ensuite un coup d'œil aigu vers le couloir et la porte, au fond, derrière laquelle était caché quelque chose sur quoi on ne pouvait que spéculer. Ces gens avaient-ils envie de voir le cadavre ? Ou envie de quelque chose à raconter demain, au café ?

Lorsqu'il retourna auprès de la signora Wellauer, elle était en compagnie d'un couple considérablement plus âgé qu'elle ; la femme s'était agenouillée près de la veuve, qui sanglotait sans retenue, et avait passé un bras autour de ses épaules. Le policier en uniforme s'approcha de Brunetti.

« Je t'avais dit qu'ils pouvaient partir, lui rappela ce dernier.

— Voulez-vous que je les accompagne, monsieur ?

— Oui. T'a-t-on dit où elle habitait ?

— Du côté de San Moisè, monsieur.

— Ce n'est pas bien loin, observa Brunetti. Ne les laisse parler à personne, ajouta-t-il, pensant aux journalistes, qui devaient certainement être déjà au courant. Évite la sortie des artistes. Il doit bien y avoir moyen de passer par la salle.

— Entendu, monsieur, répondit le policier en lui adressant un salut bien sec et tranchant dont Brunetti aurait aimé que les ambulanciers prennent de la graine.

— Monsieur ? » entendit-il derrière lui. C'était le caporal Miotti, le plus jeune des trois policiers qui l'accompagnaient.

— Oui ?

— J'ai la liste des gens qui étaient présents ce soir, monsieur. Les chœurs, l'orchestre, les chanteurs, les techniciens.

— Combien en tout ?

— Plus de cent, monsieur, répondit Miotti avec un soupir, comme pour s'excuser des heures de travail que représentait cette liste.

— Bien, dit Brunetti, avec un haussement d'épaules. Va chez le concierge et vois comment on franchit le tourniquet, là-bas. Trouve-moi aussi comment on s'identifie. » Le caporal griffonnait rapidement dans son carnet pendant que Brunetti parlait. « Par quelles autres issues peut-on entrer ? Est-il possible de passer par là en venant du théâtre lui-même ? Avec qui Wellauer est-il arrivé ce soir ? À quelle heure ? Quelqu'un est-il entré dans sa loge pendant la représentation ? Et le café… venait-il du bar du théâtre ou de l'extérieur ? » Il réfléchit quelques instants. « Et vois ce que tu peux trouver en fait de messages, lettres, coups de fil.

— C'est tout, monsieur ?

— Téléphone au commissariat et arrange-toi pour qu'on appelle la police allemande. » Avant que Miotti ait eu le temps de soulever des objections, il ajouta : « Dis-leur de contacter cette traductrice de l'allemand — comment s'appelle-t-elle, déjà ?

— Boldacci, monsieur.

— Oui, Boldacci. Dis-leur de la faire venir et qu'elle

téléphone à la police allemande. Je me fiche de l'heure. Qu'ils demandent un dossier complet sur Wellauer. Pour demain matin, si possible.

— Oui, monsieur. »

Brunetti acquiesça. Le jeune caporal le salua et, carnet à la main, partit en direction de l'escalier qui conduisait à l'entrée des artistes.

« Hé, Miotti ! le rappela Brunetti.

— Oui, monsieur ? fit le jeune policier, s'arrêtant à la première marche.

— Sois poli. »

Miotti acquiesça, fit demi-tour et disparut. Pouvoir dire cela à un subordonné sans l'offenser, voilà qui de nouveau lui fit remercier le ciel d'avoir été enfin retransféré à Venise, après cinq années passées à Naples.

Le rideau s'était baissé définitivement depuis déjà vingt bonnes minutes, mais la foule qui grouillait dans les coulisses ne donnait aucun signe de vouloir quitter les lieux. Quelques personnes, qui paraissaient un peu moins tourner en rond que les autres, circulaient au milieu des figurants et récupéraient des éléments de costume : ceintures, bâtons, manteaux. Un homme passa à côté de Brunetti, les bras chargés de ce que le policier prit d'abord pour un animal mort — avant de voir qu'il s'agissait d'un lot de perruques de femme. Puis Follin, l'homme qu'il avait chargé d'appeler le médecin légiste, arriva depuis la scène et se dirigea vers son supérieur.

« J'ai pensé que vous voudriez parler aux chanteurs, monsieur, et je leur ai demandé de rester dans leur loge, et au directeur de ne pas bouger. Ça n'a pas semblé leur plaire, alors j'ai expliqué ce qui était arrivé, et ils ont accepté. Mais ça ne leur plaît toujours pas pour autant. »

Les chanteurs d'opéra, pensa Brunetti, se répétant la formule, songeur, les chanteurs d'opéra…

« Bon travail. Où sont ces loges ?

— En haut de cet escalier, monsieur », répondit Follin avec un geste en direction d'une volée de marches conduisant vers les étages supérieurs du théâtre. Puis il lui tendit un exemplaire du programme de la soirée.

Brunetti jeta un coup d'œil à la liste des noms, en reconnut un ou deux et s'engagea dans l'escalier.

« Lequel était le plus impatient, Follin ? demanda-t-il, une fois en haut.

— La signora Petrelli, la soprano, répondit l'homme, indiquant une porte, à l'extrémité droite du corridor.

— Bien. Dans ce cas, dit-il en tournant à gauche, nous garderons la signora Petrelli pour la fin. »

Le sourire de Follin conduisit Brunetti à se demander comment s'était passée l'entrevue entre le policier zélé et la prima donna irritée.

Francesco Dardi-Giorgio Germont, lisait-on sur le bristol punaisé à la porte de la première loge, sur la gauche. Il frappa deux fois et entendit aussitôt un « *Avanti !* » retentissant.

Assis à la petite table, et fort occupé à se débarrasser de son maquillage, se tenait le baryton dont Brunetti avait reconnu le nom. Petit, penché en avant pour voir ce qu'il faisait, Francesco Dardi écrasait son estomac considérable contre le plateau de la table.

« Messieurs, veuillez m'excuser de ne pas me lever pour vous accueillir », dit-il en essuyant avec soin le noir qui lui entourait l'œil gauche.

Brunetti se contenta de hocher la tête en réponse.

Au bout d'un moment, Dardi détourna ses yeux du miroir et regarda les deux hommes.

« Hé bien ? demanda-t-il, retournant à son démaquillage.

— Avez-vous entendu parler de ce qui s'est passé ce soir ?

— Vous voulez dire Wellauer ?

— Oui. »

Comme sa question n'avait reçu que cette réponse monosyllabique, Dardi posa sa serviette et se tourna franchement vers ses visiteurs.

« Puis-je vous aider en quelque chose, messieurs ? » demanda-t-il en s'adressant à Brunetti.

Voilà qui était davantage du goût du policier, qui sourit et répondit avec amabilité.

« Oui, c'est possible. » Il jeta un coup d'œil au programme, comme s'il avait besoin de s'assurer du nom de son interlocuteur. « Signor Dardi, comme vous l'avez appris, le maestro Wellauer est mort ce soir. »

Le baryton accueillit l'information d'une simple et légère inclinaison de tête.

« J'aimerais que vous me disiez tout ce que vous avez remarqué pendant la soirée, notamment sur ce qui s'est passé pendant les deux premiers actes de la représentation. » Brunetti se tut un instant ; Dardi acquiesça à nouveau mais ne dit rien. « Avez-vous parlé avec le maestro, ce soir ?

— Nous nous sommes vus brièvement », répondit Dardi. Il pivota à nouveau sur sa chaise et reprit son démaquillage. « Quand je suis arrivé, il parlait avec un éclairagiste, à propos d'un problème pendant le premier acte. Je lui ai dit : "*Buona sera*", puis je suis venu ici pour commencer à me maquiller. Comme vous le constatez, ajouta-t-il avec un geste en direction de son reflet, ça prend du temps.

— À quelle heure l'avez-vous vu ? demanda Brunetti.

— Vers sept heures, je dirais. Peut-être un peu après, sept heures et quart, mais certainement pas plus tard.

— Et l'avez-vous revu à un moment ou un autre, ensuite ?

— Voulez-vous dire ici, ou dans les coulisses ?

— N'importe.

— Je ne l'ai revu ensuite que depuis la scène, quand lui-même dirigeait.

— Avez-vous vu le maestro avec quelqu'un, pendant la soirée ?

— Je vous l'ai dit, il parlait avec un éclairagiste.

— En effet, je m'en souviens. Mais avec quelqu'un d'autre ?

— Avec Francesco Santore. Au bar. Ils échangeaient quelques mots, mais ils sont arrivés au moment où j'en partais. »

Brunetti avait reconnu le nom, mais demanda néanmoins de qui il s'agissait. Dardi ne parut pas surpris par cette manifestation d'ignorance du policier. Après tout, pourquoi un flic devrait-il connaître le nom de l'un des directeurs de théâtre les plus célèbres de toute l'Italie ?

« Le directeur », expliqua le baryton. En ayant fini avec la serviette, il la jeta devant lui. « C'est sa mise en scène. » Il prit une cravate en soie qui attendait sur un coin de la table, la glissa autour de son col de chemise et la noua avec soin. « Désirez-vous savoir autre chose ? demanda-t-il d'un ton neutre.

— Non, je crois que ce sera tout. Merci de votre aide. Si nous voulons vous parler, signor Dardi, où pouvons-nous vous trouver ?

— Au Gritti. »

Le chanteur adressa un bref coup d'œil intrigué à Brunetti, comme s'il aurait aimé savoir si d'autres hôtels existaient à Venise mais craignait de poser la question.

Le commissaire le remercia et sortit dans le couloir, Follin sur les talons.

« On va faire chanter le ténor, maintenant, d'accord ? » dit-il en consultant le programme.

Follin acquiesça avec un sourire et le conduisit à une porte donnant sur l'autre côté du couloir.

Brunetti frappa, attendit un instant, n'entendit rien. Il frappa de nouveau ; de l'intérieur, lui parvint un bruit qu'il décida de considérer comme une invitation à entrer. Il se retrouva face à un homme de petite taille, mince, habillé de pied en cap, le manteau sur le bras de son fauteuil, campé dans une attitude apprise au cours d'art dramatique sous la rubrique « impatience ennuyée ».

« Ah, signor Echeveste ! s'exclama Brunetti, s'avançant d'un pas vif et tendant la main de façon que le chanteur n'ait pas à se lever. C'est un immense honneur que de vous rencontrer. » Brunetti, s'il avait été inscrit au même cours d'art dramatique, aurait été en train de travailler sa « manifestation d'émerveillement en présence d'un talent prodigieux ».

Tel un ruisseau pris par les glaces au printemps, la colère d'Echeveste fondit instantanément sous les chaleureuses flatteries de Brunetti. Avec une certaine difficulté, le jeune ténor s'extirpa de son fauteuil et adressa une petite courbette cérémonieuse à ses visiteurs.

« Et à qui ai-je l'honneur… ? demanda-t-il dans un italien légèrement teinté d'accent étranger.

— Commissaire Brunetti, monsieur. Je représente la police, dans le cadre de cet événement des plus malheureux.

— Ah, oui, répondit le ténor comme s'il avait certes entendu parler de la police, jadis, mais tout oublié de ce qu'elle faisait. Vous êtes là pour toute cette… » Il s'interrompit, eut un geste inachevé et vague de la main, attendant que quelqu'un lui suggère le terme approprié. Il lui vint cependant tout seul. « … cette malheureuse affaire concernant le maestro.

— En effet. Bien malheureuse, et bien regrettable, débita Brunetti, sans cependant quitter un instant le ténor des yeux. Cela vous ennuierait-il de répondre à quelques questions ?

— Non, bien entendu que non, répondit Echeveste, qui se laissa retomber avec grâce dans son fauteuil, non sans avoir soigneusement remonté ses jambes de pantalon afin de ne pas en abîmer le pli en lame de couteau. Je serais heureux de vous être utile. Sa mort est une grande perte pour le monde de la musique. »

Devant une aussi colossale platitude, Brunetti ne put faire moins que d'incliner respectueusement la tête un instant. Puis il la releva et demanda : « À quelle heure êtes-vous arrivé au théâtre ? »

Echeveste réfléchit un moment avant de répondre : « Je dirais qu'il devait être sept heures et demie. J'étais en retard. Ou plutôt, retardé. Vous comprenez ? » Il mit dans cette question un je-ne-sais-quoi qui évoquait l'image de quelqu'un quittant à regret des draps froissés et une présence féminine.

« Et quelle était la raison de ce retard ? » voulut savoir Brunetti, alors qu'il n'aurait pas dû s'en enquérir ; il attendit de voir comment la question allait affecter ce fantasme.

« Je me faisais couper les cheveux, répliqua le ténor.

— Le nom de votre coiffeur ? » demanda poliment le commissaire.

Le ténor donna celui d'un salon à quelques rues du théâtre. Brunetti jeta un coup d'œil à Follin, qui prit note. Il vérifierait demain.

« Et en arrivant au théâtre, avez-vous vu le maestro ?

— Non, non. Je n'ai vu personne.

— Et il était environ sept heures et demie ?

— Oui. Pour autant que je m'en souvienne.

— Avez-vous vu quelqu'un d'autre, parlé à quelqu'un ?

— Non, absolument à personne. »

Avant que Brunetti ne s'étonne de l'étrangeté de ce fait, Echeveste s'expliqua : « Voyez-vous, je ne suis pas passé par l'entrée des artistes, mais par l'orchestre.

— J'ignorais que c'était possible, dit Brunetti, intéressé de savoir qu'on avait bien accès aux coulisses par là.

— En fait, dit Echeveste en s'examinant les mains, ce n'est pas possible, en principe, mais j'ai un ami qui travaille ici et qui me laisse entrer, ce qui m'évite de passer par l'entrée des artistes.

— Pouvez-vous me dire pour quelle raison vous préférez éviter cette entrée, signor Echeveste ? »

Le ténor eut un geste de rejet, et sa main flotta mollement devant eux un instant, comme s'il espérait qu'ainsi la question allait disparaître ou recevoir une réponse. Ni l'un ni l'autre. Il la reposa donc et dit simplement : « J'avais peur.

— Peur ?

— Du maestro. J'avais été en retard aux deux répétitions précédentes et cela l'avait mis très en colère, il avait crié. Il pouvait être extrêmement désagréable quand il était en colère. Et je préférais éviter ses foudres, cette fois. »

Brunetti soupçonna que c'était par pur respect pour le mort que le ténor avait évité l'emploi d'un adjectif plus explicite que « désagréable ».

« Si bien que vous êtes entré par là pour éviter de le rencontrer ?

— Oui.

— L'avez-vous vu ou lui avez-vous parlé, par la suite ? En dehors de la scène ?

— Non, pas une fois. »

Brunetti adressa son sourire « cours de théâtre » au chanteur.

« Merci beaucoup de nous avoir accordé tout ce temps, signor Echeveste.

— C'était avec plaisir. » Le ténor se leva. Il regarda tour à tour Follin et Brunetti, puis demanda : « Suis-je libre de partir, maintenant ?

— Bien entendu. Dites-nous seulement où vous êtes descendu.

— Au Gritti », répondit-il avec la même expression perplexe qu'avait eu Dardi. De quoi se demander s'il existait vraiment d'autres hôtels dans la ville.

3

LORSQUE BRUNETTI SORTIT de la loge, Miotti l'attendait. Le jeune policier lui expliqua que Franco Santore, le directeur, avait refusé d'attendre et déclaré que si on voulait lui parler, on le trouverait à l'hôtel Fenice — lequel jouxtait le théâtre. Le commissaire acquiesça, presque soulagé d'apprendre qu'il existait, à Venise, un autre hôtel que le Gritti.

« Cela nous laisse la soprano », dit-il en s'engageant dans le corridor. Le bristol habituel était punaisé sur la porte : *Flavia Petrelli-Violetta Valéry*. En dessous, on distinguait une ligne de ce qui semblait être des caractères chinois, tracés avec un stylo de qualité.

Il frappa, faisant signe à ses deux adjoints de rester dehors.

« *Avanti !* » fit une voix féminine.

Deux femmes, en fait, l'attendaient dans la loge ; à son étonnement, il n'aurait su dire laquelle était la cantatrice. Pourtant, comme pour tout le monde en Italie, la Petrelli ne lui était pas inconnue. Il ne l'avait vue sur scène qu'une seule fois, quelques années auparavant, et il gardait le vague souvenir de photos dans les journaux.

La plus brune des deux se tenait debout et tournait le dos à la coiffeuse ; l'autre était assise sur une chaise en bois, près du mur du fond. Aucune des deux ne parla lorsqu'il fit son entrée, et Brunetti profita de ce silence pour les étudier.

Celle qui était debout lui parut avoir une trentaine

d'années. Elle portait un chandail violet et une longue jupe noire qui tombait sur des bottes en chevreau noir, à petits talons. Cela rappela à Brunetti le jour où, passant devant la vitrine des Fratelli Rossetti avec sa femme, celle-ci s'était exclamée qu'il fallait être fou pour dépenser un demi-million de lires pour une paire de bottes. Ces mêmes bottes, il en était convaincu. Ses cheveux noirs lui retombaient sur les épaules dans une ondulation naturelle que le plus maladroit des coiffeurs n'aurait pu massacrer. Dans son visage au teint olivâtre, ses yeux détonnaient : ils étaient d'un vert clair qui lui fit penser à du verre — puis, se souvenant des bottes, à des émeraudes.

La femme assise lui donna l'impression d'être plus âgée de quelques années. Ses cheveux, dans lesquels on distinguait quelques fils gris, étaient coupés très court, ce qui lui faisait un peu la tête des empereurs romains du déclin. La sévérité de cette coiffure soulignait la finesse du nez et de la structure osseuse du visage.

Il fit quelques pas en direction de la femme assise et eut un mouvement qui pouvait passer pour une courbette. « Signora Petrelli ? » demanda-t-il. La femme acquiesça mais ne répondit pas. « Je suis très honoré de faire votre connaissance. Je regrette seulement que ce soit dans des circonstances aussi malheureuses. » Il avait affaire à l'une des grandes chanteuses d'opéra du moment et se sentait incapable de résister à la tentation : il s'était adressé à elle dans le langage ampoulé du genre, comme s'il tenait un rôle.

Elle opina de nouveau d'un mouvement de tête, lui laissant l'entière responsabilité de mener la conversation.

« Je souhaiterais m'entretenir avec vous à propos de la mort du maestro Wellauer. » Il jeta un coup d'œil à la deuxième femme et ajouta : « Également avec vous », laissant à l'une ou l'autre le soin de lui fournir un nom.

« Brett Lynch, précisa alors la soprano. Mon amie et ma secrétaire.

— N'est-ce pas un nom américain ? demanda-t-il à la femme aux bottes de chevreau.

— Oui, en effet, répondit pour elle la signora Petrelli.

— Dans ce cas, il vaudrait peut-être mieux parler en anglais ? » Il avait posé la question, tout fier de l'aisance avec laquelle il était passé d'une langue à l'autre.

« C'est plus simple de parler italien », dit l'Américaine, ouvrant la bouche pour la première fois ; elle s'exprimait sans le moindre accent. La réaction involontaire qu'il eut ne passa pas inaperçue aux yeux des deux femmes. « À moins que vous ne préfériez le vénitien, ajouta-t-elle, adoptant sans peine le dialecte local, qu'elle maîtrisait parfaitement. Mais dans ce cas, c'est Flavia qui aurait peut-être des difficultés à nous suivre. » Elle avait dit tout cela sans l'ombre d'un sourire ; Brunetti songea qu'on ne le reprendrait pas de si tôt à dégainer son anglais.

« Alors en italien, dit-il, se tournant de nouveau vers la signora Petrelli. Acceptez-vous de répondre à quelques questions ?

— Volontiers. Voulez-vous vous asseoir, signor…

— Brunetti. Commissaire de police. »

Ce titre ne parut nullement impressionner la soprano. « Vous ne voulez pas vous asseoir, dottor Brunetti ?

— Non, merci. » Il sortit le carnet de sa poche, retira le stylo à bille coincé entre les pages et fit mine de vouloir prendre des notes — ce qu'il faisait rarement, lors d'un premier interrogatoire, préférant laisser ses yeux et son esprit vagabonder librement.

La signora Petrelli attendit qu'il ait décapuchonné le stylo pour demander : « Et que souhaitez-vous savoir ?

— Avez-vous vu le maestro Wellauer ce soir ? Lui avez-vous parlé ? En dehors des moments où vous étiez sur scène, naturellement, ajouta-t-il avant qu'elle ne réponde.

— Je lui ai simplement dit : *"Buona sera"* en arrivant, et nous nous sommes souhaités l'un à l'autre *"in bocca al lupo"*. Rien de plus que cela.

— C'est le seul moment où vous lui avez adressé la parole ? »

La soprano jeta un coup d'œil à sa secrétaire. Brunetti n'avait pas quitté la cantatrice des yeux, si bien qu'il ne vit pas l'expression de l'Américaine. Le silence se prolongea et il était sur le point de répéter sa question lorsque la signora Petrelli répondit. « Non, je ne l'ai pas revu. Seulement depuis la scène, bien entendu, comme vous l'avez vous-même fait remarquer, mais nous ne nous sommes pas reparlé.

— Pas du tout ?

— Non, pas du tout, répliqua-t-elle immédiatement.

— Et pendant les entractes ? Où étiez-vous ?

— Ici, avec la signora Lynch.

— Et vous, signora Lynch ? demanda-t-il, prononçant son nom avec un accent parfait — il avait dû se concentrer pour cela. Où étiez-vous pendant la représentation ?

— J'ai passé presque tout le premier acte ici, dans la loge. Je suis descendue écouter *Sempre libera*, mais je suis remontée aussitôt après. Je n'ai plus quitté la loge du reste de la représentation. » Elle avait répondu calmement.

Il parcourut la pièce du regard ; la loge était spartiate et il se demandait à quoi elle avait pu s'occuper pendant tout ce temps. Elle comprit la question qu'il se posait et tira un mince volume de la poche de sa jupe. Dessus figuraient des caractères chinois semblables à ceux du bristol, sur la porte.

« Je lisais », expliqua-t-elle, lui tendant le livre. Elle lui adressa un sourire parfaitement amical, comme si elle était prête à parler de l'ouvrage, si tel était son désir.

« Et avez-vous parlé avec le maestro Wellauer pendant la soirée ?

— Comme vous l'a dit la signora Petrelli, nous lui avons parlé en arrivant, mais je ne l'ai pas revu par la suite. » Se retenant de lui faire remarquer que la signora Petrelli n'avait nullement mentionné qu'elles étaient arrivées ensemble, Brunetti la laissa poursuivre. « Je ne pouvais le voir d'où je me tenais, dans les coulisses, et je ne suis pas sortie de la loge pendant les deux entractes.

— Vous étiez ici avec la signora Petrelli ? »

Cette fois-ci, ce fut l'Américaine qui jeta un coup d'œil à son amie avant de répondre.

« Oui, avec signora Petrelli, comme elle vous l'a dit. »

Brunetti referma son carnet, dans lequel il avait simplement griffonné le nom de l'Américaine, histoire, sans doute, de se pénétrer de toute l'horreur d'un nom composé de quatre consonnes et d'une seule voyelle.

« Au cas où j'aurais d'autres questions à vous poser, pouvez-vous me dire où il est possible de vous joindre, signora Petrelli ?

— Au 6134 Cannaregio, répondit-elle à la surprise du policier — il s'agissait d'un quartier purement résidentiel de la ville.

— Est-ce votre appartement, signora ?

— Non, le mien, intervint l'Américaine. Je m'y trouverai également. »

Il rouvrit le carnet et nota l'adresse. Dans la foulée, il s'enquit du numéro de téléphone.

Elle le lui donna, ajoutant qu'il n'était pas dans l'annuaire, puis précisa que l'appartement était situé à côté de la basilique SS Giovanni e Paolo.

Brunetti rendossa ses manières officielles, s'inclina légèrement et dit : « Je vous remercie toutes les deux, signore, et je suis désolé pour vos difficultés actuelles. »

Ni l'une ni l'autre ne donnèrent l'impression de trouver cette remarque curieuse. Après un autre échange de politesses, il quitta la loge et, ses deux adjoints en remorque, regagna l'arrière-scène. Le troisième policier les attendait au pied de l'escalier.

« Eh bien ? » lui demanda Brunetti.

L'homme sourit, content d'avoir quelque chose à signaler.

« Santore, le directeur, et la Petrelli lui ont parlé dans sa loge. Santore avant la représentation, et elle pendant l'entracte qui suit le premier acte.

— Qui te l'a dit ?

— L'un des machinistes. Il paraît que Santore était en colère en partant, mais il reconnaît que c'était juste une impression. Il n'a pas entendu crier ni rien de tel.

— Et la signora Petrelli ?

— Le machiniste a admis qu'il n'était pas sûr que ce soit elle, mais la femme portait un costume bleu.

— Elle porte bien un costume bleu au premier acte », se permit d'intervenir Miotti.

Brunetti lui adressa un regard perplexe.

Rêvait-il, ou le jeune policier baissait-il la tête avant de parler ?

« J'ai assisté à une répétition en costumes, la semaine dernière, monsieur. C'est comme ça que je sais qu'elle porte cette robe bleue.

— Merci, Miotti, dit Brunetti d'un ton uni.

— C'est à cause de ma petite amie, monsieur. Elle a un cousin dans les chœurs ; c'est par lui que nous avons eu les billets. »

Brunetti acquiesça avec un sourire, mais se rendit compte qu'il aurait préféré ne pas avoir cette explication.

Le policier qui venait de faire son rapport consulta sa montre.

« Continuez, lui dit le commissaire.

— D'après mon machiniste, elle est venue vers la fin de l'entracte, et elle était très en colère, très en colère.

— La fin du premier entracte ?

— Oui, monsieur. Ça, il en est sûr.

— Il se fait tard, observa Brunetti, allant dans le sens désiré par ses hommes, et je ne crois pas qu'on puisse faire grand-chose de plus ce soir. » Les trois autres jetèrent un coup d'œil autour d'eux ; le théâtre s'était vidé. « Essayez de me dénicher quelqu'un d'autre qui l'aurait vue, demain — la signora Petrelli ou quelqu'un d'autre. » Ils parurent soulagés en entendant parler du lendemain. « Ce sera tout pour ce soir. Vous pouvez partir. »

Ils s'éloignaient déjà lorsque Brunetti lança : « Dis-moi, Miotti, est-ce qu'ils ont déjà emporté le corps ?

— Je ne sais pas, monsieur, répondit le jeune policier, l'air presque coupable, comme s'il redoutait de voir s'effacer la bonne impression qu'il avait faite l'instant auparavant.

— Attends-moi ici, je vais vérifier. » Brunetti retourna jusqu'à la loge de Wellauer et entra sans se donner la peine de frapper. Les deux ambulanciers, installés dans des fauteuils, avaient les pieds sur la table. À côté d'eux, sur le plancher, recouvert d'un drap et totalement ignoré, gisait l'un des plus grands chefs d'orchestre du siècle.

Ils levèrent les yeux, sans manifester quoi que ce soit. « Vous pouvez l'emporter à l'hôpital », dit-il. Puis il ressortit aussitôt, faisant exprès de refermer la porte derrière lui.

Miotti n'avait pas bougé, et consultait un carnet de notes qui ressemblait fort à celui de Brunetti. « Allons prendre un verre, proposa le commissaire. L'hôtel est probablement le seul endroit encore ouvert, à cette heure. » Il poussa un soupir; il commençait à sentir la fatigue. « Je boirais bien quelque chose. » Il partit sur sa gauche, mais se retrouva en route pour la scène. L'escalier paraissait avoir disparu. Cela faisait tellement longtemps qu'il tournait dans le théâtre, montant et descendant des volées de marches, empruntant des corridors pour rebrousser chemin, qu'il était complètement désorienté et ne savait plus où il se trouvait.

Miotti le toucha au bras d'une main légère. « Par ici, monsieur. » Il l'entraîna jusqu'à l'escalier qu'ils avaient emprunté un peu plus de deux heures avant.

En bas, le concierge, à la vue de l'uniforme de Miotti, actionna le système qui débloquait la porte à tambour, et leur fit signe qu'il leur suffisait de pousser pour sortir. Sachant que Miotti avait déjà dû interroger l'homme sur les allées et venues de la soirée, Brunetti ne prit pas la peine de le questionner à son tour. Les deux policiers passèrent directement du théâtre à la place déserte.

Avant de s'engager dans la ruelle qui conduisait à l'hôtel, Miotti demanda : « Allez-vous avoir besoin de moi, monsieur?

— Ne t'inquiète pas parce que tu es en uniforme, Miotti. Tu peux prendre un verre sans problème, le rassura Brunetti.

— Non, ce n'est pas ça, monsieur. »

Au fond, le garçon était peut-être simplement fatigué. « Quoi, alors?

— Eh bien, le concierge est un ami de mon père et je me disais que si j'y retournais maintenant et lui proposais par exemple d'aller prendre un verre, il m'en dirait peut-être un peu plus que tout à l'heure. » Comme Brunetti ne répondait pas, il ajouta vivement : « C'était juste une idée, monsieur. Je ne voulais pas…

— Non, c'est une bonne idée. Une très bonne idée. Va lui parler. On se verra demain matin. Inutile d'arriver avant neuf heures.

— Merci, monsieur », répondit Miotti avec un sourire de plaisir. Il adressa un salut martial à son supérieur — auquel celui-ci répondit d'un vague geste de la main — et retourna vers le théâtre et son rôle de fin limier.

4

BRUNETTI SE DIRIGEA vers l'hôtel, encore éclairé à cette heure de la nuit où, pourtant, l'obscurité régnait sur la ville endormie. Jadis capitale des plaisirs de tout un continent, Venise n'était plus qu'une ville de province somnolente plongée dans un quasi-coma après neuf ou dix heures du soir. Pendant les mois d'été, elle pouvait s'imaginer revenue au temps de sa splendeur galante, tant que les touristes payaient et que le beau temps se prolongeait ; mais en hiver, elle n'était plus qu'une vieille mémère fatiguée, seulement désireuse de se couler de bonne heure sous sa couette et de laisser ses rues désertées aux chats et au passé.

Ces heures étaient cependant celles où Venise était la plus séduisante, pour Brunetti, les heures où lui, pur Vénitien, sentait le plus vivement la présence de son ancienne gloire. L'obscurité de la nuit dissimulait la mousse qui envahissait les marches des palais, le long du Grand Canal, faisait disparaître les fissures des églises et les plaques d'enduit manquantes aux façades des bâtiments publics. Comme beaucoup de femmes d'un certain âge, la ville avait besoin de cet éclairage trompeur pour donner l'illusion de sa beauté évanouie. Une embarcation chargée de barils de lessive ou de choux devenait, la nuit, une silhouette inquiétante en route vers quelque destination mystérieuse. Les brouillards, si fréquents en ces jours d'hiver, métamorphosaient objets et gens, y compris les adolescents à cheveux longs partageant une cigarette à un coin de rue, en fantômes mystérieux du passé.

Il jeta un coup d'œil aux étoiles, parfaitement visibles depuis la rue dépourvue d'éclairage, et les trouva belles. C'est avec leur image encore présente à l'esprit qu'il poursuivit son chemin.

Le hall de l'hôtel était vide et présentait cet aspect abandonné que prennent les endroits publics, la nuit. Derrière le comptoir de la réception, assis dans une chaise inclinée contre le mur, le veilleur de nuit était plongé dans les pages roses d'un journal de sport. Un vieil homme, habillé d'un tablier à rayures vertes et noires, répandait de la sciure sur le sol de marbre avant de le balayer. Brunetti se rendit compte qu'il avait marché dedans et qu'il n'allait pas pouvoir traverser le reste du hall sans laisser derrière lui une trace de pas ; il regarda le vieil employé.

« *Scusi.*

— Ça ne fait rien », répondit l'homme, qui le suivit, son balai à la main. Le veilleur de nuit ne prit même pas la peine de lever le nez de son journal.

Le policier suivit un itinéraire sinueux, parmi les gros fauteuils rembourrés regroupés par cinq ou six autour des tables basses, pour se diriger vers la seule personne présente dans la salle. S'il fallait en croire la presse, l'homme assis là était à l'heure actuelle le meilleur metteur en scène d'Italie. Deux années auparavant, Brunetti avait assisté à la représentation d'une pièce de Pirandello, au théâtre Goldoni, et avait été beaucoup plus impressionné par la mise en scène que par le jeu plutôt médiocre des acteurs. Santore passait pour homosexuel mais dans le monde du théâtre, où un couple homme-femme était considéré comme une exception, sa vie personnelle n'avait jamais fait obstacle à sa carrière. C'était cet homme que l'on aurait vu quitter, en colère, la loge d'un homme mort de mort violente peu de temps après.

Santore se leva à l'approche de Brunetti. Les deux hommes se serrèrent la main et se présentèrent. De taille et de corpulence moyennes, le metteur en scène présentait la tête d'un boxeur à la fin d'une carrière davantage faite de coups reçus que donnés ; il avait le nez épaté, la peau grêlée de pores dilatés, une grande bouche aux lèvres épaisses et humides. Il demanda au policier si celui-ci désirait prendre un verre ; les mots tombèrent de cette bouche dans le plus pur des accents florentins, prononcés avec la limpidité et la grâce d'un acteur chevronné. Brunetti se dit que tel devait avoir été l'accent de Dante.

Il accepta l'offre d'un cognac, et Santore alla chercher les consommations. Une fois seul, Brunetti regarda le livre que le metteur en scène avait laissé ouvert sur la table et le tourna vers lui.

Santore revint, tenant à la main deux verres ballons contenant chacun une dose généreuse.

« Merci », dit Brunetti, prenant aussitôt une bonne gorgée de cognac. Puis il eut un geste vers le livre, ayant décidé d'attaquer par ce biais plutôt que par les questions habituelles — Où avez-vous été ? Qu'avez-vous fait ?...

« Eschyle ? »

La question fit sourire Santore, mais rien n'indiquait qu'il fût surpris de trouver un policier capable de déchiffrer un titre en grec.

« Le lisez-vous pour votre plaisir ou pour le travail ?

— On peut dire que c'est pour le travail, si l'on veut, répondit Santore, prenant une petite gorgée de cognac. En principe, je dois commencer à préparer une nouvelle mise en scène d'Agamemnon à Rome, dans trois semaines.

— En grec ? s'étonna Brunetti.

— Non, en italien. » Santore garda le silence quelques instants, mais la curiosité fut finalement la plus forte. « Comment se fait-il qu'un policier lise le grec ? »

Brunetti fit tourbillonner le liquide ambré dans son verre.

« J'en ai fait quatre ans. Mais il y a longtemps. J'ai pratiquement tout oublié.

— Vous avez cependant reconnu Eschyle...

— Je peux déchiffrer les lettres, mais j'ai bien peur que ce soit tout ce qui me reste. » Il prit une nouvelle lampée de cognac, puis ajouta : « Ce que j'ai toujours aimé chez les Grecs, c'est qu'ils cantonnent la violence à l'extérieur de la scène.

— Contrairement à nous ? demanda Santore. Contrairement à ce qui est arrivé ?

— Oui, contrairement à cela », répondit Brunetti, sans prendre la peine de lui demander comment il avait appris qu'il s'agissait d'une mort violente. Le théâtre n'était pas bien grand et la nouvelle lui était sans doute parvenue avant même que la police eût été appelée.

« Lui avez-vous parlé dans la soirée ? »

Inutile de préciser de qui il était question.

« Oui. Nous avons eu une dispute avant le premier rideau. Nous nous sommes retrouvés au bar puis nous sommes allés dans sa loge. C'est là que ça a commencé. » Le metteur en scène parlait sans hésitation. « Je ne sais pas exactement si nous avons crié, mais nous avons certainement élevé la voix.

— Et quel était le sujet de cette dispute ? demanda Brunetti d'un ton calme, comme s'il parlait à un vieil ami et avait la certitude de se faire répondre la vérité.

— Nous avions conclu un accord verbal pour cette production. J'avais rempli ma part du contrat, Helmut refusait de remplir la sienne. »

Au lieu de demander des éclaircissements, le commissaire finit son cognac et reposa le verre sur la table, attendant que l'autre continue.

Santore, tenant son ballon les deux mains sous la coupe, fit lentement tourner l'alcool.

« J'avais accepté de mettre en scène *La Traviata* à condition qu'il aide un de mes amis à obtenir un travail l'été prochain, au festival de Halle. Il ne s'agit pas d'une grande manifestation culturelle, mais Helmut avait accepté le principe de s'entremettre auprès des metteurs en scène pour que mon ami ait ce rôle. Wellauer devait diriger l'unique opéra du festival. » Il prit une nouvelle gorgée de cognac. « Tel était le sujet de notre dispute.

— Qu'avez-vous déclaré, pendant celle-ci ?

— Je ne me rappelle pas tout ce que nous avons dit. Je me souviens cependant lui avoir fait remarquer qu'étant donné que j'avais rempli ma part de l'accord, je trouvais immoral et malhonnête qu'il n'en fasse pas autant. » Il soupira. « On finissait toujours par parler comme lui, quand on s'adressait à Helmut.

— Que vous a-t-il répondu ?

— Il a ri.

— Pourquoi ? »

Mais Santore ne répondit pas et demanda au policier s'il voulait prendre un deuxième cognac.

« Moi, je vais m'en chercher un autre. »

Brunetti accepta avec gratitude. Cette fois, pendant que Santore allait au bar, il appuya sa tête contre le fauteuil et ferma les yeux.

Il les rouvrit en entendant le pas de Santore, prit le verre qu'il lui tendait et demanda, comme s'il n'y avait eu aucune interruption dans la conversation : « Et pourquoi a-t-il ri ? »

Le metteur en scène reprit place dans son fauteuil, tenant cette fois son verre d'une seule main. « En partie, je crois, parce que Helmut s'estimait au-dessus de la morale courante. Ou peut-être parce qu'il s'imaginait qu'il s'en était créé une personnelle, supérieure à la nôtre. » Comme Brunetti ne réagissait pas, il poursuivit : « À croire qu'il était le seul à être capable de définir les règles morales, presque comme s'il pensait que personne d'autre n'avait le droit d'utiliser ce terme. Il pensait en tout cas que moi, je n'avais pas le droit de l'utiliser. » Il haussa les épaules, but un peu.

« Et pour quelle raison ?

— À cause de mon homosexualité, répondit l'autre simplement, l'air de considérer que le problème avait autant d'importance que, par exemple, le choix d'un journal.

— Est-ce pour cette raison qu'il a refusé d'aider votre ami ?

— En fin de compte, oui. Il a commencé par dire que Saverio n'était pas assez bon, n'avait pas assez d'expérience de la scène. Mais la véritable raison est venue après, lorsqu'il m'a accusé de demander une faveur pour mon amant. » Il s'inclina pour poser son verre sur la table. « Wellauer se considère depuis toujours comme une sorte de gardien de la morale publique... Se considérait, se corrigea-t-il.

— Et l'est-il ? demanda Brunetti.

— L'est-il quoi ? » s'étonna Santore. Pris au dépourvu, il en oublia ses préoccupations grammaticales.

— Ce chanteur... est-il votre amant ?

— Oh, non. Et c'est d'autant plus regrettable.

— Est-il homosexuel ?

— Non, nullement.

— Mais alors, pourquoi Wellauer a-t-il refusé ? »

Santore le regarda droit dans les yeux : « Que savez-vous sur lui ?

— Fort peu, et cela concerne seulement sa vie de musicien — et encore, en se limitant à ce que j'ai pu lire dans les journaux et les revues. Mais sur lui en tant qu'homme, je ne sais rien. » Or c'était cette vie privée, se rendit compte Brunetti, qui commençait à l'intéresser sérieusement, car c'était là, comme toujours, que devait résider l'énigme de sa mort.

Santore ne réagissant pas, Brunetti l'aiguillonna : « On ne dit pas de mal des morts, n'est-ce pas ? C'est ça ?

— Et on ne dit jamais de mal d'une personne avec laquelle on peut être appelé à travailler de nouveau », ajouta le metteur en scène.

Le commissaire se surprit en répondant : « Il n'y a guère de chance que cela arrive, dans le cas présent. Et que pourrait-on dire de mal ? »

Santore regarda de nouveau son vis-à-vis, dont il étudia le visage comme s'il spéculait sur la meilleure façon d'employer un acteur ou un chanteur dans une de ses mises en scène.

« Il s'agit avant tout de rumeurs, finit-il par répondre.

— De quel genre ?

— Certains affirment qu'il a été nazi. Personne ne le sait avec certitude ; ou du moins, s'il y en a qui le savent, ils ne le disent pas, ou alors on a commodément oublié leurs déclarations passées au fond d'une poche, le mouchoir par-dessus. Il a dirigé pour eux quand ils étaient au pouvoir. On prétend même qu'il aurait dirigé pour le Führer. Lui répondait que c'était le seul moyen de sauver les musiciens juifs de son orchestre. Et il est exact que ces Juifs là ont survécu à la guerre, et ont réussi à jouer dans l'orchestre pendant toute la guerre. Lui aussi a survécu et joué. Et de fait, sa réputation n'a jamais eu à souffrir de cela, ni des concerts privés pour Hitler. Après la guerre, poursuivit Santore d'une voix étrangement calme, il a déclaré qu'il avait été *moralement opposé* aux nazis, et qu'il avait dirigé contre sa volonté. » Il prit une petite gorgée de cognac. « Où se trouve la vérité, je n'en ai aucune idée ; était-il ou non membre du parti, je l'ignore ; quel était son degré d'implication, je n'en sais rien. Et je suppose que je m'en fiche.

— Pourquoi en parler, dans ce cas ? »

Santore éclata d'un grand rire dont l'écho emplit la salle vide.

« Parce que sans doute je crois tout cela.

— Voilà qui est bien possible…

— Et probablement aussi parce que je ne m'en fiche pas, hein ?

— Également. »

Les deux hommes laissèrent le silence se prolonger quelques instants, puis Brunetti demanda : « Et vous, que savez-vous exactement ?

— Qu'il a donné ces concerts, pendant toute la durée de la guerre. Je sais aussi que, dans un cas précis, la fille d'un de ses musiciens est venue le voir en privé et l'a imploré d'aider son père. Je sais que ce musicien a survécu à la guerre.

— Et la fille ?

— La fille aussi.

— Mais alors ?

— Alors ? Rien, sans doute. » Santore haussa les épaules. « De plus, il a toujours été bien pratique d'oublier le passé de l'homme pour ne voir que son génie. Il n'avait pas de pair et j'ai bien peur qu'il ne reste plus un seul chef d'orchestre de sa stature.

— Est-ce pour cette raison que vous avez accepté cette mise en scène — parce qu'il était facile d'oublier son passé ? »

Il s'agissait d'une question, pas d'une insulte, et Santore l'interpréta bien ainsi.

« Oui, répondit-il doucement. J'ai accepté cette mise en scène avec l'espoir que mon ami aurait la chance de chanter sous sa direction. Si bien qu'il me convenait tout à fait d'oublier tout ce que je savais ou soupçonnais, ou du moins de l'ignorer. Je ne suis pas sûr, d'ailleurs, que cela compte tellement. Plus maintenant. »

Brunetti vit que Santore venait de penser à quelque chose.

« Mais maintenant, Saverio ne chantera jamais sous la direction de Wellauer. » Puis il ajouta, laissant ainsi savoir au policier qu'il n'avait jamais perdu de vue le but de cette conversation : « Ce qui plaide en faveur de l'idée que je ne n'avais aucune raison de le tuer.

— Oui, cela paraît logique, observa Brunetti avec un désintérêt apparent. Aviez-vous déjà travaillé avec lui ?

— Oui, à Berlin, il y a six ans.

— Votre homosexualité n'a-t-elle pas soulevé de difficultés, à l'époque ?

— Non. Elle n'en a jamais vraiment soulevé, du jour où j'ai été suffisamment célèbre pour qu'il ait envie de travailler avec moi. Les positions de Wellauer, qui s'érigeait en ange gardien de la morale de l'Occident ou des normes bibliques, étaient bien connues, mais on ne fait pas de vieux os dans ce monde si l'on refuse de travailler avec des homosexuels. Helmut avait conclu un armistice à sa façon avec nous.

— Et vous avec lui ?

— Bien entendu. En tant que musicien, il approchait de la perfection autant qu'il était humainement possible. Cela valait la peine de faire un compromis avec l'homme pour pouvoir travailler avec le chef d'orchestre.

— Y avait-il autre chose, chez lui, sur quoi vous trouviez à redire ? »

Le metteur en scène réfléchit longuement avant de répondre à cette question.

« Non, il n'y avait rien d'autre qui aurait pu me déplaire. Dans l'ensemble, je ne trouve pas les Allemands sympathiques, et il était très allemand. Mais ce n'est pas de savoir s'il me plaisait ou non qu'il est question. C'est de ce sentiment de supériorité morale qu'il paraissait trimbaler avec lui, comme si c'était — s'il était — une lanterne en des temps d'obscurantisme. » La comparaison fit grimacer Santore. « Non, ce n'est pas cela. Ce doit être l'heure tardive, ou le cognac. Sans compter que c'était un vieil homme, et que maintenant il est mort. »

Revenant sur une question précédente, le policier demanda alors : « Que lui avez-vous dit pendant la dispute ?

— Les choses que l'on se dit dans ce cas, répondit Santore d'un ton fatigué. Je l'ai traité de menteur, il m'a traité de pédé. Sur quoi je lui ai dit des choses désagréables sur la production, la musique et sa direction d'orchestre, et il m'a rendu la monnaie de ma pièce en critiquant ma mise en scène. Les trucs habituels. »

Il se tut et s'enfonça dans le fauteuil.

« L'avez-vous menacé ? »

Santore releva brusquement la tête, incapable de dissimuler l'effet que lui avait fait la question.

« C'était un vieux monsieur !

— Regrettez-vous sa mort ? »

Encore une question à laquelle le metteur en scène ne s'attendait pas, et il réfléchit une fois de plus avant de répondre. « Non, pas pour lui en tant qu'homme. Mais pour sa femme, si. Ce sera… » Il n'acheva pas sa phrase. « Je regrette aussi la disparition du musicien, bien sûr, cela me désole. Il était vieux, et il était au soir de sa carrière ; je crois qu'il le savait, d'ailleurs.

— Que voulez-vous dire ?

— Sa direction d'orchestre n'avait plus la même splendeur ; l'ancien feu n'y était plus. Je ne suis pas musicien moi-même, et je ne saurais dire ce que c'était exactement.

Mais il manquait quelque chose. Non, c'est peut-être simplement ma colère.

— Avez-vous parlé de ceci à quelqu'un ?

— Non ; on ne va pas se plaindre de Dieu. » Il garda le silence un instant, puis ajouta : « En fait si, j'en ai parlé à quelqu'un. À Flavia.

— La signora Petrelli ?

— Oui.

— Et comment a-t-elle réagi ?

— Elle avait déjà travaillé avec lui ; souvent, il me semble. Le changement l'inquiétait, et elle m'en a parlé une fois.

— Que vous a-t-elle dit ?

— Rien de précis. Simplement que cela lui faisait l'effet de travailler avec un chef plus jeune, ayant peu d'expérience.

— Quelqu'un d'autre a-t-il fait le même genre de remarque ?

— Non, personne ; en tout cas, pas devant moi.

— Votre ami Saverio était-il ici, ce soir ?

— Il se trouve à Naples, répondit froidement Santore.

— Je vois. » Ce n'était pas la bonne question à poser. L'atmosphère d'intimité s'était dissipée. « Combien de temps comptez-vous rester à Venise, signor Santore ?

— D'habitude, je m'en vais après la première, si elle se passe bien. Mais la mort de Wellauer change les choses. Je vais probablement rester encore quelques jours, jusqu'à ce que le nouveau chef soit pleinement à l'aise avec la mise en scène. » Comme Brunetti ne réagissait pas, il demanda : « Serai-je autorisé à retourner à Florence ?

— Quand ?

— Dans trois jours, quatre, peut-être. Je dois attendre qu'il y ait eu au moins une représentation avec le nouveau chef. Après quoi, j'aimerais bien retourner chez moi.

— Il n'y a aucune raison de vous retenir, répondit Brunetti en se levant. Nous aurons simplement besoin de votre adresse ; vous n'aurez qu'à la donner à l'un de mes hommes, demain, au théâtre. » Il lui tendit la main, que l'autre lui serra en se levant à son tour. « Merci pour le cognac. Et bonne chance avec *Agamemnon.* »

Santore le remercia d'un sourire et, sans rien ajouter d'autre, le policier le quitta.

5

BRUNETTI DÉCIDA de rentrer chez lui à pied pour profiter du ciel piqueté d'étoiles et des rues désertes. Il marqua un temps d'arrêt devant l'hôtel, jaugeant les distances. Le plan de la ville imprimé dans son cerveau — comme dans celui de tout bon Vénitien — lui apprit que le plus court chemin consistait à emprunter le pont du Rialto. Il coupa par le Campo San Fantin et s'enfonça dans le labyrinthe sinueux de rues étroites qui y conduisait. Il ne croisa personne, ce qui lui procura la sensation étrange d'avoir la ville endormie entièrement pour lui. Il passa devant la pharmacie de San Luca, l'un des rares endroits à rester ouvert toute la nuit, en dehors de la gare où les sans domicile et les fous allaient dormir.

Il se retrouva au bord de l'eau, le pont à sa droite. Comme cette arche était typiquement vénitienne avec son aspect altier et éthéré, vue de loin, alors que, examinée de plus près, on se rendait compte qu'elle s'enfonçait solidement dans la boue de la ville.

Le pont franchi, il passa par le marché, un vrai cauchemar à traverser, dans la journée ; il fallait jouer des coudes et subir la bousculade des rues encombrées. Cette nuit, en revanche, il pouvait allonger le pas à sa guise. À un moment donné, il croisa deux amoureux collés l'un à l'autre de la tête aux pieds, inconscients de la beauté qui les entourait, mais peut-être, qui sait ? inspirés par elle.

À l'horloge il tourna à gauche, content d'être sur le point d'arriver. En moins de cinq minutes, il passait devant sa boutique préférée, Biancat, le fleuriste dont la vitrine était une explosion quotidienne de splendeur. Cette nuit, à travers la buée qui couvrait la vitre, il distingua des roses jaunes qui se refaisaient une beauté dans des bacs d'eau et plus vaguement, à l'arrière-plan, un nuage de jasmin pâle. Il passa rapidement devant les rangs serrés d'orchidées blafardes, dans la deuxième vitrine — des fleurs qui lui avaient toujours fait l'effet d'être plus ou moins cannibales.

Il entra finalement dans le palazzo où il avait son domicile, se préparant mentalement (comme il le faisait toujours quand il était fatigué), à affronter la montée des quatre-vingt-quatorze marches qui le séparaient encore de son appartement. L'ancien propriétaire avait édifié ce niveau en toute illégalité, il y avait plus de trente ans de cela, élevant tout simplement le bâtiment d'un étage, sans se soucier de se procurer la moindre autorisation officielle. Situation devenue encore plus obscure dix ans auparavant, lorsque Brunetti avait acheté l'appartement ; depuis lors, il vivait dans la crainte perpétuelle d'être sommé de régulariser cette anomalie manifeste. Il tremblait à la perspective de la tâche herculéenne que représentait l'obtention des permis qui authentifieraient l'existence de l'appartement et son droit de l'occuper. Le fait que les murs étaient là et qu'il habitait derrière eux n'avait pratiquement rien à voir dans cet imbroglio. Les pots-de-vin allaient lui coûter des sommes astronomiques.

Il ouvrit la porte, accueillant avec plaisir la chaleur et les odeurs qu'il associait à son foyer : lavande, cire, effluves d'un plat qui mijotait au fond, dans la cuisine. Un mélange de sensations qui représentait pour lui, d'une manière inexplicable, la santé mentale au milieu de la folie quotidienne de son travail.

« C'est toi, Guido ? » lui lança Paola depuis le séjour. Il se demanda bien qui d'autre elle pouvait attendre à deux heures du matin, mais s'abstint de formuler la question.

« Oui », répondit-il, balançant ses chaussures sans se baisser et retirant son manteau. Il commençait à peine à accepter l'idée qu'il était fatigué.

« Veux-tu une infusion ? » dit-elle. Elle le rejoignit dans le vestibule et déposa un baiser léger sur sa joue.

Il acquiesça, sans chercher à lui dissimuler son épuisement. Il la suivit le long du couloir jusqu'à la cuisine et prit une chaise pendant qu'elle mettait de l'eau à chauffer dans la bouilloire. Puis elle retira un paquet de feuilles séchées du placard, au-dessus de sa tête, l'ouvrit, le renifla, et demanda : « Verveine ?

— Très bien, très bien », répondit-il, trop fatigué pour s'y intéresser.

Paola jeta une poignée de feuilles dans la théière en terre qui lui venait de sa grand-mère et vint se mettre derrière lui. Elle l'embrassa sur le sommet du crâne, à l'endroit où ses cheveux commençaient à s'éclaircir.

« Qu'est-ce qui s'est passé ?

— À La Fenice. On a empoisonné le chef d'orchestre.

— Wellauer ?

— Oui. »

Elle lui posa les mains sur les épaules et les lui massa doucement, ce qu'il trouva réconfortant. Les commentaires étaient inutiles ; il était évident pour tous les deux que la presse allait faire ses choux gras de l'affaire et réclamer à cor et à cri l'arrestation la plus rapide possible du coupable. Lui comme Paola auraient pu rédiger les articles que l'on allait trouver dans les journaux dès demain — articles probablement déjà en cours de rédaction.

La bouilloire laissa échapper une bouffée de vapeur, et Paola alla préparer l'infusion. Comme toujours, il trouvait sa simple présence physique revigorante, trouvait du réconfort à voir l'aisance et l'efficacité avec lesquelles elle se déplaçait et faisait les choses. Comme beaucoup de Vénitiennes, Paola avait la peau claire et ces cheveux d'un roux doré que l'on retrouve si souvent dans les portraits de femme du XVIIe siècle. Si elle n'était pas belle au sens habituel des canons de la mode, avec son nez un peu trop long et son menton un peu trop volontaire, lui l'aimait ainsi.

« Des hypothèses ? » demanda-t-elle en déposant la

théière et deux grosses tasses sur la table. Elle s'assit en face de lui, versa l'infusion aromatique, puis se releva pour aller prendre un gigantesque pot de miel dans le placard.

« C'est trop tôt », répondit-il en mettant un peu de miel dans la verveine. Il fit tourner la cuillère et continua de parler au rythme de son cliquetis contre la faïence. « On trouve une jeune épouse, une soprano qui ment lorsqu'elle dit qu'elle ne l'a pas vu avant sa mort et un metteur en scène homo qui s'est disputé avec lui avant qu'il soit tué.

— Je me demande si tu ne devrais pas essayer de vendre cette histoire. On dirait un feuilleton de télé.

— Ah, et un génie défunt, ajouta-t-il.

— Oui, c'est encore mieux. » Paola prit une gorgée précautionneuse puis souffla sur le breuvage. « De combien plus jeune, la jeune épouse ?

— Largement de quoi être sa fille. Trente ans, je dirais.

— OK, dit-elle, utilisant un de ces américanismes dont elle avait tendance à enrichir son vocabulaire. Je dirais que c'est la femme. »

Il avait beau lui répéter de s'en abstenir, elle ne pouvait s'empêcher de choisir un suspect dès le début de toutes ses enquêtes, se trompant avec une belle régularité car elle optait toujours pour la solution la plus évidente — évidente à première vue. Une fois, exaspéré plus que de coutume, il lui avait demandé pourquoi elle tenait tellement à jouer à ce petit jeu ; elle lui avait expliqué qu'ayant écrit sa thèse de doctorat sur Henry James, elle se considérait en droit d'énoncer les évidences dans ce qui touchait à la vie réelle, n'en ayant jamais trouvé dans ses romans. Rien de ce que Brunetti avait pu dire ou faire n'avait pu l'empêcher de continuer à faire son choix et rien n'était parvenu à la convaincre de faire preuve d'un peu plus de subtilité dans sa méthode.

« Ce qui signifie, rétorqua-t-il sans cesser de faire tourner sa cuillère, qu'on découvrira qu'il s'agit probablement de l'un des choristes.

— Ou du maître d'hôtel.

— Hum », dit-il en buvant un peu de verveine. Ils gardèrent un silence agréablement complice jusqu'à ce que la théière soit vidée. C'est lui qui alla placer les tasses dans l'évier et poser la théière sur la paillasse, bien rangée dans le coin.

6

LE LENDEMAIN, Brunetti arriva à la questure un peu avant neuf heures pour découvrir que s'était produit un événement presque aussi fantastique que la mort violente, la veille, d'un des plus grands chefs d'orchestre de l'époque : son supérieur immédiat, le vice-questeur Giuseppe Patta, était déjà à son bureau et le réclamait depuis presque une demi-heure. Ce miracle fut révélé au commissaire tout d'abord par le portier, dès l'entrée du bâtiment, puis par un policier qu'il croisa dans l'escalier, enfin par sa secrétaire et deux de ses collègues commissaires. Sans faire le moindre effort pour se presser, Brunetti parcourut son courrier et appela le central pour savoir s'il y avait eu des appels avant, finalement, de descendre la volée de marches qui conduisait au bureau de son supérieur.

On avait nommé le cavaliere Giuseppe Patta à Venise trois ans auparavant, dans une tentative pour introduire du sang neuf dans le système judiciaire criminel local. Sang sicilien, en l'occurrence, lequel s'était avéré incompatible avec celui de Venise. Patta fumait à l'aide d'un porte-cigarettes en onyx et il lui arrivait de se promener avec une canne à pommeau d'argent. Si le porte-cigarettes avait laissé Brunetti sidéré et si la canne l'avait fait rire, il s'était néanmoins efforcé de suspendre son jugement, le temps de voir si, à l'épreuve, l'homme était à la hauteur de ces affectations. Il ne lui avait même pas fallu un mois pour conclure que bien que celles-ci lui aillent tout à fait, il n'était pas de taille. La journée de travail du vice-questeur commençait par un long café pris l'été à la terrasse du Gritti et, l'hiver, au Florian. Il déjeunait en général à la piscine du Cipriani ou au Harry's Bar et, la plupart du temps, estimait sa journée remplie à quatre heures. Brunetti avait également très vite appris qu'il fallait toujours s'adresser à Patta par son grade, « monsieur le vice-questeur, » ou, mieux encore, en lui donnant du « cavaliere », titre dont la provenance restait obscure. Non seulement tenait-il à être honoré de ces qualifications, mais encore fallait-il lui parler en employant le *lei*, l'équivalent de la troisième personne en français ; le tutoiement était bon pour la populace des subalternes.

Patta aimait autant ne pas avoir trop à connaître des détails les plus sordides des crimes et autres affaires répugnantes. L'une des rares choses qui le faisaient sortir de sa torpeur pour passer des doigts délicats dans les boucles gracieuses qui retombaient sur ses tempes était toute allusion, par la presse, à un éventuel laxisme de la police. Peu importait ce que critiquaient les journaux : qu'un enfant ait franchi un cordon de police pour offrir une fleur à une personnalité de passage ou qu'un vendeur des rues africains ait trafiqué ouvertement de la drogue, tout s'équivalait. Le moindre début de commencement de sous-entendu à mots couverts sur le fait que la police ne contrôlait pas totalement les habitants de la ville avait le don de le lancer dans des paroxysmes de paranoïa, et l'essentiel de ses accusations retombait sur ses trois commissaires. Il exprimait en général son ire en leur adressant de longs mémos, dans lesquels les crimes d'omission perpétrés par la police paraissaient infiniment plus détestables que les vrais crimes commis dans la population.

Il était établi que Patta, suite aux suggestions lues dans la presse, avait lancé diverses opérations « coups de poing », par lesquelles il s'attaquait à un type de crime spécifique (tout à fait à la manière dont il choisirait un gâteau particulièrement riche sur le chariot de desserts d'un restaurant), annonçant aux journalistes que, cette semaine, le crime en question allait être éradiqué de la ville. Ou au moins réduit à presque rien. Brunetti ne pouvait s'empêcher de penser, à chaque fois qu'il apprenait le lancement d'une nouvelle opération « coup de poing » (car c'était en général par la lecture des journaux qu'il était mis au courant), à cette scène de *Casablanca* dans laquelle on donne l'ordre d'« arrêter les suspects habituels ». Ce qui était fait ; quelques adolescents se retrouvaient condamnés à un mois ou deux de prison, et les choses retournaient à la normale jusqu'à ce qu'un ragot de la presse provoque une nouvelle opération « coup de poing ».

Brunetti se disait souvent que si le taux d'actes délictueux ou criminels de Venise était bas — l'un des plus bas d'Europe et certainement le plus bas en Italie — cela tenait à ce que les criminels, presque toujours des voleurs, ne savaient tout simplement pas comment s'enfuir. Seul un vieux résident de la ville pouvait négocier le réseau des ruelles étroites, les *calle*, savoir d'avance que celle-ci était un cul-de-sac ou débouchait sur un canal. Et les Vénitiens tendaient à respecter la loi, ne serait-ce que parce que leur tradition et leur histoire leur inspiraient un respect excessif pour les droits de la propriété privée et la nécessité impérieuse de la protéger. Si bien qu'il y avait très peu de crimes ; et quand il se produisait un acte de violence ou, encore plus rarement, un meurtre, on n'avait d'ordinaire guère de mal à retrouver très vite son auteur : le mari, un voisin, un associé. Il suffisait, en règle générale, d'arrêter les suspects habituels.

Mais, comme le savait Brunetti, on passait dans une tout autre catégorie avec le meurtre de Wellauer. Il s'agissait d'un homme célèbre, sans aucun doute le chef d'orchestre le plus célèbre de son temps, tué, en outre, dans ce petit bijou de Venise qu'était le théâtre de La Fenice. C'était l'affaire de Brunetti, et donc le vice-questeur le tiendrait pour responsable de toute mauvaise publicité dont la police ferait les frais.

Il frappa à la porte et attendit qu'on lui dise d'entrer. Un meuglement retentit, il poussa le battant et vit Patta installé à l'endroit exact où il savait que le cavaliere serait assis, dans l'attitude exacte qu'il savait que l'homme allait adopter : derrière son énorme bureau, penché sur un papier qui prenait une importance capitale du seul fait de l'attention qu'il lui portait. Dans ce pays où les beaux hommes ne manquent pas, Patta était d'une beauté stupéfiante : profil ciselé de médaille, des yeux largement écartés et perçants, et le corps d'un athlète, alors qu'il avait la cinquantaine largement entamée. Il préférait offrir son profil gauche aux photographes, pour les journaux.

« Ah, vous voici enfin, attaqua-t-il, l'air de dire que Brunetti avait des heures de retard. J'ai cru un moment que j'allais devoir vous attendre toute la matinée », ajouta-t-il. Brunetti trouva qu'il en faisait trop, et s'abstint de réagir. Du coup, Patta aboya : « Alors, qu'est-ce que vous avez ? »

Brunetti brandit *Il Gazzettino* du matin et répondit : « Le journal, monsieur. C'est en première page. » Puis, avant que le vice-questeur ait eu le temps de l'arrêter, il lut la manchette : *Mort d'un chef d'orchestre célèbre. Acte criminel ?* Il tendit l'exemplaire à son supérieur.

Patta le repoussa d'un geste, mais parla d'un ton égal : « Je l'ai déjà lu. Ce que je vous demande, c'est ce que vous avez trouvé. »

Brunetti alla pêcher le carnet de notes, au fond de la poche de sa veste. Il n'y avait strictement rien écrit, mis à part le nom et les coordonnées de l'Américaine, mais tant qu'il resterait debout et que Patta serait assis, ce dernier ne pouvait voir que les pages étaient blanches. Il se mouilla ostensiblement un doigt et se mit à le feuilleter lentement.

« La pièce n'était pas fermée à clef, et la clef n'était pas sur la porte. Ce qui signifie que n'importe qui aurait pu y entrer à n'importe quel moment pendant la représentation.

— Où se trouvait le poison ?

— Dans le café, je crois. On ne le saura avec certitude que lorsqu'on aura le rapport d'autopsie et les résultats du labo.

— Quelle heure, l'autopsie ?

— Ce matin, il me semble. À onze heures.

— Bien. Autre chose ? »

Brunetti tourna une page, aussi vierge que la précédente.

« J'ai parlé aux chanteurs. Le baryton l'a vu, mais l'a simplement salué. Le ténor dit qu'il ne l'a pas rencontré et la soprano prétend qu'elle ne l'a vu qu'à son arrivée au théâtre. » Il jeta un coup d'œil à Patta, qui attendait. « Le ténor dit la vérité, la soprano ment.

— Pourquoi affirmez-vous cela ?

— Parce que je pense que c'est vrai, monsieur. »

Avec une patience exagérée, comme s'il s'adressait à un enfant demeuré, Patta demanda : « Et pourquoi, commissaire, pensez-vous que c'est vrai ?

— Parce qu'on l'a vue, elle, aller dans la loge de Wellauer après le premier acte. » Brunetti ne prit pas la peine de préciser qu'il ne s'agissait que d'un témoignage incertain, nécessitant une confirmation. L'entretien qu'il avait eu avec la cantatrice pouvait laisser supposer qu'elle mentait — là-dessus, ou peut-être à propos d'autre chose. « J'ai aussi parlé au metteur en scène, reprit Brunetti. Il s'est disputé avec Wellauer avant la représentation. Mais il ne l'a pas revu ensuite. Je pense qu'il dit la vérité. »

Patta se garda bien de lui demander ce qui justifiait cette opinion.

« Rien d'autre ?

— J'ai fait parvenir un message à la police allemande à Berlin, pendant la nuit. » Il feuilleta le carnet d'un air pénétré. « Je leur ai demandé de…

— Peu importe. Qu'est-ce qu'ils ont dit ?

— Ils doivent nous faxer un rapport complet dans la journée, toutes les informations concernant Wellauer ou sa femme.

— Au fait, sa femme… Lui avez-vous parlé ?

— Seulement quelques mots. Elle était complètement bouleversée. Je crois que personne n'aurait pu en tirer quoi que ce soit.

— Où était-elle ?

— Quand je lui ai parlé ?

— Non, pendant la représentation.

— Dans la salle, à l'orchestre. Elle affirme qu'elle est passée dans les coulisses pour le voir, à la fin du deuxième acte, mais qu'elle est arrivée trop tard et qu'elle ne lui a pas parlé.

— Vous voulez dire qu'elle était dans les coulisses quand il est mort ? explosa Patta avec tant d'impatience dans la voix que, songea Brunetti, le vice-questeur n'aurait pas besoin de grand-chose d'autre pour la faire arrêter.

— Oui, elle y était, mais je ne sais pas si elle l'a vu et si elle s'est trouvée dans la loge.

— Eh bien, arrangez-vous pour l'apprendre. » Même lui se rendit compte qu'il avait parlé d'un ton trop dur. « Asseyez-vous, Brunetti.

— Merci, monsieur », répondit le commissaire, qui referma son carnet et le glissa dans sa poche avant de s'installer en face de son supérieur. Le siège de ce dernier, comme le savait Brunetti, était plus haut de quelques centimètres que celui réservé aux visiteurs ; sans doute le vice-questeur estimait-il en tirer quelque subtil avantage psychologique.

« Combien de temps est-elle restée dans les coulisses ?

— Je l'ignore, monsieur. Elle était dans tous ses états quand je lui ai parlé et ses propos n'étaient pas très clairs.

— Aurait-elle pu aller dans la loge ?

— C'est possible. Je ne le sais pas.

— On dirait que vous cherchez à l'excuser, observa le vice-questeur. Est-elle jolie ? »

Brunetti comprit que Patta devait avoir appris la différence d'âge qui existait entre Wellauer et sa veuve.

« Oui, à condition d'aimer les grandes blondes.

— Vous ne les aimez pas ?

— Ma femme ne m'y autorise pas, monsieur. »

Patta chercha un moyen de remettre la conversation sur les rails.

« Quelqu'un d'autre est-il entré dans la loge pendant la représentation ? D'où venait le café ?

— Il y a un bar au rez-de-chaussée du théâtre. Il vient probablement de là.

— Vérifiez.
— Entendu, monsieur.
— Maintenant, écoutez-moi, Brunetti. » Celui-ci acquiesça. « Je veux les noms de tous ceux qui ont été dans cette loge ou à proximité hier au soir. Et je veux en savoir un peu plus sur Mme Wellauer. Depuis combien de temps ils étaient mariés, d'où elle vient, ce genre de détail. » Le commissaire acquiesça de nouveau. « Brunetti ?
— Oui, monsieur ?
— Pourquoi ne prenez-vous pas de notes ? »
Brunetti s'autorisa le plus fin des sourires.
« Oh, je n'oublie jamais un mot de ce que vous me dites, monsieur le vice-questeur. »
Pour des raisons connues de lui seul, Patta choisit d'accepter cette explication à la lettre.
« Je ne la crois pas quand elle affirme qu'elle ne l'a pas vu. Les gens ne partent pas comme ça faire une chose pour changer d'avis en cours de route. Je suis sûr qu'elle cache quelque chose. Probablement en rapport avec leur différence d'âge. »
La rumeur voulait que Patta ait passé deux ans à étudier la psychologie à l'université de Palerme avant de faire du droit. Mais il était incontestable qu'après des études que rien ne permettait de qualifier de brillantes, il avait obtenu son diplôme. Après cela, et en conséquence directe de la brillante carrière politique de son père au sein de la démocratie chrétienne, il avait été nommé vice-commissaire de police. Et il se retrouvait à présent, au bout de vingt ans de carrière, vice-questeur de la police de Venise.
Patta en ayant apparemment fini avec ses ordres, Brunetti se prépara à ce qui allait inévitablement suivre, le laïus sur l'honneur de la ville. Et comme la nuit s'enchaîne au jour, le discours de Patta s'enchaîna à ses directives.
« Peut-être ne le comprenez-vous pas, commissaire, mais c'était l'un des artistes les plus célèbres de notre siècle. Et il a été tué à Venise, c'est-à-dire dans notre ville. » Prononcée avec l'accent sicilien de Patta, cette

phrase avait toujours quelque chose d'un peu ridicule. « Nous devons faire tout ce qui est en notre pouvoir pour résoudre ce crime ; nous ne pouvons admettre qu'il salisse notre réputation, l'honneur même de la ville. »

Par moments, en vérité, Brunetti était tenté de prendre des notes.

Tandis que le vice-questeur poursuivait dans cette veine, Brunetti décida que si son supérieur ajoutait quelque chose sur la glorieuse histoire musicale de la ville, il offrirait des fleurs à Paola le soir même.

« Nous sommes dans la ville de Vivaldi, Mozart est venu ici. »

Des iris, pensa-t-il, ce sont celles qu'elle préfère. Elle les mettra dans le grand vase de Murano, le bleu.

« Je tiens à ce que vous arrêtiez toutes vos autres enquêtes pour vous consacrer entièrement à celle-ci. J'ai consulté le tableau de service, continua Patta (Quoi, il en connaît l'existence ? voilà qui est surprenant), et je vous ai assigné deux hommes pour vous aider (pourvu qu'il ne s'agisse pas d'Alvise et Riverre, car il faudra alors que je lui en apporte deux douzaines), Alvise et Riverre. Ce sont des policiers solides, sérieux (traduction libre : ils sont fidèles à Patta). Et je veux des résultats. Est-ce bien clair ?

— Oui, monsieur, répondit Brunetti d'un ton neutre.

— Parfait, alors. C'est tout. J'ai du travail, et je suis sûr que vous avez vous-même de quoi vous occuper.

— Oui, monsieur », répéta Brunetti. Il se leva et se dirigea vers la porte. Il se demanda quelle réplique l'autre lui réservait pour sa sortie. Est-ce que Patta n'avait pas pris ses dernières vacances à Londres ?

« Et bonne chasse, Brunetti. »

Oui, à Londres.

« Merci, monsieur », répondit-il doucement en se glissant hors du bureau.

7

AU COURS DE L'HEURE SUIVANTE, Brunetti lut attentivement les articles que les quatre quotidiens principaux consacraient au crime. *Il Gazzettino*, comme on pouvait s'y attendre, avait une manchette qui couvrait toute la première page et en faisait une affaire compromettante et périlleuse pour la ville. L'article réclamait l'arrestation rapide du coupable, non tant pour le présenter à la justice que pour laver l'affront fait à Venise. À cette lecture, Brunetti se fit la réflexion que Patta avait dû lire ce papier au lieu d'attendre son journal habituel, *L'Osservatore romano,* qui n'arrivait qu'à dix heures dans les kiosques.

La Repubblica analysait la disparition de Wellauer à la lumière des récents événements politiques, suggérant entre l'un et les autres une relation tellement subtile que seul le journaliste, ou à la rigueur un psychiatre, pouvait la saisir. Quant au *Corriere della sera*, il faisait comme si l'homme était mort dans son lit et consacrait une pleine page à l'analyse objective de sa contribution à l'histoire de la musique, attirant l'attention sur le fait que le chef d'orchestre avait défendu la cause d'un certain nombre de compositeurs modernes.

Il avait gardé *L'Unità* pour la bonne bouche. Le journal criait, bien entendu, la première chose qui était venue à l'esprit de son rédacteur en chef : *Vengeance!* ce qu'il semblait confondre avec justice. Un éditorial faisait vaguement allusion à l'éternelle thèse de vieux secrets peu ragoûtants parmi les grands de ce monde.

Une fois de plus, le commissaire se prit à réfléchir aux éventuels avantages d'une censure de la presse. Au XIXe siècle, les Allemands s'en étaient très bien accommodés avec un gouvernement qui l'avait exigée, tandis que les États-Unis ne s'en sortaient pas si mal, en revanche, avec une population qui, elle, la réclamait.

Il reprit le *Corriere* et jeta les trois autres journaux dans la corbeille à papier. Il lut l'article intégralement, une deuxième fois, prenant quelques notes. S'il n'était peut-être pas le chef d'orchestre le plus célèbre au monde, Wellauer faisait incontestablement partie du peloton de tête. Il avait dirigé pour la première fois avant la guerre, jeune prodige issu du conservatoire de Berlin. Il n'y avait pas grand-chose sur les années de guerre, sinon qu'il avait continué de donner des concerts dans son Allemagne natale. Il atteignait la cinquantaine lorsque sa carrière avait pris l'essor qui lui avait valu de faire bientôt partie de la scène internationale — allant d'un continent à l'autre pour donner un unique concert, puis repartant ailleurs pour diriger un opéra.

Au milieu des flonflons et des projecteurs de la gloire, il était resté le musicien hors pair qu'il avait toujours été, obtenant à la fois précision et subtilité de tous les orchestres qu'il dirigeait, tenant absolument à garder une fidélité intransigeante à la partition. Même sa réputation d'être autoritaire et terriblement exigeant n'entamait en rien les louanges universelles que lui valait son absolue consécration à son art.

L'article ne s'attardait guère sur sa vie personnelle, sinon pour mentionner que sa femme actuelle était la troisième et que la deuxième s'était suicidée vingt ans auparavant. Il avait des résidences à Berlin, Gstaad, New York et Venise.

La photo publiée en première page n'était pas récente. On y voyait Wellauer de profil, s'entretenant avec une Maria Callas en costume de scène et manifestement l'objet de toutes les attentions du photographe. Brunetti trouva étrange que le journal publie une photo vieille d'au moins trente ans.

Il se pencha et reprit *Il Gazzettino* dans la corbeille à papier. Comme toujours, ils avaient choisi une photo du « lieu du crime », en l'occurrence la façade morose et symétrique de La Fenice. À côté, figurait un cliché plus petit représentant l'entrée des artistes, par laquelle sortaient deux hommes en uniformes transportant quelque chose. En dessous, on avait placé une photo du maestro vu de face, photo posée pour les besoins de la publicité : cravate blanche, crinière de cheveux argentés rejetée vers l'arrière, visage anguleux. Les yeux étaient légèrement fendus à la slave et paraissaient étrangement clairs, sous les épais sourcils noirs qui les ombrageaient. Le nez était beaucoup trop long pour la figure, mais l'effet produit par les yeux était tel que ce léger défaut ne méritait même pas d'être mentionné. La bouche large, aux lèvres pleines et charnues, formait un contraste étrangement sensuel avec l'austérité du regard. Brunetti essaya de se rappeler ce visage tel qu'il l'avait vu la veille, contracté et déformé par la mort, mais par sa puissance, cette photo brouillait son souvenir. Il étudia les yeux pâles et essaya d'imaginer quel genre de personnage avait pu éprouver une haine féroce au point de vouloir supprimer cet homme.

Ses spéculations furent interrompues par l'arrivée d'une secrétaire, qui lui tendit le rapport parvenu de Berlin, déjà traduit en italien.

Avant de l'étudier, Brunetti se promit de ne pas oublier que Wellauer avait été une sorte de monument vivant et que les Allemands étant toujours à la recherche de héros, ce qu'il allait lire refléterait probablement l'une et l'autre chose. Ce qui signifiait que certaines vérités n'y figureraient que sous forme suggérées ou… d'omissions. De nombreux musiciens et artistes n'avaient-ils pas appartenu au parti nazi ? Certes, mais qui s'en souvenait aujourd'hui, après tant d'années ?

Il ouvrit le rapport et ne s'intéressa qu'au texte italien, ne connaissant pas un mot d'allemand. Wellauer avait un casier judiciaire vierge au point de ne même pas comporter une condamnation pour excès de vitesse. On avait cambriolé par deux fois l'appartement de Gstaad ; rien n'avait été retrouvé et personne n'avait été appréhendé dans l'une et l'autre affaires, mais l'assurance avait payé sans broncher, en dépit des sommes énormes en jeu.

Le commissaire parcourut encore deux paragraphes typiques du souci allemand d'exactitude et arriva au suicide de la deuxième femme de Wellauer. Elle s'était pendue dans le sous-sol de leur maison de Munich, le 30 avril 1968, au terme de ce que le rapport qualifiait de « longue période de dépression ». On n'avait trouvé aucun mot expliquant son geste. Elle avait laissé trois enfants, des garçons jumeaux et une fille, respectivement âgés de sept et douze ans. C'était Wellauer lui-même qui avait découvert le corps ; après les funérailles, il avait vécu en véritable reclus pendant six mois.

La police ne s'était intéressée à lui qu'à l'époque de son troisième mariage, deux ans auparavant, avec Elizabeth Balintffy, hongroise de naissance, médecin de formation et exerçant ; allemande par son premier mariage, elle avait divorcé trois ans avant d'épouser Wellauer. Elle avait également un casier vierge, aussi bien en Hongrie qu'en Allemagne. De son premier mariage elle avait eu une fille, Alexandra, âgée de treize ans.

Brunetti chercha, mais en vain, ce qu'avait fait Wellauer pendant les années de guerre. Son premier mariage, en 1936, avec la fille d'un industriel allemand était bien mentionné, ainsi que son divorce après la guerre. Mais entre ces deux dates, le chef d'orchestre ne paraissait pas avoir existé, ce qui, aux yeux de Brunetti, en disait très long sur ce qu'avait été son activité ou du moins, ses sympathies. Il s'agissait là de soupçons, cependant, dont il aurait probablement du mal à obtenir la moindre confirmation, en particulier dans un rapport officiel de la police allemande.

Bref, Wellauer était aussi parfaitement sans tache qu'il était possible de l'être. Pourtant, quelqu'un avait mis du cyanure dans son café. L'expérience avait enseigné à Brunetti que les gens s'entre-tuent pour deux raisons fondamentales : l'argent et le sexe. L'ordre importait peu, et on confondait bien souvent la seconde avec l'amour, mais en quinze ans de police criminelle, il avait rencontré peu d'exceptions à cette règle.

Il termina le rapport bien avant onze heures. Il appela alors le labo, pour apprendre que rien n'avait été fait, qu'on n'avait encore relevé aucune empreinte sur la tasse ou tout autre surface dans la loge, laquelle avait été placée sous scellés — décision qui, lui dit-on, leur avait déjà valu trois coups de téléphone du théâtre. Il protesta pour la forme, sachant que c'était sans espoir. Il eut un court entretien avec Miotti, qui lui dit qu'il n'avait rien appris de plus du concierge, la veille, sinon que le chef d'orchestre était « quelqu'un de froid », que sa femme était très gentille et amicale et la Petrelli absolument pas à son goût (le concierge ne donna aucune explication, sinon qu'elle était « antipathique », ce qui lui paraissait suffire.)

Il était inutile d'envoyer Alvise ou Riverre relever les empreintes dans la loge tant que l'on n'aurait pas déterminé s'il n'y avait pas d'autres empreintes que celles de Wellauer sur la tasse. Inutile de se précipiter.

Contrarié de devoir manquer le déjeuner, le commissaire quitta son bureau un peu avant midi pour se rendre au bar du coin, où il mangea un sandwich accompagné d'un verre de vin, sans que ni l'un ni l'autre ne lui fassent plaisir. Même si tous, dans le bar, savaient qui il était, personne ne lui parla de l'événement ; seul un homme âgé, toutefois, se permit de tourner ostensiblement les pages de son journal. Brunetti se rendit à pied à l'arrêt de San Zaccaria et prit un bateau de la ligne 5, qui devait l'amener à San Michele, en coupant par l'arsenal avant de prendre par l'arrière de l'île. Il se rendait rarement au cimetière de San Michele, n'ayant pas ce culte des morts si courant en Italie.

Il était déjà venu ici, par le passé ; en fait, l'un de ses premiers souvenirs avait cet endroit pour cadre : ses parents l'avaient amené sur la tombe de sa grand-mère, morte à Trévise pendant un bombardement allié, durant la guerre. Il se rappelait combien les tombes couvertes de fleurs étaient colorées, avec quelle précision chaque lot était séparé de l'autre, délimité par son carré de gazon comme taillé aux ciseaux à ongle. Et au milieu de tout cela, la mine sinistre des gens, en grande majorité des femmes, arrivées les bras chargés de fleurs. Comme elles étaient lugubres et dépenaillées, à croire que tout leur amour de la couleur et de la propreté s'épuisait à prendre soin des esprits confiés à la terre, qu'il n'en restait plus pour elles-mêmes.

Et maintenant, quelque trente-cinq ans plus tard, les tombes étaient toujours aussi impeccables, les couleurs des fleurs toujours aussi explosives, mais les gens qui déambulaient entre les sépulcres paraissaient appartenir au monde des vivants, n'avaient plus cet aspect spectral de ceux de l'après-guerre. La tombe de son père, située non loin de celle de Stravinski, n'était pas difficile à trouver. Le musicien n'avait rien à craindre ; il resterait là, jamais dérangé, tant que durerait le cimetière ou tant qu'on se souviendrait de ses œuvres. La concession de son père était bien plus précaire, car le temps approchait où l'on retirerait ses restes de la terre pour les placer dans l'un des ossuaires qui encombraient le long mur du cimetière.

La tombe était cependant bien entretenue ; son frère était plus consciencieux que lui. Les œillets, dans le vase en verre, étaient frais ; sinon, la gelée nocturne qu'il y avait eu trois jours avant les aurait flétris. Il se pencha et chassa quelques feuilles mortes que le vent avait plaquées contre le vase. Puis il se redressa pour aller ramasser un mégot près de la pierre tombale. Il contempla ensuite la photo qui ornait la pierre. Il vit ses propres yeux, sa propre mâchoire, et les deux oreilles trop grandes qui avaient sauté une génération pour réapparaître chez les petits-fils.

« *Ciao*, papa », dit-il, incapable de trouver autre chose à ajouter. Il se rendit jusqu'au bout de l'allée et laissa tomber le mégot dans un gros conteneur de métal placé dans la terre.

Au bureau du cimetière, il donna son nom et son rang et après l'avoir introduit dans une petite salle d'attente, l'homme lui dit de patienter, que le médecin n'allait pas tarder. Il n'y avait rien à lire dans la pièce et il dut se contenter de regarder par l'unique fenêtre, laquelle donnait dans le cloître autour duquel s'élevaient les bâtiments du cimetière.

Au début de sa carrière, Brunetti avait demandé à assister à l'autopsie de la victime du premier meurtre sur lequel il avait eu à enquêter, une prostituée tuée par son proxénète. Il avait suivi attentivement l'arrivée du corps dans l'amphithéâtre, sur son chariot, regardé, fasciné, le drap blanc que l'on retira pour exposer un corps presque parfait. Et lorsque le médecin avait levé son scalpel pour pratiquer la longue incision en papillon, Brunetti avait basculé en avant, évanoui au milieu des étudiants parmi lesquels il était assis. Ils l'avaient tranquillement transporté dans le couloir et laissé sur un siège, groggy, avant de retourner au plus vite reprendre leur place. Depuis lors, il avait vu les victimes de bien des meurtres, des corps humains déchiquetés par des couteaux, des coups de feu, même des bombes, sans jamais pouvoir arriver à les regarder calmement ; et jamais il n'avait pu se résoudre à assister de nouveau au viol calculé d'une autopsie.

La porte de la petite salle d'attente s'ouvrit, et Rizzardi, aussi impeccablement habillé que la veille, entra dans la pièce. Il se dégageait de lui des effluves de savon de luxe et non de ce formol que Brunetti ne pouvait s'empêcher d'associer avec son métier.

« Bonjour, Guido, dit-il en tendant la main. Je suis désolé que tu aies pris la peine de venir jusqu'ici. Pour ce que j'ai appris, j'aurais aussi bien pu te téléphoner.

— Pas de problème, Ettore. De toute façon, je voulais venir. Et je ne pourrai rien faire tant que ces imbéciles du labo ne m'auront pas rendu leur rapport. Sans compter qu'il est encore bien trop tôt pour interroger la veuve.

— Alors laisse-moi te dire ce que je sais », répondit le médecin, qui ferma les yeux et commença à réciter de mémoire. Brunetti avait pris son carnet et notait au fur et à mesure. « L'homme était en excellente santé. Si je n'avais pas su qu'il avait soixante-quatorze ans, je lui en aurais donné au moins dix de moins, à peine plus de soixante ans, voire même la cinquantaine finissante.

Excellent tonus musculaire, grâce probablement à des exercices venant s'ajouter à une solide constitution. Aucun signe de maladie sur aucun organe. Il ne devait pas être buveur ; le foie est en parfait état. Une curiosité, pour un homme de son âge. Il ne fumait pas, mais il est possible qu'il ait fumé, il y a fort longtemps. De toute façon, il avait arrêté. Je dirais qu'il aurait pu tenir encore dix ans, sinon vingt. »

Il ouvrit les yeux et regarda Brunetti.

« Et la cause du décès ?

— Cyanure de potassium. Dans le café. Je dirais qu'il en a ingéré dans les trente milligrammes, plus qu'assez pour en mourir… En fait, c'est la première fois que j'observe un tel cas. Effet remarquable… »

Le médecin parut tomber dans une rêverie qui mit Brunetti mal à l'aise.

Au bout de quelques instants, le commissaire demanda : « Est-ce aussi rapide que ce qu'on dit dans la littérature ?

— Oui, je crois. Comme je te l'ai dit, c'est mon premier empoisonnement au cyanure, mes connaissances étaient uniquement livresques, jusqu'ici.

— La mort est instantanée ? »

Rizzardi réfléchit un moment avant de répondre.

« Oui, je suppose, ou du moins tellement rapide que cela revient au même. Il s'est peut-être rendu compte de ce qui lui arrivait, mais il a pu penser que c'était une crise cardiaque ou une hémorragie cérébrale. De toute façon, il était mort bien avant d'avoir eu le temps de comprendre.

— Quelle est la cause précise de la mort ?

— Toutes les fonctions s'arrêtent. Complètement. Le cœur, les poumons, le cerveau.

— En quelques secondes ?

— Oui. Cinq, dix tout au plus.

— Pas étonnant qu'ils s'en servent…

— Qui donc ? demanda Rizzardi.

— Les espions, dans les romans. Des capsules dissimulées dans des dents creuses.

— Ouais », grommela le médecin. S'il avait trouvé la réflexion de Brunetti bizarre, il n'en dit rien. « Et pourtant, il y a bien plus toxique encore. » En réponse à l'air interrogatif que prit le policier, il s'expliqua : « Le botulisme. La même quantité que celle de cyanure qui a tué Wellauer tuerait probablement la moitié de l'Italie. »

Brunetti avait l'impression qu'il n'avait rien à tirer de cette conversation, en dépit de l'évident enthousiasme manifesté par le médecin, si bien qu'il demanda : « Y a-t-il autre chose ?

— On dirait qu'il suivait un traitement depuis quelques semaines. Sais-tu s'il avait pris froid ou s'il avait la grippe, un truc dans ce genre ?

— Non, répondit Brunetti, secouant la tête. Pour l'instant, nous ne savons rien. Pourquoi ?

— Il y a des traces de piqûres. Comme rien n'indique un usage de drogue, j'imagine qu'il s'agit d'antibiotiques, voire de vitamines, une procédure normale. En fait, les traces étaient tellement imperceptibles qu'il pourrait s'agir simplement d'ecchymoses et pas de piqûres.

— Mais pas de drogue ?

— Non, c'est peu vraisemblable, dit Rizzardi. Il aurait pu se piquer lui-même à la hanche droite, puisqu'il était droitier, mais un droitier ne peut se faire une injection dans le bras droit ou dans la fesse gauche, ni là où j'ai trouvé ces traces. Et, comme je te l'ai dit, il était en excellente santé. S'il s'était drogué, j'en aurais trouvé des indices. » Il se tut un instant, avant d'ajouter : « En outre, je ne suis même pas sûr de ce que c'est. Dans mon rapport, j'en parle seulement comme de petits saignements sous-cutanés. » À son ton, Brunetti se rendait compte qu'il considérait ce détail comme oiseux et regrettait déjà d'en avoir parlé.

« Rien d'autre ?

— Non, rien. Celui qui lui a fait ça lui a volé au moins dix ans de sa vie. »

Comme toujours dans ces cas-là, Rizzardi ne manifestait — probablement parce qu'il n'en ressentait aucune — pas la moindre curiosité pour celui ou celle qui avait pu commettre le crime. Brunetti connaissait le médecin depuis des années, et il ne l'avait jamais entendu s'enquérir de l'identité des meurtriers. Il lui arrivait parfois d'être intéressé, voire même fasciné, par un moyen particulièrement inventif de donner la mort, mais il semblait ne jamais se soucier de l'inventeur, ni de savoir s'il avait été pris.

« Merci, Ettore, dit Brunetti en lui serrant la main. Si seulement ils travaillaient aussi vite, au labo !

— J'ai bien peur que leur curiosité ne soit pas aussi grande que la mienne », répondit Rizzardi, confirmant ce que pensait déjà Brunetti : qu'il ne comprendrait jamais cet homme.

8

SUR LE BATEAU qui le ramenait en ville, Brunetti décida de se présenter chez l'Américaine sans être annoncé, pour voir si Flavia Petrelli ne se souviendrait pas, par hasard, qu'elle avait parlé au maestro hier au soir. Revigoré à l'idée d'avoir quelque chose à faire, il quitta le vaporetto à Fondamente Nuove et prit la direction de l'hôpital, qui possédait un mur mitoyen avec la basilique SS Giovanni e Paolo. Comme toutes les adresses de Venise, celle de Brett Lynch n'avait pratiquement aucun sens, dans une ville qui ne connaissait que six noms de rues et disposait d'un système de numérotation hautement fantaisiste. La seule manière de trouver son chemin consistait à aller jusqu'à l'église et, une fois là, à interroger quelqu'un du quartier. Le domicile de l'Américaine, cependant, devrait être facile à trouver. Les étrangers avaient tendance à vivre dans des secteurs plus chics de Venise, pas dans les quartiers de la solide classe moyenne, et bien rares étaient ceux qui avaient l'air d'avoir grandi dans la Sérénissime, comme Brett Lynch.

En face de l'église, il s'enquit tout d'abord du numéro, puis de l'Américaine, mais la femme qu'il avait approchée ne connaissait pas le premier et ne savait pas qui était l'autre. Elle lui conseilla d'aller demander à Maria, donnant ce nom comme s'il avait dû savoir de qui il s'agissait. Maria, lui apprit-elle, tenait le kiosque à journaux en face du lycée et si Maria ignorait où vivait l'Américaine, c'est que cette dernière n'habitait pas le quartier.

Au pied du pont, en face de la basilique, Brunetti trouva une femme aux cheveux blancs, d'un âge indéterminé, assise dans son kiosque, qui distribuait ses journaux comme s'ils étaient autant d'oracles et elle la Sibylle. Il lui donna le numéro qu'il cherchait et elle répondit : « Ah, la signorina Lynch », avec un sourire, prononçant le nom en deux syllabes — Lyn-ché —, comme il se doit en italien. Tout droit, calle della Testa, première à droite, quatrième sonnette, est-ce que ça l'ennuierait de lui apporter ses journaux, par la même occasion ?

Le policier arriva à la porte sans problème. Le nom était gravé sur une plaque de cuivre que le temps avait griffée et ternie, apposée juste à côté de la sonnette. Il appuya une fois sur celle-ci et, au bout d'un moment, une voix, par l'interphone, lui demanda qui il était. Il résista à l'envie de dire qu'il venait livrer les journaux, se contentant de donner son nom et son titre. Celle qui lui avait parlé n'ajouta rien, mais la porte s'ouvrit et il entra dans le bâtiment. Un seul escalier s'offrait sur la droite et il l'emprunta, observant avec plaisir la légère concavité que des siècles d'usage avaient creusée dans chacune des marches. La déclivité qui le contraignait à marcher au centre de l'escalier lui plaisait. Il gravit une double volée, puis une deuxième. Au quatrième virage, l'escalier s'élargissait brusquement et à la place du marbre usé d'origine, étaient disposées des dalles de marbre d'Istrie à l'angle vif. On avait donc restauré à fond cette partie de l'édifice, et très récemment.

L'escalier se terminait sur une porte métallique noire. Comme il s'en approchait, il se sentit observé par le minuscule œilleton placé au-dessus de la plus haute serrure. Il n'eut pas le temps de lever la main pour frapper : le battant s'ouvrit et Brett Lynch s'effaça en le priant d'entrer.

Il marmonna le rituel : « *Permesso* », sans lequel jamais un Italien n'entre chez quelqu'un d'autre. Elle sourit mais ne lui tendit pas la main et se tourna pour le précéder, dans le couloir, vers la salle de séjour.

Il eut la surprise de se retrouver dans un vaste espace

dégagé, mesurant bien dix mètres sur quinze. Le plancher était constitué de ces épaisses poutres de chêne qui, habituellement, soutiennent les toits les plus anciens de la ville. On avait fait disparaître la peinture et l'enduit qui recouvraient les murs pour laisser la brique d'origine apparente. La caractéristique la plus remarquable de cette étonnante salle de séjour était la fabuleuse lumière dans laquelle elle baignait, grâce à six lucarnes disposées par paire sur chacune des pentes du toit. Celui ou celle qui avait reçu l'autorisation d'altérer la structure externe d'un bâtiment aussi ancien, songea Brunetti, ne devait pas manquer d'amis puissants ou avoir fait chanter et le maire, et l'architecte de la ville. Tout cela était de plus très récent ; l'odeur du bois frais était encore présente.

Il reporta son attention sur la propriétaire des lieux. Il n'avait pas remarqué, la veille, à quel point elle était grande — grande et anguleuse de cette manière que les Américains semblent trouver séduisante. Son corps, cependant, n'avait rien de cette fragilité qui est souvent la contrepartie d'une haute taille. Elle paraissait en bonne santé et en forme, impression que renforçaient sa peau et ses yeux clairs. Il se rendit compte qu'il la fixait, frappé par l'intelligence de son regard, frappé aussi par le fait qu'il y cherchait de la ruse et de la dissimulation. Il s'étonnait de son refus de l'accepter pour ce qu'elle était, apparemment, à savoir une femme séduisante et intelligente.

Flavia Petrelli était assise, dans une pose qu'il trouva plutôt artistique, juste à côté de l'une des hautes fenêtres qui s'alignaient sur le côté gauche de la pièce et à travers lesquelles, au loin, on distinguait le campanile de San Marco. Elle se contenta de lui adresser un signe de tête à peine perceptible, qu'il lui rendit avant de dire à l'Américaine : « Je vous ai apporté vos journaux. »

Il prit soin de les lui tendre avec la première page bien en vue, de manière qu'elle voie les photos et lise les manchettes racoleuses. Elle jeta un coup d'œil dessus, les replia vivement et remercia Brunetti, puis les jeta sur une table basse.

« Je vous félicite pour votre appartement, Miss Lynch.
— Merci, répondit-elle, laconique.
— Il est inhabituel d'avoir tant de lumière et tant d'ouvertures dans le toit, pour un bâtiment aussi ancien.
— Oui, n'est-ce pas ?
— Voyons, commissaire, intervint Flavia Petrelli, vous n'êtes certainement pas venu ici pour parler d'architecture d'intérieur. »

Comme pour atténuer la brusquerie de cette remarque, Brett Lynch lui dit : « Je vous en prie, asseyez-vous, dottor Brunetti », le conduisant vers un canapé situé au centre de la salle, à côté d'une table basse à plateau de verre. « Voulez-vous un café ? » reprit-elle, mais purement pour la forme.

Bien que n'en ayant pas spécialement envie, il répondit que ce serait avec plaisir, pour voir comment la soprano allait réagir à cette manière de lui faire savoir qu'il était ici pour un moment et disposait de tout son temps. Elle reporta son attention sur la partition qu'elle tenait sur ses genoux et fit comme s'il n'était pas là pendant que son amie s'éclipsait pour aller préparer le café.

Pendant que l'une s'affairait dans la cuisine tandis que l'autre s'affairait à ignorer sa présence, Brunetti eut tout le temps d'étudier l'appartement en détail. Le mur qui lui faisait face était couvert de livres du sol au plafond. Il distingua facilement les ouvrages en italien, à leurs titres allant de bas en haut, des ouvrages en anglais, dont les titres courent dans l'autre sens. Plus de la moitié de la bibliothèque était composée de livres en ce qu'il supposa être du chinois. Tous paraissaient avoir été lus plus d'une fois. Ici et là, entre les volumes, on avait placé des objets en céramique, poteries, petites personnages, qui lui semblaient vaguement orientaux. Une étagère était occupée par des coffrets de disques compacts, ce qui laissait à penser qu'il s'agissait d'opéras en version intégrale. À côté, il y avait un matériel de stéréo d'aspect compliqué et, dans les angles opposés, deux gros haut-parleurs juchés sur des socles en bois. Les seuls tableaux à orner les murs étaient des toiles abstraites qui ne lui disaient rien.

Au bout de quelques instants, Brett Lynch revint de la cuisine tenant un plateau d'argent sur lequel étaient disposés deux tasses à expresso, des cuillères et un petit sucrier, également en argent. Elle portait aujourd'hui, remarqua-t-il, un jean on ne peut plus *made in Italy* et une autre paire de bottes, brun rouge cette fois. Une couleur pour chaque jour de la semaine ? Qu'avait donc cette femme qui l'irritait tellement ? Le fait que c'était une étrangère qui parlait sa langue aussi bien que lui et qu'elle habitait dans un appartement qu'il ne pourrait jamais rêver de s'offrir ?

Elle plaça une tasse devant lui et il la remercia, attendant qu'elle se soit assise. Il lui offrit le sucre mais elle refusa d'un mouvement de la tête ; lui-même mit deux cuillères dans son café et se réinstalla dans le canapé.

« J'arrive tout juste de San Michele, dit-il en guise d'introduction. La cause du décès est le cyanure. » Elle porta la tasse à ses lèvres et prit une gorgée. « On l'avait placé dans son café. »

L'Américaine reposa la tasse dans la soucoupe et le tout sur la table.

Flavia Petrelli leva les yeux de sa partition, mais c'est son amie qui réagit.

« Au moins, la mort aura été rapide. Que d'attentions de la part de celui qui a fait le coup… Tu ne veux vraiment pas de café, Flavia ? »

Brunetti trouva qu'elles en rajoutaient, mais fit comme si de rien n'était et posa la question pour laquelle l'Américaine avait manifestement préparé le terrain.

« Dois-je en conclure que vous n'aimiez pas beaucoup Wellauer, Miss Lynch ?

— Non, en effet, répondit-elle en le regardant droit dans les yeux. Je ne l'aimais pas beaucoup, et il ne m'aimait pas beaucoup.

— Pour une raison particulière ? »

Elle eut un mouvement dédaigneux de la main.

« Nous étions en désaccord sur un certain nombre de points. »

Ce qui, tel qu'elle l'entendait, devait être une explication suffisante, supposa-t-il. Il se tourna vers Petrelli : « Vos rapports avec Wellauer étaient-ils différents de ceux de votre amie ? »

Elle referma la partition et la déposa avec soin à ses pieds avant de répondre.

« Oui. Nous avons toujours bien travaillé ensemble, Helmut et moi. Nous éprouvions un immense respect l'un pour l'autre, sur le plan professionnel.

— Et sur le plan personnel ?

— Également, répliqua-t-elle vivement. Mais nos relations avaient avant tout un caractère professionnel.

— Quels étaient, si je peux me permettre de vous le demander, vos sentiments personnels vis-à-vis de lui ? »

Même si elle s'était préparée à la question, celle-ci ne parut pas trop lui plaire. Elle changea de position sur son siège et il fut frappé par la manière dont cette réaction trahissait son embarras. Il avait lu de nombreux articles sur elle et savait qu'elle pouvait être bien meilleure comédienne que cela. Si elle avait quelque chose à cacher de ses relations avec Wellauer, elle aurait dû savoir s'y prendre au lieu de se tortiller dans son fauteuil comme une collégienne qu'on interroge sur son premier petit ami.

Il laissa le silence se prolonger, évitant exprès de reposer sa question.

Finalement, à contrecœur, elle avoua : « Je ne l'aimais pas beaucoup. »

Comme elle n'ajoutait rien, il dit : « Au risque de répéter ce que j'ai déjà demandé à Miss Lynch, aviez-vous un motif particulier de ne pas l'aimer ? » Comme nous sommes tous bien élevés, songea-t-il. Le vieux chef est allongé, glacé et éviscéré, de l'autre côté de la lagune, et nous sommes assis ici à échanger des politesses avec toutes les ressources de la grammaire, un subjonctif ici, un conditionnel là : Pouvez-vous avoir l'amabilité de me dire… ? S'il vous plaît, puis-je savoir… ? Un instant, il regretta de ne plus être à Naples, où il avait passé des années affreuses à affronter des gens qui ignoraient ce genre de subtilités et ne réagissaient qu'aux coups de pied et de poing.

La signora Petrelli interrompit sa rêverie en disant : « Je n'avais pas de raison particulière. Il était simplement antipathique. » Ah, se dit Brunetti, entendant de nouveau cet adjectif, comme c'est mieux que les réponses alambiquées ! Il suffisait de brandir cette explication à toute discorde humaine, à savoir qu'un mystérieux échange affectif non identifié ne s'était pas produit entre deux personnes, et tout devenait miraculeusement clair — en principe. C'était vague, c'était insuffisant, mais c'était vraisemblablement tout ce qu'il allait en tirer.

« Était-ce mutuel ? demanda-t-il sans broncher. Existait-il quelque chose que le maestro n'aimait pas chez vous ? »

Elle jeta un coup d'œil à son amie et secrétaire, qui sirotait de nouveau son café. S'il y eut une communication silencieuse entre elles, Brunetti n'en sut rien.

Finalement, comme si le personnage qu'elle jouait lui déplaisait, Flavia Petrelli leva la main, doigts écartés — geste que le policier reconnut : c'était celui qu'elle avait sur une photo posée dans le rôle de *La Norma*, telle que certains journaux l'avaient publiée ce matin même. Elle tendit théâtralement le bras et dit : « *Basta*. J'en ai assez. » Brunetti était fasciné par le changement ; son attitude la transformait. Elle se leva brusquement pour lui faire face, et toute rigidité disparut de ses traits.

« Vous allez finir par être mis au courant à un moment ou un autre, alors autant que ce soit moi qui vous le dise. » Il entendit le léger tintement de la porcelaine — l'Américaine qui reposait sa tasse — mais il ne quitta pas la cantatrice des yeux. « Il m'a accusée d'être lesbienne et d'avoir Brett comme amante. » Elle marqua un temps d'arrêt, pour voir quelle allait être la réaction du policier. Comme il n'en eut pas, elle continua : « Cela a commencé au troisième jour des répétitions. Rien de direct ou de clair ; simplement la façon dont il me parlait, dont il faisait allusion à Brett. » Nouveau silence d'attente, nouvelle absence de réaction de Brunetti. « À la fin de la première semaine, je lui ai fait une remarque qui a rapidement tourné à la querelle, sur quoi il m'a déclaré avoir l'intention d'écrire à mon mari… mon ex-mari. » Elle attendit l'impact de cette révélation sur le commissaire.

Sa curiosité éveillée, celui-ci demanda : « Et pour quelle raison voulait-il lui écrire ?

— Mon mari est espagnol. Mais le divorce a été prononcé en Italie, ainsi que le décret qui me donne la garde des enfants. Si jamais il portait contre moi une telle accusation dans ce pays… » Elle laissa mourir la phrase, montrant par là qu'il était bien clair, à ses yeux, qu'elle risquait de se voir enlever ses enfants.

« Et ces enfants ? » demanda-t-il.

Elle secoua la tête, ne comprenant pas la question.

« Où sont-ils ?

— À l'école, là où ils doivent être. Nous habitons Milan, et c'est là qu'ils font leurs études. Je ne pense pas qu'il serait bon pour eux d'être trimballés dans toutes les villes où je chante. »

Elle se rapprocha de lui et s'assit finalement à l'autre bout du canapé. Brunetti jeta un coup d'œil à l'Américaine ; celle-ci détournait le visage et paraissait perdue dans la contemplation du campanile de San Marco, comme si cette conversation ne la concernait pas.

Le silence se prolongea longtemps. Brunetti réfléchissait à ce qu'il venait d'apprendre, se demandant si c'était ce qui l'avait mis mal à l'aise chez l'Américaine. Lui et Paola avaient suffisamment d'amis ayant des allégeances sexuelles particulières pour qu'il puisse estimer, même si la chose était vraie, que ce n'était pas la raison de son antipathie.

« Eh bien ? demanda finalement la soprano.

— Eh bien quoi ?

— N'allez-vous pas me demander si c'est vrai ? »

Il rejeta la question en secouant négativement la tête. « Que ce soit vrai ou non n'est pas le problème. La seule chose qui importe est de savoir s'il aurait mis sa menace à exécution. »

Brett Lynch s'était tournée et le regardait, songeuse. Quand elle prit la parole, ce fut d'une voix unie.

« Il l'aurait fait. Personne, de ceux qui le connaissaient bien, n'en aurait douté. Et le mari de Flavia serait capable de déplacer des montagnes pour avoir la garde des enfants. » Elle fit face à son amie en prononçant son nom, et le regard qu'elles échangèrent se prolongea quelques secondes. Elle se laissa couler dans son siège, fourra les mains dans les poches et tendit les jambes devant elle.

Brunetti l'étudia. Était-ce ces bottes reluisantes, l'étalage sans complexe de sa richesse, dans cet appartement, qui lui faisaient éprouver un tel ressentiment ? Il essaya de s'éclaircir l'esprit, de la considérer comme s'il la voyait pour la première fois : une jeune femme qui lui avait offert l'hospitalité et qui, maintenant, paraissait lui proposer sa confiance. Contrairement à celle qui l'employait — si Flavia Petrelli était bien cela pour elle —, elle ne se souciait ni de prendre la pose ni de souligner par des artifices ses traits aigus de beauté anglo-saxonne.

Il remarqua que des mèches de sa chevelure à la coupe parfaite, sur la nuque, étaient encore humides, comme si elle avait pris un bain ou une douche peu de temps avant son arrivée. Tournant alors son attention vers Flavia Petrelli, il s'aperçut qu'il se dégageait d'elle les frais effluves d'une femme qui vient tout juste d'achever sa toilette. Il se trouva soudain en proie au vertige d'un fantasme érotique dans lequel les deux femmes, nues, enlacées, poitrine contre poitrine, faisaient douche commune. Il n'en revint pas de sentir la furieuse excitation qui le gagnait. Oh, mon Dieu, comme les choses étaient plus simples à Naples — réglées d'un coup de pied ou d'une taloche.

L'Américaine l'arracha à sa rêverie.

« Cela signifie-t-il qu'à vos yeux Flavia aurait pu le faire ? Ou moi-même ?

— Il est bien trop tôt pour échafauder de telles hypothèses, répondit-il très hypocritement. Bien trop tôt pour parler de suspects.

— Mais pas pour parler de mobiles, observa la soprano.

— Non, en effet », dut-il admettre. Il était inutile de lui faire remarquer qu'elle en avait maintenant un, apparemment.

« Je suppose que cela vaut également pour moi », ajouta Brett Lynch. Jamais Brunetti n'avait entendu déclaration d'amour aussi étrange. Ou bien s'agissait-il d'amitié ? De loyauté vis-à-vis d'un employeur ? Et dire qu'on accusait les Italiens d'être des gens compliqués...

Il préféra temporiser.

« Comme je viens de le dire, le moment n'est pas encore venu de parler de suspects. » Il décida de changer de sujet. « Combien de temps comptez-vous rester à Venise, signora ?

— Jusqu'à la fin des représentations, c'est-à-dire encore quinze jours, soit jusqu'à la fin du mois. J'aimerais toutefois pouvoir retourner à Milan pendant les week-ends. »

Si elle n'avait pas formulé la phrase sous une forme interrogative, il ne s'agissait pas moins d'une question. Il acquiesça d'un signe de tête, lui faisant ainsi savoir à la fois qu'il avait compris et qu'elle avait l'autorisation de la police de quitter la ville.

Elle poursuivit.

« Après cela, je ne sais pas. Je n'ai pas d'autre engagement avant... »

Elle s'interrompit et consulta son amie du regard. L'Américaine réagit aussitôt : « Covent Garden, le 5 janvier prochain.

— Et vous resterez en Italie jusqu'à cette date ?

— Certainement. Soit ici, soit à Milan.

— Et vous, Miss Lynch ? » demanda le policier en se tournant vers la femme.

Elle le regarda avec la même décontraction qu'elle mit dans le ton de sa réponse.

« Je serai aussi à Milan... avec Flavia », ajouta-t-elle bien inutilement.

Il prit son carnet de notes et leur demanda quelle était

leur adresse milanaise. Flavia Petrelli la lui donna, et lui fournit en outre le numéro de téléphone sans qu'il ait eu à s'en enquérir. Ces renseignements pris, il remit le carnet en poche et se leva.

« Je vous remercie de m'avoir accordé de votre temps, dit-il courtoisement.

— Aurez-vous besoin de m'interroger encore ? demanda la cantatrice.

— Cela dépend des déclarations que me feront les autres », dit Brunetti, regrettant la note de menace implicite mais non l'honnêteté de sa réponse. Seulement sensible à celle-là, ou n'ayant pas soupçonné celle-ci, elle alla ramasser sa partition et reprendre place dans le fauteuil à côté de la fenêtre. Manifestement, il ne l'intéressait plus.

Il fit un pas en direction de la porte qui le fit passer dans l'un des rayons de soleil baignant le plancher. Il leva la tête, puis se tourna vers l'Américaine et, finalement, se décida à lui poser la question.

« Comment avez-vous réussi à obtenir ces fenêtres ? »

Elle passa devant lui, le précéda dans le couloir et s'arrêta devant la porte.

« Voulez-vous savoir comment je me suis procuré ce type de grande lucarne, ou bien le permis pour les installer ?

— Le permis.

— J'ai soudoyé l'architecte de la ville, lui confia-t-elle avec un sourire.

— Combien ? » demanda-t-il automatiquement, calculant la superficie totale des ouvertures — six, d'environ un mètre carré chacune.

Elle vivait depuis assez longtemps à Venise, de toute évidence, pour ne pas se formaliser de ce que la question avait d'indiscret. Elle sourit encore plus largement et répondit : « Douze millions de lires », comme si elle lui donnait la température extérieure.

Ce qui faisait, calcula Brunetti, la moitié de son salaire mensuel par fenêtre, à peu près.

« Mais c'était il y a deux ans, ajouta-t-elle en manière

d'explication. J'ai entendu dire que les prix avaient augmenté, depuis. »

Il acquiesça. À Venise, même les pots-de-vin subissaient les effets de l'inflation.

Ils se serrèrent la main sur le seuil de la porte et il fut surpris de la chaleur qu'elle mit dans son sourire. Comme si d'avoir évoqué cette affaire de corruption avait créé entre eux une sorte de complicité. Elle le remercia d'être venu, ce qui n'était pourtant nullement nécessaire. Il lui répondit avec la même politesse et d'une manière sincèrement chaleureuse. Lui en avait-il fallu si peu pour être séduit ? Ne pas cacher qu'elle pouvait soudoyer quelqu'un la rendait-elle plus humaine ? Il la salua et essaya de répondre à cette dernière question pendant qu'il descendait l'escalier, heureux de retrouver les marches en creux de houle sous ses pieds.

9

DE RETOUR À LA QUESTURE, il apprit que Riverre et Alvise s'étaient rendus dans l'appartement du maestro, avaient cherché dans ses effets personnels et étaient revenus avec divers documents que l'on traduisait en italien. Il appela le labo, lequel n'avait toujours rien trouvé en matière d'empreintes digitales, mais qui confirma ce que tout le monde savait déjà : que le poison se trouvait dans le café. Miotti était introuvable, sans doute encore au théâtre. Ne sachant que faire et conscient qu'il allait devoir s'entretenir bientôt avec elle, Brunetti appela la veuve de Wellauer et lui demanda si elle pourrait le recevoir l'après-midi même. Elle commença par tergiverser, de manière on ne peut plus compréhensible, mais finit par accepter et lui proposa seize heures. Après quoi, il fouilla dans son tiroir et finit par en exhumer un paquet entamé de *bussolai*, ces bretzels vénitiens salés qu'il aimait tant. Il les grignota tout en parcourant les notes qu'il avait prises sur le rapport de police venu d'Allemagne.

Une demi-heure avant son rendez-vous avec la signora Wellauer, il quitta son bureau et partit d'un pas tranquille vers la place Saint-Marc. Il s'arrêta en chemin pour examiner les vitrines, étonné (comme à chaque fois qu'il passait par le centre) de la vitesse avec laquelle changeait ce qu'elles exhibaient. Il avait l'impression que tous les magasins destinés à servir la population locale, pharmacies, cordonniers, épiceries, disparaissaient lentement mais inexorablement au profit de boutiques chics et de vendeurs de souvenirs, avec leurs gondoles fluo de Taïwan et leurs masques en papier mâché *made in Hong Kong*. Il se demanda combien il faudrait encore de temps pour que Venise tout entière devienne une sorte de musée vivant, un lieu uniquement destiné à être visité mais non habité.

Il franchit le pont qui fait suite à Campo San Moisè, tourna à droite deux fois, et s'engagea dans une ruelle étroite qui se terminait sur une lourde porte en bois massif.

Il sonna. Une voix mécanique désincarnée lui demanda son identité. Il la déclina et, quelques secondes plus tard, entendit le cliquetis de la serrure qui se déverrouillait. Il entra dans un vestibule récemment restauré ; on avait dégagé et verni somptueusement les poutres du plafond. Le sol, remarqua-t-il d'un œil de Vénitien, était une composition de carreaux de marbre formant des vagues et des tourbillons. À la douceur de leurs ondulations, il supposa qu'il s'agissait du revêtement original, datant peut-être du XVe siècle.

Il entama l'escalade d'un escalier monumental aux larges marches ; il n'y avait qu'une seule porte métallique par palier — trahissant et l'aisance, et le désir de protéger celle-ci. Les noms, sur les plaques gravées, le faisaient à chaque fois repartir vers le haut. Au bout de cinq étages, il se retrouva devant une dernière porte de métal. Il sonna de nouveau et, au bout d'un instant, c'est la femme avec laquelle il avait parlé la veille, la veuve du chef d'orchestre elle-même, qui vint l'accueillir.

Il prit sa main tendue, murmura : « *Permesso* », et entra.

À la voir, rien ne laissait à penser qu'elle avait dormi depuis hier. Son absence de tout maquillage accentuait l'intense pâleur de son visage, qui contrastait avec les cernes sombres sous ses yeux. Mais en dépit de son épuisement, elle restait belle. Elle pouvait compter sur l'ossature de ses pommettes pour atteindre un grand âge en toute sécurité, et l'arête de son nez lui donnait un profil qui ferait se retourner longtemps les gens sur elle.

« Je suis le commissaire Brunetti. Nous nous sommes parlé, hier au soir.

— Oui, je m'en souviens, répondit-elle. Par ici, s'il vous plaît. » Elle le précéda dans le couloir et l'introduisit dans un grand bureau. Un maigre feu brûlait dans la cheminée, devant laquelle étaient placés deux sièges et une table. Elle lui fit signe de s'installer et s'assit à son tour. Sur la table, une cigarette finissait de se consumer dans un cendrier. Derrière la femme, une grande fenêtre donnait sur le paysage des toits ocre de la ville. Des tableaux — de ceux que les enfants du policier tenaient à appeler « de la vraie peinture » — étaient accrochés aux murs.

« Voulez-vous boire quelque chose, dottor Brunetti ? Un thé, peut-être ? » Elle s'exprimait comme si elle avait appris les phrases d'italien par cœur dans un manuel, mais il trouva intéressant qu'elle ait employé son titre exact.

« Je vous en prie, signora, ne vous donnez pas cette peine.

— Deux de vos hommes sont venus, ce matin. Ils ont emporté un certain nombre de… choses. » Il était évident que son italien ne lui permettait pas d'être plus précise sur les choses en question.

« Préférez-vous que nous parlions en anglais ? demanda-t-il dans cette langue.

— Oh, oui », répondit-elle, souriant pour la première fois, et lui laissant deviner ce que pouvait être sa beauté, lorsqu'elle s'épanouissait pleinement. « Ce serait beaucoup plus facile pour moi. » Son visage s'adoucit et perdit une partie de sa tension. Même son corps parut se détendre. « Je ne suis venue que peu de fois à Venise et je suis gênée par mon italien, qui est vraiment très mauvais. »

En d'autres circonstances, il se serait cru obligé de protester de la qualité de son accent et de louer ses efforts. Au lieu de cela, il répondit : « J'ai bien conscience, signora, que tout cela est extrêmement difficile pour vous, et je tiens tout d'abord à vous présenter mes condoléances, à vous et à votre famille. » Comment se faisait-il que les mots avec lesquels on tentait d'exorciser la mort sonnaient aussi faux, paraissaient aussi peu adéquats ? « C'était un grand chef d'orchestre, et la perte est énorme pour le monde de la musique. Je suis cependant sûr qu'elle l'est bien davantage pour vous. » Commentaire guindé et artificiel, mais il n'avait rien trouvé de mieux.

Il remarqua un certain nombre de télégrammes posés près du cendrier; certains étaient ouverts, d'autres non. Elle devait avoir eu droit aux mêmes formules de politesse toute la journée, mais n'en laissa rien paraître, se contentant de répondre par un simple : « Merci. » Elle prit un paquet de cigarettes dans sa poche et s'apprêtait à en allumer une lorsqu'elle vit celle qui fumait encore dans le cendrier. Elle posa alors paquet et cigarette intacte sur la table et, reprenant celle du cendrier, en tira une longue bouffée qu'elle retint longtemps avant de la relâcher, manifestement à contrecœur.

« Oui, il va manquer au monde de la musique, reprit-elle, ajoutant aussitôt, avant qu'il ait pu s'étonner de cette remarque : Ainsi qu'ici. » Alors que la cendre ne mesurait guère qu'un millimètre, elle essaya de la faire tomber dans le cendrier puis, penchée en avant, la frotta contre les bords, comme si elle voulait la tailler en pointe.

Brunetti prit son carnet et l'ouvrit à la page où il avait griffonné la liste de quelques nouveaux livres qu'il aurait aimé lire. Il se fit de nouveau la réflexion qu'en dépit de ses traits tirés elle restait très belle, avec ses yeux bleus fortement écartés et ses cheveux naturellement blonds, qu'elle portait attachés, aujourd'hui, en queue de cheval.

« Savez-vous comment il est mort ? demanda-t-elle.

— J'ai vu le médecin légiste, ce matin. Cyanure de potassium. Dans son café.

— Rapide, alors. C'est au moins ça.

— Oui. Pratiquement instantané. » Il prit quelque chose en note. « Connaissez-vous bien les poisons ? »

Elle lui adressa un bref coup d'œil avant de répondre :
« Pas davantage que n'importe quel médecin.

— Le médecin légiste a l'air de dire que l'on ne se procure pas facilement celui-ci », mentit-il, tournant une page du carnet.

Elle ne fit aucun commentaire et il poursuivit donc.

« Comment avez-vous trouvé votre mari, hier au soir, signora ? Avez-vous remarqué quelque chose de bizarre ou d'inhabituel dans son comportement ? »

Elle répondit sans cesser d'aiguiser la pointe de la cigarette contre le cendrier.

« Non. Il m'a semblé être comme d'habitude.

— C'est-à-dire, si je puis me permettre ?

— Un peu tendu, replié sur lui-même. Il n'avait envie de parler à personne avant une représentation ou pendant les entractes. Il n'aimait pas être distrait, par quoi que ce soit. »

Cela parut on ne peut plus normal au policier.

« Ne vous a-t-il pas paru plus nerveux que d'ordinaire ? »

Elle réfléchit quelques instants.

« Non, vraiment pas. Nous sommes partis à pied pour le théâtre vers sept heures. Il est tout près. » Il acquiesça. « Je suis allée m'asseoir à ma place, bien que très en avance. Le personnel avait l'habitude de me voir, depuis les répétitions, et on m'a donc laissée entrer. Helmut est passé dans les coulisses pour se changer et jeter un coup d'œil à la partition.

— Excusez-moi, signora, mais je crois avoir lu dans la presse que votre mari dirigeait sans partition, et qu'il était même célèbre pour cela. »

La remarque la fit sourire.

« C'est tout à fait vrai, mais il en avait toujours une dans sa loge et il la consultait avant la représentation et pendant les entractes.

— C'est pour cela qu'il n'aimait pas être dérangé dans ces moments-là ?

— Oui.

— Vous m'avez dit que vous étiez passée dans les coulisses pour lui parler, hier au soir... Était-ce quelque chose de normal ? ajouta-t-il quand il vit qu'elle ne répondait pas.

— Non. Il disait qu'on lui faisait perdre sa concentration. Mais hier au soir, il m'a demandé de venir le voir après le deuxième acte.

— Quelqu'un était-il avec vous, à ce moment-là ?

— Vous voulez dire… est-ce que j'ai un témoin ? » demanda-t-elle avec une certaine tension dans la voix. Il acquiesça. « Non, dottor Brunetti, je n'ai aucun témoin. Mais j'ai été étonnée.

— Pourquoi ?

— Parce que Helmut faisait rarement des choses qui… je ne sais trop comment exprimer cela… qui sortaient de l'ordinaire. Il avait une routine presque immuable. Si bien que j'ai trouvé étonnant qu'il me demande de venir le voir pendant la représentation.

— Néanmoins, vous y êtes allée ?

— En effet.

— Pour quelle raison voulait-il vous voir ?

— Je l'ignore. J'ai rencontré des amis dans le foyer, et j'ai bavardé quelques minutes avec eux. J'avais oublié que pendant la représentation on ne peut se rendre dans les coulisses depuis la salle, qu'il faut passer par les loges. Si bien que le temps que je fasse tout le détour, c'était la deuxième sonnerie.

— Lui avez-vous parlé ? »

Elle hésita longuement avant de répondre.

« Oui, mais j'ai tout juste eu le temps de lui dire un mot gentil et de lui demander pourquoi il voulait me voir. C'est à cet instant… » Elle se tut et écrasa la cigarette. Elle y mit un certain temps, faisant tourner le mégot éteint dans le cendrier à plusieurs reprises. Elle finit par le lâcher, mais quelque chose avait changé dans sa voix lorsqu'elle reprit la parole. « C'est à cet instant que nous avons entendu la deuxième sonnerie, celle de la fin de l'entracte. Nous n'avions plus le temps de parler. Je lui ai dit que nous nous verrions à la fin de la représentation et je suis repartie à ma place. Je suis arrivée au moment où les lumières de la salle s'éteignaient. J'ai attendu le lever du rideau, comme tout le monde, et… et vous savez ce qui est arrivé.

— Est-ce à ce moment-là que vous vous êtes dit pour la première fois que quelque chose n'allait pas ? »

Elle prit la cigarette qu'elle avait rejetée une minute auparavant. Brunetti saisit le briquet posé sur la table et lui donna du feu.

« Merci, dit-elle en se détournant pour relâcher la fumée.

— Est-ce à ce moment-là que vous vous êtes dit que quelque chose n'allait pas ? répéta-t-il.

— Oui.

— Au cours de ces dernières semaines, le comportement de votre mari a-t-il changé, d'une manière ou d'une autre ? » Comme elle ne répondait pas, il ajouta : « Vous a-t-il paru nerveux, irrité ?

— J'ai compris la question », répliqua-t-elle sèchement. Puis elle lui adressa un regard nerveux. « Je suis désolée. »

Il décida de garder le silence, sans accuser réception de ses excuses. Elle-même mit un certain temps à réagir.

« Non, il était apparemment le même que d'habitude. Il adorait *La Traviata*, et il aimait beaucoup Venise.

— Et les répétitions ? Se sont-elles bien passées ? Sans histoires ?

— Je ne comprends pas très bien votre question.

— Votre mari n'a-t-il pas eu de difficultés avec l'une ou l'autre des personnes engagées pour le spectacle ?

— Non, pas que je sache », répondit-elle presque tout de suite.

Brunetti décida que le moment était venu de passer à des questions plus personnelles. Il tourna quelques pages de son carnet, y jetant un coup d'œil.

« Qui habite dans cet appartement, signora ? »

Elle ne parut pas prise de court par le changement de sujet.

« Mon mari et moi, ainsi qu'une femme de chambre qui a sa chambre ici.

— Depuis combien de temps cette personne est-elle à votre service ?

— Cela doit faire au moins vingt ans qu'elle travaille

pour Helmut. Je n'ai fait sa connaissance que lorsque je suis venue à Venise pour la première fois.

— À quand cela remonte-t-il ?

— C'était il y a deux ans.

— Oui ? dit-il pour l'aiguillonner.

— Elle occupe l'appartement toute l'année, pendant que nous ne sommes pas là. Pendant que nous n'étions pas là, corrigea-t-elle aussitôt.

— Son nom ?

— Hilda Breddes.

— Italienne ?

— Non, belge. »

Il prit le nom en note.

« Depuis combien de temps étiez-vous mariés, vous et le maestro ?

— Deux ans. Nous nous sommes rencontrés à Berlin, où je travaillais.

— Dans quelles circonstances ?

— Il dirigeait *Tristan*. J'ai été le voir en coulisses avec des amis qui le connaissaient ; et nous sommes tous allés souper ensemble après la représentation.

— Depuis combien de temps étiez-vous en relation quand vous vous êtes mariés ?

— Environ six mois. » Elle se remit à aiguiser la cendre de sa nouvelle cigarette.

« Vous me dites que vous travailliez à Berlin, et pourtant vous êtes hongroise. » Comme elle ne faisait aucun commentaire, il ajouta : « N'est-ce pas exact ?

— Si. Je suis hongroise de naissance. Mais je suis devenue citoyenne allemande. Mon premier mari, comme je suis sûre que vous le savez, était allemand et j'ai pris sa nationalité lorsque nous nous sommes installés en Allemagne. »

Elle écrasa la cigarette et regarda Brunetti comme si elle voulait lui faire savoir que, dorénavant, elle allait consacrer toute son attention à répondre à ses questions. Comme si, songea-t-il, elle avait décidé de se concentrer sur ces détails matériels, tous bien connus. Elle n'avait dit que la vérité sur son mariage : Paola, intoxiquée sans espoir à la presse à scandale, lui avait raconté tout cela le matin même.

« N'est-ce pas exceptionnel ?

— Quoi donc ?

— Que vous ayez pu vous installer en Allemagne et prendre la nationalité allemande ? »

Elle sourit, mais ce n'était pas que la réflexion l'amusait, crut-il discerner. « Pas aussi exceptionnel que vous paraissez le penser, à l'Ouest. » Et n'y avait-il pas un peu de mépris dans sa réponse ? « J'étais mariée à un Allemand. Son séjour professionnel en Hongrie terminé, il devait retourner dans son pays ; j'ai demandé l'autorisation de suivre mon époux, et elle m'a été accordée. Même sous l'ancien gouvernement, nous n'étions pas des sauvages. La famille est très importante, pour les Hongrois. » À la manière dont elle fit cette dernière réflexion, on aurait pu croire qu'elle ne l'était guère pour les Italiens.

« Est-il le père de votre enfant ? »

Manifestement, la question la prit par surprise.

« Qui ?

— Votre premier mari.

— Oui. » Elle prit une autre cigarette.

« Vit-il toujours en Allemagne ? demanda Brunetti en lui donnant de nouveau du feu, alors qu'il savait que l'homme enseignait à l'université de Heidelberg.

— Oui.

— Est-il exact que vous exerciez la médecine avant d'épouser M. Wellauer ?

— Commissaire, répondit-elle avec une colère dans la voix qu'elle ne fit aucun effort pour contenir ou dissimuler, sachez que je suis encore médecin et que je le serai toujours. Je n'ai pas de clientèle, en ce moment, mais croyez-moi, je suis bien médecin.

— Je vous présente mes excuses, docteur », dit-il, sincère, car il regrettait son impair. Il changea rapidement de sujet. « Votre fille ne vit-elle pas ici avec vous ? »

Elle eut un geste en direction des cigarettes, mais sa main se détourna pour prendre celle qui se consumait dans le cendrier. « Non, elle habite avec ses grands-parents, à Munich. Il serait trop dur pour elle de fréquenter un lycée en ayant à apprendre une langue étrangère. On a donc décidé qu'il valait mieux qu'elle étudie à Munich.

— Elle est chez les parents de votre premier mari ?

— Oui.

— Quel âge a votre fille ?

— Treize ans. »

Chiara, la fille de Brunetti, avait le même âge et il se dit qu'il serait en effet peu charitable de l'obliger à poursuivre ses études dans un pays étranger.

« Avez-vous l'intention de reprendre votre activité de médecin ? »

Elle réfléchit quelques instants avant de répondre.

« Je ne sais pas. Peut-être. J'aimerais soigner de nouveau les gens. Mais il est trop tôt pour prendre une décision. »

D'un mouvement de la tête, le policier lui fit savoir qu'il comprenait.

« Si vous me permettez, signora, et peut-être si vous voulez bien me pardonner d'avance l'indiscrétion de ma question, avez-vous une idée des dispositions financières prises par votre mari ?

— Vous voulez savoir où va aller l'argent ? » Fichtrement direct.

« Oui. »

Elle n'hésita pas à répondre.

« Je ne sais que ce que Helmut m'a dit. Nous n'avions pas d'accord formel ou de contrat notarié, comme font les gens aujourd'hui quand ils se marient. » Elle paraissait rejeter une telle idée. « Si j'ai bien compris, cinq personnes hériteront ses biens.

— Qui sont ?

— Les enfants qu'il a eus de ses précédents mariages. Un du premier, et trois du second. Et moi.

— Et votre fille ?

— Non. Seulement ses enfants. »

Brunetti trouvait bien normal que le chef d'orchestre ait préféré laisser sa fortune à ses propres enfants.

« Avez-vous une idée des sommes en jeu ? » Les veuves connaissent la réponse à cette question et, en général, prétendent l'ignorer.

« Je crois que cela représente beaucoup d'argent. Mais son agent ou son avocat devraient être capables de vous en dire beaucoup plus que moi. » Bizarrement, il eut l'impression qu'elle lui répondait la vérité. Et, encore plus bizarre, elle avait l'air de s'en moquer sincèrement.

Les signes de fatigue qu'il avait relevés chez la signora Wellauer à son arrivée s'étaient accentués pendant la conversation. Elle se tenait les épaules moins droites ; deux plis partaient de son nez pour rejoindre les commissures de ses lèvres.

« Il ne me reste que quelques questions, dit-il.

— Vous ne voulez vraiment pas boire quelque chose ? » Il était clair qu'il ne s'agissait toujours que d'une formule de politesse.

« Non, je vous remercie. Encore deux ou trois choses, et je vous laisse. » Elle acquiesça, la mine fatiguée, presque comme si elle savait que ces questions étaient celles pour lesquelles il était venu.

« Il y a quelque chose, signora, que je souhaite savoir concernant vos relations avec votre mari. » Il la vit qui prenait ses distances. Il se fit un peu plus précis. « La différence d'âge était considérable entre vous.

— En effet. »

Il garda le silence et attendit. Finalement, sans faire mine de s'en excuser (ce qui lui plut), elle dit : « Helmut avait trente-sept ans de plus que moi. »

Autrement dit, il l'avait crue plus jeune de quelques années ; elle était en fait juste de l'âge de Paola. Et Wellauer n'avait que huit ans de moins que le grand-père de Brunetti. Il s'efforça de ne rien montrer de ce qu'il trouvait d'étrange à cette idée. Comment vivait-on avec un homme plus âgé de presque deux générations de plus que soi, quand on était une femme ? Il la vit qui changeait de position sur son siège, mal à l'aise sous l'intensité de son regard, et il détourna un instant les yeux, comme s'il réfléchissait à la formulation de sa question suivante.

« Cette différence d'âge n'était-elle pas la source de quelques difficultés dans votre couple ? » Combien était transparent cet euphémisme ! Certes courtoise, la question n'en était pas moins empreinte de voyeurisme et le mettait dans l'embarras.

Le silence de la jeune femme se prolongea tellement longtemps qu'il ne savait s'il trahissait le dégoût qu'elle éprouvait pour sa curiosité ou son ennui à voir les choses formulées aussi hypocritement. Paraissant soudain très fatiguée, elle répondit finalement : « Du fait de la différence d'âge, dans nos générations, nous voyons le monde différemment, mais je l'ai épousé parce que je l'aimais. »

L'instinct du policier lui dit qu'il venait d'entendre la vérité, mais ce même instinct lui fit également observer qu'elle avait parlé au singulier. Par humanité, il se retint de lui faire remarquer cette omission.

Pour qu'elle comprenne qu'il en avait terminé, il referma le carnet et le glissa dans sa poche. « Je vous remercie, signora. C'était très aimable de votre part de me recevoir dans un tel moment. » Il hésita une seconde, à l'idée de retomber dans les euphémisme ou les platitudes. « Avez-vous pris vos dispositions pour les funérailles ?

— Demain, à dix heures. À San Moisè. Helmut aimait Venise et avait toujours espéré avoir le privilège d'y être enterré. »

Le peu que Brunetti savait sur le chef d'orchestre lui faisait douter que l'homme ait pu considérer cela autrement que comme un droit allant de soi, mais peut-être Venise était-elle parée de suffisamment de grandeur, à ses yeux, pour constituer une exception. « J'espère que vous ne voyez pas d'objection à ce que j'y assiste ?

— Aucune, bien entendu.

— Il me reste une dernière question, une question, hélas ! douloureuse. Voyez-vous quelqu'un qui aurait pu vouloir du mal à votre mari ? Une personne avec laquelle il se serait disputé, récemment ? Quelqu'un qu'il aurait pu avoir des raisons de craindre ? »

Elle eut un sourire à peine esquissé, mais authentique. « Autrement dit, y a-t-il quelqu'un qui aurait pu vouloir le tuer ? » Brunetti acquiesça. « Il a eu une carrière très longue et je suis sûre qu'il a offensé de nombreuses personnes, au cours de celle-ci. Il ne fait pas de doute que certains le détestaient. Mais je ne vois vraiment pas qui aurait pu en venir à cette extrémité. » Elle fit courir machinalement un doigt sur le bras de son fauteuil. « Certainement pas quelqu'un qui aime la musique, en tout cas. »

Il se leva et lui tendit la main. « Merci, signora, de m'avoir accordé votre temps et d'avoir fait preuve d'autant de patience. » Elle se leva à son tour et lui serra la main. « Ne vous dérangez pas, je vous en prie », ajouta-t-il, signifiant par là qu'il était capable de retrouver tout seul la sortie. Elle refusa sa proposition d'un signe de la tête et le précéda dans le couloir. Ils se serrèrent de nouveau la main sur le seuil, sans rien dire. Il quitta l'appartement troublé par l'entretien, sans très bien savoir si c'était à cause de ses excès de courtoisies et de ses platitudes, ou du fait de quelque chose qu'il n'avait pas été assez fin pour saisir.

10

ENTRE-TEMPS, le crépuscule était tombé ; cette obscurité soudaine du début de l'hiver venait s'ajouter à la chape de désolation morose qui recouvrait la ville, jusqu'à ce que le printemps vienne l'en libérer. Il préféra ne pas retourner au bureau, ne voulant pas risquer de piquer une colère si le rapport du labo n'était toujours pas arrivé, et n'ayant pas envie de relire le dossier venu d'Allemagne. Tout en marchant, il se fit la réflexion que, finalement, il avait appris peu de choses sur le chef d'orchestre mort. Ou plutôt, qu'il disposait de beaucoup d'informations, mais que celles-ci étaient bizarrement sans pertinence, trop officielles, trop impersonnelles. Un génie qui détestait les homosexuels, que vénérait le monde de la musique, un homme dont une femme ayant la moitié de son âge avait été amoureuse, mais néanmoins un être dont la substance lui échappait. Brunetti disposait de faits mais n'avait aucune idée de la réalité.

Tout en poursuivant son chemin, il dressa le catalogue des sources d'information auxquelles il s'était adressé ou aurait pu s'adresser. Il pouvait faire appel à Interpol ; il avait la pleine coopération de la police allemande ; son rang était assez élevé pour lui permettre de mobiliser toutes les polices d'Italie. Or de toute évidence, le moyen le plus sûr de se procurer des renseignements précis sur le maestro défunt consistait à remonter jusqu'à la source inépuisable de toute information, les ragots.

Il serait exagéré de dire que Brunetti n'aimait pas ses

beaux-parents, le comte et la comtesse Falieri, mais il serait tout aussi exagéré d'affirmer qu'il les aimait. Ils l'intriguaient tout à fait comme un couple de grues couronnées pourrait intriguer une petite vieille habituée à jeter des miettes de pains aux pigeons, dans un parc. Ils appartenaient à une espèce rare et élégante et Brunetti, qui les connaissait pourtant depuis presque vingt ans, devait reconnaître qu'il éprouvait des sentiments partagés, quant à la perspective de leur inéluctable disparition.

Le comte Falier, qui comptait deux doges parmi ses ancêtres du côté maternel, avait un arbre généalogique qui remontait jusqu'au Xe siècle et dont il ne manquait jamais de faire état. Sur les branches les plus hautes étaient perchés des croisés, suivis d'un ou deux cardinaux, d'un compositeur d'importance secondaire et finalement de l'ancien ambassadeur italien à la cour du roi Zog d'Albanie. Les parents de Paola étaient des Florentins venus s'établir à Venise peu après la naissance de leur fille. La famille prétendait descendre des Médicis et, par une sorte de partie de ping-pong généalogique qui n'était pas sans une certaine fascination pour ceux de leur milieu, la comtesse Falier compensait les doges de son époux par le biais d'un pape et d'un millionnaire du textile, le cardinal par un cousin de Pétrarque, le compositeur par un castrat célèbre (resté, hélas ! sans descendance) et l'ambassadeur par le banquier de Garibaldi.

Ils vivaient dans un palais qui appartenait aux Falieri depuis au moins trois siècles ; constamment menacé d'effondrement l'édifice, immense, labyrinthique, donnant sur le Grand Canal et à peu près impossible à chauffer en hiver, ne résistait aux assauts du temps, de l'eau et de la pollution industrielle que grâce aux soins constants d'une armée de maçons, de staffeurs, de plombiers et d'électriciens, qui tous se ralliaient volontiers à la bannière du comte dans son combat perpétuel et si typiquement vénitien.

Brunetti n'avait jamais compté les pièces que comprenait le palais et s'était toujours senti trop gêné pour demander combien il y en avait. Les quatre niveaux étaient entourés de canaux sur trois de leurs côtés, l'arrière s'adossant à une église déconsacrée. Le policier n'y entrait que lors d'occasions officielles : pour la veille de Noël, où l'on mangeait du poisson et échangeait des cadeaux ; pour l'anniversaire du comte Orazio, où, pour une mystérieuse raison, on consommait du faisan en procédant de nouveau à l'offre de cadeaux ; et pour Pâques, où il y avait de la *pasta fagioli* au menu et où l'on regardait le feu d'artifice tiré depuis la place Saint-Marc. Les enfants adoraient venir chez leurs grands-parents en ces trois occasions et Brunetti savait qu'ils y allaient de temps en temps, seuls ou avec Paola, pendant le reste de l'année. Il essayait de se persuader que c'était à cause du palais et des possibilités d'exploration qu'il offrait, mais il avait l'irritant soupçon que sa fille et son fils aimaient leurs grands-parents maternels et prenaient plaisir à leur compagnie, ce qui avait le don de le plonger dans la plus grande perplexité.

Le comte Falier était « dans la finance ». Depuis dix-sept ans que Brunetti était marié à Paola, c'était la seule et unique description des occupations professionnelles de son beau-père à laquelle il avait eu droit. On ne disait pas que le comte était un « financier », très certainement parce que cela aurait pu suggérer une activité manuelle — compter de l'argent, aller au bureau. Non, il était « dans la finance », tout à fait comme la famille de Beers était « dans les mines », ou celle des Thyssen « dans l'acier ».

La comtesse, de son côté, était « dans la société », ce qui voulait dire qu'on la voyait à la soirée de gala qui ouvrait la saison des quatre plus grands opéras d'Italie, qu'elle organisait des concerts dont les bénéfices allaient à la Croix rouge italienne, et qu'elle donnait un bal masqué pour quatre cents personnes, chaque année, pendant le Carnaval.

Quant à Brunetti, il gagnait en tant que commissaire de police un peu plus de trois millions de lires par mois, somme qui, d'après ses calculs, était légèrement supérieure à ce que son beau-père payait pour avoir le droit, pendant le même laps de temps, d'amarrer son bateau au quai de son palais. Dix ans auparavant, le comte avait essayé de convaincre Brunetti de démissionner de la police pour poursuivre, sous son égide, une carrière dans la banque. Il ne cessait de lui faire remarquer qu'il était malsain de passer sa vie en compagnie de fraudeurs, de maris battant leur femme, de proxénètes, de voleurs et de pervers. Ces offres avaient brutalement cessé un soir de Noël lorsque, perdant patience devant une nouvelle attaque, Brunetti avait rétorqué que bien que le comte et lui-même parussent fréquenter le même genre de personnes, lui avait au moins la consolation d'être en mesure de les arrêter là où le comte était obligé de les inviter à sa table.

Si bien que ce ne fut pas sans une petite sueur froide, ce soir-là, que Brunetti demanda à Paola s'il ne leur serait pas possible d'assister à la soirée que devaient donner les parents de celle-ci le lendemain, à l'occasion du vernissage, au Palais des Doges, d'une exposition d'impressionnistes français.

« Comment se fait-il que tu sois au courant de cette soirée ? s'étonna-t-elle.

— On en parle dans les journaux.

— Ce sont mes parents, et tu l'apprends par les journaux ? »

Voilà qui semblait offenser la conception que Paola se faisait de la famille.

« Tu leur demanderas ?

— Mais enfin, Guido ! C'est tout juste si je ne dois pas te traîner de force chez eux pour le réveillon de Noël, et voilà que tout d'un coup tu veux assister à l'une de leurs soirées ! Qu'est-ce qui t'arrive ?

— J'ai envie de parler au genre de personnes qui fréquentent ce genre de choses. »

Paola était occupée à corriger et noter des devoirs quand il était arrivé. Elle posa délicatement son stylo et le foudroya du regard qu'elle réservait en général à l'emploi brutal d'une grossièreté de langage. Si les barbarismes n'étaient pas rares dans les copies sur lesquelles reposait sa plume, elle n'était pas habituée à en entendre sortir de la bouche de son mari. Elle le regarda ainsi longuement et formula l'une de ces répliques dont elle avait le secret et qu'il redoutait autant qu'il s'en régalait. « Je doute qu'ils puissent refuser, vu l'élégance avec laquelle tu présentes ta requête. » Sur quoi elle reprit son stylo et retourna à ses corrections.

Il était tard, il savait qu'elle était fatiguée, et il alla derrière le comptoir préparer du café. « Tu sais que ça t'empêche de dormir, quand tu en bois aussi tard », lui dit-elle, ayant reconnu au bruit ce qu'il faisait.

Il passa à côté d'elle et lui ébouriffa les cheveux. « Je trouverai bien quelque chose pour m'occuper », répondit-il.

Elle poussa un grognement, biffa une phrase et demanda : « Pourquoi veux-tu les rencontrer ?

— Pour trouver tout ce que je peux sur Wellauer. Je sais déjà presque tout sur son génie, sa carrière, ses femmes, mais je n'ai aucune idée précise sur l'homme qu'il était, en réalité.

— Et tu t'imagines que ce genre de personnes, répliqua-t-elle en soulignant lourdement *genre de personnes*, celles qui vont aux réceptions de mes parents, sauront te renseigner ?

— Je voudrais connaître sa vie privée, et ce sont justement ces personnes qui sont au courant de ce genre de choses.

— Genre de choses que tu pourrais apprendre en lisant *Stop*. » Comme d'habitude, il se sentit gagné par la stupéfaction à l'idée que sa femme, qui enseignait la littérature anglaise à l'université, connaissait aussi bien la presse à scandale.

« Écoute, Paola. Ce que je cherche à trouver, ce sont des choses vraies le concernant. Dans les torchons comme *Stop,* on est capable de te raconter les avortements de Mère Teresa. »

Elle grogna et tourna une page, laissant une traînée furibonde d'encre rouge derrière elle.

Il ouvrit le réfrigérateur, en retira une bouteille de lait et en mit un peu à chauffer dans une casserole. L'expérience lui avait appris qu'elle commençait toujours par refuser son café, quelle que soit la quantité de lait qu'il y ajoutait, proclamant que cela l'empêcherait de dormir. Mais une fois la tasse prête, elle venait lui en voler quelques gorgées pour finir par la vider presque entièrement — après quoi elle dormait comme une souche. Il sortit du placard un sac de biscuits, en principe destinés aux enfants, et l'ouvrit pour voir ce qui restait.

Une fois le café passé dans la partie haute de l'appareil, il le versa dans une tasse, y ajouta le lait fumant et un peu moins de sucre qu'il aurait aimé, puis alla s'asseoir en face de Paola. Machinalement, toujours concentrée sur son travail, elle tendit la main et prit une gorgée du breuvage brûlant avant qu'il ait eu le temps de seulement y goûter. Quand elle reposa la tasse, Brunetti l'entoura de ses mains, sans la porter à ses lèvres. Paola changea de copie, tendit à nouveau la main et leva la tête quand elle se rendit compte qu'il refusait de lâcher la tasse.

« Hé ?

— Pas tant que tu ne m'auras pas promis d'appeler ta mère. »

Elle essaya d'écarter les doigts de son mari, mais comme il refusait de bouger, elle écrivit un gros mot dessus à l'encre rouge.

« Il faudra que tu mettes un costume et une cravate.

— Je mets toujours un costume pour aller voir tes parents.

— Ça n'a jamais l'air de te faire plaisir d'en mettre un.

— Entendu, répondit-il avec un sourire. Je te promets de porter un costume et une cravate, et d'avoir l'air ravi. Alors, tu appelleras ta mère ?

— D'accord. Mais pour le costume, je suis sérieuse.

— Je n'en doute pas, mon trésor », roucoula-t-il, lâchant la tasse et la poussant vers elle. Il attendit qu'elle eut pris une autre gorgée pour tremper un biscuit dans le café au lait.

« Habitudes répugnantes, lança-t-elle, avec un sourire.

— Habitude de simple paysan », reconnut-il. Il engloutit le biscuit.

Paola n'était pas très bavarde sur l'éducation qu'elle avait reçue dans le palais, entourée d'une nurse anglaise et d'une flopée de domestiques ; cependant, s'il y avait quelque chose que Brunetti en savait, c'est qu'il ne lui avait jamais été permis de tremper ses tartines. Il considérait qu'il s'agissait d'un grand point faible de son éducation, et avait tenu à ce que leurs propres enfants puissent le faire. Elle avait accepté, mais tout à fait à contrecœur. Il ne manquait jamais de lui faire remarquer qu'aucun des deux ne donnait de signe de déclin moral ou physique pour autant.

À la manière dont elle griffonna un commentaire hâtif au bas d'une page, il compris qu'elle venait d'épuiser ses réserves de patience pour la soirée.

« Si tu savais comme j'en ai marre de ces têtes de linotte, Guido, dit-elle en refermant son stylo qu'elle jeta sur la table. Je crois que je préférerais avoir affaire à des assassins. On peut au moins les punir, ceux-là. »

Il n'y avait plus de café, sans quoi il aurait poussé la tasse vers elle. Il se leva et alla chercher la bouteille de grappa, dans le placard. Le seul réconfort qui lui était venu à l'esprit, sur le moment.

« Génial, dit-elle. Tout d'abord le café, et maintenant la grappa. On ne va jamais s'endormir.

— Et si on essayait de se tenir mutuellement réveillés ? » demanda-t-il.

Elle rougit.

11

IL ARRIVA LE LENDEMAIN matin à huit heures à la questure, après avoir acheté les journaux du matin qu'il parcourut rapidement. Ils contenaient peu d'informations nouvelles ; les articles délayaient ce qui avait été dit la veille. Les résumés de la carrière de Wellauer étaient plus fournis, on exigeait l'arrestation du tueur avec plus de véhémence, mais il n'y avait rien que Brunetti ne sache déjà.

Le rapport du labo l'attendait sur son bureau. Les seules empreintes digitales retrouvées sur la tasse ayant contenu le cyanure étaient celles de Wellauer. On trouvait des dizaines d'empreintes différentes dans la loge, bien trop pour qu'on puisse toutes les vérifier. Il décida de laisser tomber la piste des empreintes : étant donné qu'il n'y avait que celles du chef d'orchestre sur la tasse, il n'y avait guère de raison d'identifier les autres.

Jointe au rapport, il trouva la liste des objets recensés dans la loge. Il se rappelait avoir vu la plupart d'entre eux : la partition de *La Traviata*, dont toutes les pages débordaient d'annotations marginales en caractères gothiques rédigées par Wellauer ; un peigne, un portefeuille, de l'argent ; les vêtements qu'il portait, ceux de la penderie ; un mouchoir et un sachet de bonbons à la menthe ; une montre Rolex, un stylo et un petit carnet d'adresses.

Les policiers que l'on avait envoyés faire un tour au domicile du maestro — il aurait été très exagéré de parler de fouille — avaient aussi rédigé un rapport; mais étant donné qu'ils n'avaient pas eu la moindre idée de ce qu'ils étaient supposés chercher, Brunetti n'espérait guère y découvrir quelque chose d'intéressant. Il le lut néanmoins attentivement.

Wellauer possédait une garde-robe remarquablement complète pour un homme qui ne passait que quelques semaines par an dans la ville. Il s'émerveilla des précisions données par ses sous-fifres : *Veston croisé en cachemire noir (Duca d'Aosta) — Chandail cobalt et terre de sienne brûlée taille 52 (Missoni).* Un instant, il se demanda s'il ne perdait pas les pédales et n'était pas en train de feuilleter le catalogue de Valentino. Il parcourut rapidement le reste du rapport et trouva à la fin, comme il l'avait craint, les signatures de Riverre et Alvise, les deux flics qui avaient écrit un an auparavant, à propos d'un cadavre repêché sur la plage du Lido : *Paraît être mort de suffocation.*

Il revint au rapport. La signora paraissait ne pas partager l'intérêt de son époux pour les vêtements. Riverre et Alvise, de leur côté, ne donnaient pas le sentiment d'avoir une très haute opinion des goûts de la jeune femme en la matière : *Bottes Varèse, une seule paire - Manteau de lainage noir, pas de marque*. Ils avaient en revanche été manifestement impressionnés par la bibliothèque, qu'ils décrivaient comme *très complète, en trois langues, plus ce qui semble être du hongrois.*

Il passa à la page suivante. L'appartement comportait deux chambres d'amis, chacune avec une salle de bains. Serviettes propres, savon Christian Dior, placards vides.

Aucun indice de la fille de la signora Wellauer; rien, dans le domicile, ne laissait supposer la présence d'un troisième membre de la famille. On ne trouvait dans aucune de ces deux chambres de vêtements d'adolescente, pas plus que des livres ou des objets quelconques. Brunetti, qui ne pouvait faire un pas chez lui sans tomber à chaque fois sur une preuve matérielle de l'existence de sa fille, ne put s'empêcher de trouver cela étrange. Certes, la mère de la jeune fille lui avait expliqué qu'elle faisait sa scolarité à Munich. Sans doute s'agissait-il d'une enfant remarquable, qui ne laissait jamais rien traîner derrière elle, où qu'elle aille.

Venait ensuite la description de la chambre réservée à la femme de ménage belge, chambre qui leur avait fait l'effet d'être chichement meublée, et domestique qui leur avait paru soumise mais coopérative. La dernière pièce décrite était le bureau de Wellauer, où ils avaient trouvé des « documents ». Certains avaient été ramenés à la questure et examinés par la traductrice, laquelle expliquait, dans une page jointe au rapport, que la plupart d'entre eux concernaient des transactions commerciales et des contrats. Un agenda, après inspection, avait été considéré comme sans intérêt.

Brunetti décida de rechercher lui-même les deux auteurs de ce document, pour s'épargner l'irritation d'attendre que ces messieurs veuillent bien passer à son bureau, s'il se contentait de les convoquer par la voie hiérarchique. Étant donné qu'il était presque neuf heures, il savait qu'il les trouverait dans le bar situé de l'autre côté du pont dei Greci, au bout de la rue. Ce n'était pas l'heure précise mais le simple fait qu'il n'était pas encore midi qui rendait cette déduction indiscutable.

Brunetti avait beau redouter de se voir imposer les deux hommes comme collaborateurs, quand il travaillait sur une affaire, il ne pouvait s'empêcher d'avoir un faible pour eux. Alvise, trapu, la quarantaine finissante, était une quasi-caricature du Sicilien basané — à ce détail près qu'il était né à Tarvisio, à la frontière italo-autrichienne. On le considérait comme l'expert maison en matière de musique populaire, tout cela parce que quinze ans auparavant il avait obtenu un programme enrichi de la signature autographe de Mina, reine mythique de la chanson populaire italienne. Avec les années, cet événement avait pris des proportions imposantes (comme Mina) à force d'être répété, au point qu'Alvise laissait maintenant entendre, l'œil brillant de l'éclat du désir assouvi, qu'il y avait eu bien plus entre la chanteuse et lui. L'histoire ne semblait nullement affectée par le fait que son héroïne mesurait une bonne tête de plus qu'Alvise et que son tour de taille faisait à l'heure actuelle le double de celui du policier.

Riverre, son acolyte, un Palermitain rouquin, semblait ne s'intéresser qu'à deux choses dans la vie : le football et les femmes, dans cet ordre. Son plus haut fait, jusqu'à ce jour, était d'être sorti indemne de l'émeute du Heysel, à Bruxelles. Il agrémentait le compte rendu de ses exploits lors du match de football, avant l'arrivée des forces de police locale, du récit de ses conquêtes féminines, en général des étrangères qui se couchaient comme blé mûr devant la faux de ses charmes, à l'en croire.

Comme il s'y attendait, Brunetti les trouva accoudés au bar. Riverre lisait un journal sportif, et Alvise parlait avec la patronne, Arianna. Les deux pandores ne remarquèrent l'arrivée de leur patron que lorsque celui-ci commanda un café. Alvise le salua d'un sourire et Riverre leva le nez de son journal, le temps de lui dire bonjour.

« Plus deux autres, Arianna, tous les trois sur mon compte », lança Alvise.

Brunetti flaira la manœuvre, destinée à faire de lui le débiteur de l'autre. Le temps qu'arrivent les trois cafés, Riverre s'était joint à eux et le journal miraculeusement transformé en un dossier au cartonnage bleu, à présent ouvert sur le comptoir.

Brunetti mit deux cuillerées de sucre dans sa tasse et fit tourner le breuvage.

« C'est bien vous qui êtes allés visiter le domicile du chef d'orchestre ?

— Oui, monsieur, répondit vivement Alvise.

— Et quel domicile ! gloussa Riverre en renfort.

— Je viens juste de lire votre rapport.

— Arianna, apporte-nous des brioches.

— Avec beaucoup d'intérêt.

— Merci, monsieur.

— En particulier vos commentaires sur sa garde-robe. Si j'ai bien compris, vous n'avez pas beaucoup aimé ses costumes anglais.

— Non, monsieur, répondit aussitôt Riverre, lequel,

comme d'habitude, n'avait rien compris. Je trouve qu'ils sont coupés trop lâches à la jambe. »

Alvise, en faisant un geste en direction du dossier, sur le comptoir, heurta son collègue du coude, peut-être un peu plus fort qu'il n'était nécessaire.

« Autre chose, monsieur ? demanda-t-il.

— Oui. Pendant que vous étiez sur place, avez-vous vu des indices relatifs à la fille de la signora ?

— Elle a une fille ? (Riverre, évidemment.)

— C'est justement pour cela que je vous le demande. Pas de signe de présence d'une enfant ? Des vêtements, des livres ? »

Les deux hommes parurent tout d'un coup plongés dans une réflexion intense. Riverre tourné vers le plafond, qu'il paraissait trouver dangereusement proche, et Alvise vers le sol, les mains au fond des poches de son uniforme. La minute requise passa et ils répondirent : « Non, monsieur », en même temps, comme s'ils s'étaient entraînés.

« Rien du tout ? »

De nouveau plafond pour l'un, sol pour l'autre, et réponse simultanée : « Non, monsieur.

— Avez-vous parlé avec la domestique, la Belge ? »

Riverre roula des yeux au souvenir de la femme de chambre, l'air de dire que du temps passé avec ce boudin était du temps perdu, toute étrangère qu'elle fût. Alvise se contenta de répondre : « Oui, monsieur.

— Ne vous a-t-elle rien déclaré qui pourrait être important ? »

Riverre inspira, se préparant à répondre, mais son acolyte attendit moins longtemps.

« Non, pas dans ce qu'elle a dit. Mais elle m'a donné l'impression de ne pas aimer la signora. »

Riverre ne put s'empêcher de laisser passer l'occasion et demanda, le sourire égrillard : « Pourtant, y'a plein de choses à aimer là », soulignant pesamment le désobligeant adverbe de lieu.

Brunetti lui adressa un regard glacial et demanda à Alvise : « Pourquoi ?

— Rien de bien précis, en réalité », commença-t-il, sur quoi Riverre eut un petit reniflement de mépris. De la relative efficacité des regards glaciaux.

« Comme je vous le disais, monsieur, ce n'était rien de précis, mais elle était beaucoup plus... cérémonieuse quand la signora était présente. Pourtant, elle faisait pas mal de manières avec nous; mais elle donnait tout de même cette impression. On aurait dit qu'elle devenait plus froide, en particulier quand elle devait parler à la signora.

— À quel moment est-ce arrivé ?

— Au début. On a demandé à la signora si on pouvait jeter un coup d'œil dans l'appartement, à ses affaires. À la manière dont elle nous a répondu — la signora — j'ai compris que ça ne lui plaisait pas beaucoup. Mais elle a dit d'accord, et elle a appelé la femme de chambre pour qu'elle nous montre où étaient les affaires de Wellauer. C'est à ce moment-là, quand elles se parlaient, que la domestique nous a paru, disons, froide. Plus tard, quand nous étions seuls avec elle, elle paraissait plus à l'aise. Elle n'était pas chaleureuse ni rien de tout ça — après tout elle est belge —, mais elle était mieux avec nous, plus amicale, qu'avec l'autre.

— Avez-vous reparlé avec la signora ?

— Juste avant de partir, monsieur. On avait les papiers et l'idée qu'on allait les emporter ne l'enchantait pas. Elle n'a rien dit, ce n'était qu'un regard, mais c'est l'impression qu'on a eue. Comme le veut le règlement, on lui a demandé si on pouvait les emporter.

— Oui, je sais, dit Brunetti. Autre chose ?

— Oui, intervint Riverre.

— Quoi ?

— Elle avait l'air de s'en ficher complètement qu'on regarde dans ses placards et qu'on fouille dans ses vêtements. Elle nous a envoyé la femme de chambre, mais elle ne s'est pas dérangée. Par contre, quand on est allé dans la pièce où il y avait les papiers, c'est elle qui est venue et elle a fait sortir la Belge. Ça ne lui plaisait pas du tout qu'on regarde les papiers et tous ces trucs-là, monsieur.

— Et c'était quoi, ces documents ?

— On aurait dit des papiers officiels. Tout était en allemand et on les a ramenés pour les faire traduire.

— Oui. J'ai vu le rapport. Qu'a-t-on fait de ces papiers, une fois qu'ils ont été traduits ?

— Je ne sais pas, monsieur, répondit Alvise. Soit c'est la traductrice qui les a encore, soit on les a renvoyés chez la signora.

— Pouvez-vous aller vérifier cela pour moi, Riverre ?

— Tout de suite, monsieur ?

— Oui, tout de suite.

— Bien, monsieur. » Il esquissa un geste qui ressemblait vaguement à un salut et s'éloigna du bar, faisant exprès de ne pas se presser.

« Ah, et aussi, Riverre… » L'homme se retourna, avec l'espoir de se voir épargner la marche jusqu'à la questure et les deux volées de l'escalier. « Si les papiers sont encore là, faites-les monter dans mon bureau. »

Brunetti prit l'une des brioches qui restaient sur le comptoir et mordit dedans, puis fit signe à la patronne de lui préparer un autre café.

« Avez-vous remarqué quelque chose de particulier, pendant que vous étiez sur place ? demanda-t-il à Alvise.

— De quel genre, monsieur ? fut la réaction du policier, comme s'ils ne devaient voir que les choses qu'on les avait envoyées chercher.

— N'importe quel genre. Vous avez déjà mentionné la tension qui régnait entre les deux femmes. Est-ce que l'une ou l'autre ont eu un comportement qui vous a paru étrange ? »

Alvise réfléchit un instant, mordit à son tour dans sa brioche et répondit que non. Constatant que Brunetti était déçu, il ajouta : « Seulement quand nous avons pris les papiers.

— Avez-vous une idée de ce que cela veut dire ?

— Non, monsieur. Sauf que c'était très différent par rapport au moment où on a fouillé dans ses affaires personnelles : là, on aurait dit que ça n'avait aucune importance. J'aurais tendance à dire que les gens n'aiment pas trop qu'on leur fasse les poches. Les papiers, c'est juste des papiers. » Voyant que cette remarque avait l'air de réveiller l'intérêt du commissaire, Alvise s'étendit sur le sujet. « Mais c'est peut-être parce qu'il s'agissait d'un génie. Évidemment, je n'y connais rien dans ce genre de musique. » Brunetti se prépara mentalement à l'inévitable. « La seule chanteuse que j'ai connue personnellement, c'est Mina, et elle n'a jamais chanté avec lui. Mais comme je le disais, s'il était célèbre, ces papiers risquent alors d'être importants. Il peut y avoir des choses dedans, sur la musique, par exemple. »

Riverre revint à ce moment-là.

« Désolé, monsieur, mais on a renvoyé les papiers.

— Par la poste ?

— Non, monsieur. La traductrice les a rapportés elle-même. Elle a dit que la veuve allait sans doute avoir besoin de certains d'entre eux. »

Brunetti prit son portefeuille et posa un billet de dix mille lires sur le bar avant que l'un des deux hommes en uniforme ait eu le temps de protester.

« Merci, monsieur, dirent-ils en chœur.

— Ce n'est rien. »

Quand il se tourna pour partir, aucun des deux ne fit seulement mine de le suivre, se contentant de le saluer.

Le policier de garde, à l'entrée de la questure, lui apprit que le vice-questeur Patta désirait le voir tout de suite dans son bureau.

« *Gesu bambino* », grommela Brunetti à part lui — une expression qu'il tenait de sa mère, laquelle, comme lui, ne l'utilisait que lorsque sa patience était poussée au-delà des limites humaines.

Il frappa à la porte de son supérieur et eut bien soin d'entendre crier : « *Avanti !* » avant d'entrer. Comme il s'y attendait, il trouva Patta installé à son bureau, des dossiers étalés en éventail devant lui. L'homme l'ignora quelques instants, poursuivant la lecture du document qu'il tenait. Brunetti en profita pour examiner ce qui restait des fresques qui ornaient jadis le plafond.

Patta releva brusquement la tête, feignit la surprise et demanda : « Et où êtes-vous… ? »

Brunetti simula la même confusion apparente que Patta, comme s'il trouvait la formule curieuse mais préférait ne pas s'en formaliser.

« Dans votre bureau, monsieur.

— Non ! Où *en* êtes-vous dans l'affaire ? » se reprit-il avec un geste vers l'une des chaises dorées qui faisaient face à son bureau. Puis il s'empara de son stylo et se mit à tapoter son sous-main avec.

« J'ai interrogé la veuve et deux des personnes qui sont allées dans la loge. J'ai vu le médecin légiste et je connais la cause du décès.

— Je sais tout cela, dit Patta, accélérant le rythme des tapotements sans chercher à dissimuler son irritation. En d'autres termes, vous n'avez rien appris d'important ?

— En effet, monsieur, on pourrait formuler les choses ainsi.

— J'ai beaucoup réfléchi à cette enquête, Brunetti, et je me demande s'il ne vaudrait pas mieux vous la retirer. » Le cavaliere avait parlé d'un ton lourd de menaces, comme s'il avait passé la nuit à relire son Machiavel.

« Peut-être, monsieur.

— Je pourrais éventuellement la confier à quelqu'un d'autre. Peut-être alors avancerait-elle réellement.

— Je crois que Mariani ne travaille sur aucune affaire, en ce moment. »

Ce n'est que par l'exercice d'un contrôle de soi extrême que Patta réussit à ne pas grimacer, à la mention du plus jeune des deux autres commissaires de police sous ses ordres — Mariani, s'il avait un caractère d'une droiture incontestable, était d'une insondable bêtise et ne devait son poste qu'au fait que sa femme était la nièce de l'ancien maire. Comme le savait Brunetti, le troisième commissaire enquêtait en ce moment sur une affaire de trafic de drogue dans le port de Marghera.

« Ou peut-être pourriez-vous prendre vous-même les choses en main, suggéra-t-il, n'ajoutant qu'après un long silence provocant : ...monsieur.

— Oui, reste toujours cette possibilité », répondit Patta, sans relever l'impertinence de son subordonné, ou choisissant de fermer les yeux dessus. Il prit un paquet de cigarettes russes à papier brun et en plaça une dans son porte-cigarettes en onyx. Très joli, pensa Brunetti, couleurs assorties. « Je vous ai fait venir parce que j'ai eu quelques coups de téléphone de la presse et de Personnes Haut Placées. » À son ton, on comprenait qu'il avait mis des majuscules. « Elles trouvent très inquiétant que vous n'ayez rien fait. » Cette fois-ci, c'est le « vous » qui fut lourdement souligné. Le vice-questeur tira quelques délicates bouffées de fumée et se mit à scruter Brunetti. « Vous m'entendez ? Elles ne sont pas très contentes.

— On peut les comprendre, monsieur. Nous avons le cadavre d'un génie de la musique sur les bras, et personne à incriminer. »

Rêvait-il, ou bien Patta n'était-il pas en train de se répéter mentalement cette brillante réplique, en vue de la lancer lors du déjeuner, aujourd'hui ?

« Oui, exactement, répondit Patta. Et personne à incriminer... » Il reprit un ton sévère. « Je veux que cela change. Qu'on ait justement quelqu'un à incriminer. »

Brunetti n'avait jamais entendu le vice-questeur énoncer aussi clairement sa conception de la justice ; c'était peut-être *lui* qui allait balancer celle-là lors du déjeuner.

« À partir d'aujourd'hui, Brunetti, j'exige un rapport écrit sur mon bureau tous les jours à... » Il hésita, cherchant à se rappeler à quelle heure ouvraient les bureaux. « À huit heures, ajouta-t-il sans se tromper.

— Bien, monsieur. Ce sera tout ? » Qu'il ait à faire un rapport oral ou écrit ne changeait rien pour lui ; il n'aurait rien à rapporter tant qu'il n'aurait pas une idée plus précise de la personnalité de la victime. Génie ou pas, c'était toujours en partant de là qu'on trouvait la réponse.

« Non, ce n'est pas tout. Qu'est-ce que vous comptez faire, aujourd'hui ?

— Assister aux funérailles. Elles vont avoir lieu dans environ vingt minutes. Et étudier moi-même ses papiers.

— C'est tout ?

— Oui, monsieur. »

Patta eut un reniflement de mépris. « Pas étonnant que les choses n'avancent pas. » Comme cela semblait mettre un terme à l'entrevue, Brunetti se leva et se dirigea vers la porte, non sans se demander à quelle distance il en serait lorsque Patta lui rappellerait de faire son rapport écrit. Il estima qu'il se trouvait à trois pas du seuil lorsqu'il entendit : « Et n'oubliez pas, huit heures. »

Du coup, le commissaire ne put arriver à San Moisè que quelques minutes avant dix heures. L'embarcation noire qui transportait le cercueil couvert de fleurs était déjà à quai, et trois hommes en costumes bleu s'affairaient à installer la bière sur le chariot métallique qui devait la conduire jusqu'à l'église. Dans la foule regroupée sur le parvis, Brunetti reconnut quelques visages vénitiens familiers, les journalistes et les photographes habituels des journaux, mais il ne vit pas la veuve ; elle devait être déjà entrée.

Au moment où les trois hommes arrivèrent à hauteur des portes, un quatrième employé se joignit à eux ; ils soulevèrent le cercueil et, avec l'aisance due à une longue pratique, le placèrent sur leurs épaules pour franchir les marches basses du parvis. Brunetti se mêla à ceux qui pénétrèrent dans l'église et suivit des yeux les quatre porteurs pendant qu'ils avançaient et plaçaient le cercueil sur un support bas, en face du maître autel.

Le policier prit place en bordure de l'allée centrale, au fond de l'église noire de monde. Entre les têtes, il avait du mal à voir la première rangée où se trouvait la veuve, en noir, assise entre un homme et une femme qui grisonnaient, sans doute le couple qu'il avait vu avec elle au théâtre. Derrière elle, seule dans sa rangée, se tenait une autre femme en noir ; Brunetti supposa que c'était la femme de chambre. Bien que ne s'attendant à rien de particulier en ce qui concernait la messe, il fut surpris par l'austérité de la cérémonie ; le plus remarquable était l'absence totale de musique, même pas quelques notes de l'orgue. Les mots familiers flottèrent au-dessus de la tête des gens, les gestes immémoriaux furent exécutés, les bénédictions prononcées. Du fait de sa simplicité, la messe ne dura que peu de temps.

Brunetti attendit la sortie du cercueil et des personnes qui conduisaient le deuil pour quitter à son tour l'église. Dehors, les appareils photos crépitaient autour de la veuve, qui se serrait contre l'homme âgé qui l'accompagnait.

Sans réfléchir, Brunetti s'ouvrit un chemin au milieu de la foule et alla lui prendre l'autre bras. Il avait reconnu quelques-uns des photographes ; ceux-ci le connaissaient, et il leur donna l'ordre de les laisser passer. Le groupe des journalistes s'écarta, laissant un chemin ouvert jusqu'au quai. Soutenant la signora Wellauer, il la conduisit jusqu'au bateau qui l'attendait, l'aidant à passer sur le pont, puis la suivant dans la cabine.

Le couple âgé les rejoignit ; la femme passa un bras autour des épaules de la veuve, l'homme se contentant de s'asseoir à côté d'elle et de lui tenir les mains. Brunetti se plaça à l'entrée de la cabine, et suivit de yeux le bateau corbillard pendant qu'il manœuvrait pour s'engager dans l'étroit canal. Lorsqu'ils furent suffisamment loin de l'église et de la foule, baissant la tête, il revint dans la cabine.

« Merci », lui dit la signora Wellauer, sans chercher à lui cacher ses larmes.

Il n'avait rien à lui répondre.

Le bateau rejoignit le Grand Canal et tourna à gauche, en direction de la place Saint-Marc, qu'il fallait longer pour rejoindre le cimetière. Brunetti retourna à la porte de la cabine pour regarder dehors, par discrétion et respect pour le chagrin de la veuve. Ils passèrent devant le Campanile, devant la façade rectangulaire au motif en damier du Palais des Doges, devant le désordre joyeux des coupoles. Au moment où ils approchaient du canal de l'Arsenal, Brunetti alla demander au pilote de s'arrêter à l'embarcadère du Palasport. Puis il revint une fois de plus dans la cabine, où les trois occupants s'entretenaient à voix basse.

« Dottor Brunetti ? » dit la veuve.

Il se tourna vers elle.

« Merci encore. C'était plus que je n'en pouvais supporter, là-bas. »

Il acquiesça d'un signe de tête. Le bateau entama le large virage à gauche qui devait le conduire dans le canal de l'Arsenal.

« Je souhaiterais pouvoir vous parler à nouveau, dit-il, dès que cela vous conviendra.

— Est-ce indispensable ?

— Oui, je le crois. »

Le grondement du moteur se fit plus bas ; le bateau approchait du ponton d'accostage, à la droite du canal.

« Quand ?

— Demain ? »

Elle ne parut pas surprise, ni ses compagnons offensés.

« Très bien, dit-elle. L'après-midi.

— Merci », dit-il, tandis que le bateau oscillait sur place. Personne ne lui répondit. Il quitta la cabine, sauta de l'embarcation sur le ponton et attendit pendant que le bateau reprenait sa place, derrière celui qui transportait le cercueil ; puis le convoi s'enfonça dans les eaux plus profondes de la lagune.

12

COMME POUR LA PLUPART des palais donnant sur le Grand Canal, on devait à l'origine gagner le palazzo Falier par l'eau ; les invités escaladaient ainsi les quatre marches de faible hauteur qui allaient jusqu'au quai. Cette entrée, cependant, était depuis longtemps condamnée par une lourde herse métallique, que l'on n'ouvrait que dans les cas d'une livraison de gros objet par bateau. En ces temps de décadence, toutefois, les invités arrivaient à pied, soit de Cà Rezzonico, la station du vaporetto la plus proche, soit d'autres parties de la ville.

Brunetti et Paola arrivèrent par l'université, puis traversèrent le Campo San Barnaba, avant de tourner à gauche le long d'un canal étroit qui conduisait à l'entrée latérale du palais.

Ils sonnèrent. Paola n'avait jamais vu l'homme qui leur ouvrit la porte ; sans doute un extra engagé pour la soirée.

« Au moins n'était-il pas affublé d'une culotte à la française et d'une perruque », observa Brunetti, une fois qu'ils eurent traversé la cour pour attaquer l'escalier extérieur. Le jeune homme n'avait pas pris la peine de leur demander qui ils étaient ni s'ils avaient une invitation. Soit il connaissait la liste des noms par cœur — avec les visages correspondants — soit, plus vraisemblablement, il se moquait complètement d'introduire n'importe qui dans le palais.

En haut des marches, ils entendirent de la musique, sur leur gauche, venant de l'aile où étaient situées les trois immenses salles de réception. Guidés par les sons, ils s'engagèrent dans un couloir tapissé de miroirs, accompagnés de leur image atténuée. Les énormes portes de chêne de la première salle étaient ouvertes et il s'en échappait, outre des flots de lumière et de musique, des effluves de parfums coûteux et de fleurs.

La salle était éclairée par deux gigantesques lustres en verre de Murano, couverts d'angelots et de cupidons joueurs, qui pendaient d'un plafond à fresque, ainsi que par des candélabres montés de bougies et placés le long des murs. La musique venait d'un trio discrètement installé dans un coin qui jouait dans l'une des tonalités les plus répétitives de Vivaldi. Quant aux parfums, ils émanaient du troupeau bariolé qui décorait les lieux : celui des femmes, lancées dans des conversations encore plus brillantes que leur robe.

Quelques minutes après les avoir vus entrer, le comte s'approcha, s'inclina sur Paola pour l'embrasser et tendit la main à son beau-fils. Très grand, ayant près de soixante-dix ans, il ne faisait aucun effort pour dissimuler la calvitie qui le gagnait; il portait les cheveux courts autour de sa tonsure, ce qui lui donnait un faux air de moine particulièrement studieux. Paola avait hérité ses yeux bruns et sa grande bouche, mais heureusement pas le nez aristocratique en bec d'aigle qui constituait le trait dominant du visage de son père.

« Ta mère est ravie que vous ayez pu venir tous les deux. » L'accent légèrement mis sur les trois derniers mots était une allusion au fait que c'était la première fois que Brunetti venait à l'une de leurs soirées. « J'espère que vous passerez un bon moment.

— Certainement », répondit Brunetti pour lui et sa femme. Depuis dix-sept ans, il évitait d'appeler son beau-père d'une manière ou d'une autre. Il ne pouvait ni lui donner son titre ni se résoudre à lui donner du « papa ». Orazio, prénom du comte, était trop intime et revenait à hurler à la vieille lune de l'égalité sociale. Si bien que Brunetti jonglait avec les périphrases et ne l'appelait même pas « signor ». Ils étaient cependant arrivés à un compromis et se tutoyaient, même si cette formule familière avait du mal à tomber de leurs lèvres.

Le comte aperçut sa femme qui traversait la salle ; il lui sourit et lui fit signe de venir les rejoindre. Elle manœuvra à travers la foule avec une combinaison de grâce et de courtoisie que Brunetti lui envia, s'arrêtant pour déposer un baiser sur une joue ici, effleurer un bras là. La comtesse lui plaisait beaucoup telle qu'elle était, compassée et cérémonieuse, avec ses rangées de perles et ses multiples couches de mousseline. Comme d'habitude, elle portait des chaussures ultra-pointues aux talons invraisemblables, sans pour autant arriver à l'épaule de son époux.

« Paola, Paola ! s'exclama-t-elle, ne cherchant nullement à cacher le plaisir qu'elle éprouvait à voir son unique enfant. Je suis si contente que tu aies pu finalement amener Guido avec toi ! » Elle s'interrompit un instant pour les embrasser. « Je suis si contente de vous voir ici pour autre chose que la Noël et ces affreux feux d'artifices ! » Un peu Saint-Jean Bouche d'Or, la comtesse.

« Viens, dit le comte, je t'offre un verre, Guido.

— Merci... Voulez-vous qu'on vous rapporte quelque chose ? ajouta-t-il à l'intention de Paola et de sa belle-mère.

— Non, non. Maman et moi nous prendrons un verre un peu plus tard. »

Le comte Falier précéda Brunetti à travers la salle, s'arrêtant de temps en temps pour échanger des salutations ou quelques mots. Au bar, il demanda du champagne pour lui-même et du whisky pour son gendre. Lorsqu'il lui tendit son verre, il dit : « Je suppose que tu es ici pour des raisons de service, si je ne me trompe.

— C'est exact, répondit Brunetti, soulagé de l'attitude directe de l'autre.

— Bien. Alors, je n'ai pas perdu mon temps.

— Je ne vois pas très bien... », commença le policier.

Le comte adressa un signe de tête à une femme très grosse qui venait de s'installer devant le piano et dit : « Je sais par Paola qu'on t'a confié l'enquête sur l'affaire Wellauer. C'est mauvais pour la ville, un crime de ce genre. » Il ne put réprimer, pendant qu'il parlait, son expression — de la réprobation pour un chef d'orchestre assez bête pour se laisser assassiner, en particulier pendant la saison des réceptions. « Bref, quand j'ai appris par Paola que vous souhaitiez venir ce soir tous les deux, j'ai donné quelques coups de téléphone. Je suppose que tu souhaites savoir comment se présentent ses finances ?

— Oui, en effet. » Était-ce là des informations que le comte pouvait se procurer rien qu'en décrochant son téléphone et en faisant le bon numéro ? « Puis-je savoir ce que tu as appris ?

— Il n'était pas aussi riche qu'on le disait. » Brunetti attendit que cette formule soit traduite en informations chiffrées à sa portée. Lui et le comte se faisaient certainement des conceptions assez différentes de ce que voulait dire le mot « riche ». « L'ensemble de son patrimoine, portefeuille d'actions et biens immobiliers, ne dépasse probablement pas dix millions de Deutsche Marks. Il a bien quatre millions de francs suisses déposés dans une banque de Lugano, mais je doute que les services allemands des impôts en entendent jamais parler. » Pendant que Brunetti calculait qu'il lui faudrait environ trois cent cinquante ans pour gagner une telle somme, le comte ajouta : « Ses revenus, en combinant les concerts et les droits sur les enregistrements, devaient s'élever à au moins trois ou quatre millions de Marks par an.

— Je vois, dit Brunetti. Et le testament ?

— Je n'ai pu en obtenir une copie », s'excusa Falier. Le maestro n'étant mort que depuis deux jours, le policier estima qu'il ne pouvait tenir rigueur au comte pour ce détail. « Mais les biens sont divisés en parts égales entre ses enfants et sa femme. J'ai entendu dire, cependant, qu'il a essayé d'entrer en contact avec ses avocats il y a quelques semaines ; personne ne sait pour quel motif, et ça n'a pas forcément de rapport avec le testament.

— Qu'est-ce que cela veut dire, qu'il a essayé d'entrer en contact avec ses avocats ?

— Il a téléphoné à leur cabinet, à Berlin, mais la liaison était mauvaise, la ligne a été coupée et il n'a pas rappelé.

— Parmi ceux à qui tu as parlé, personne n'a fait d'allusion à sa vie privée ? »

Le verre du comte s'arrêta si brusquement en chemin qu'une partie du liquide pâle alla atterrir sur son revers. Il foudroya Brunetti d'un regard stupéfait, comme si toutes les réserves qu'il nourrissait depuis près de vingt ans venaient d'être confirmées.

« Pour qui me prends-tu ? Pour un espion ?

— Je suis désolé, répondit le policier, offrant son mouchoir au comte pour se sécher. C'est le métier. J'ai oublié.

— Manifestement, l'approuva le comte, sans la moindre approbation dans le ton. Je vais voir si je peux trouver Paola et sa mère. »

Il s'éloigna, conservant le mouchoir — lequel, craignait fort Brunetti, allait être lavé, repassé, amidonné et retourné à son propriétaire par porteur spécial.

Brunetti quitta à son tour le bar et s'enfonça dans la foule pour, lui aussi, chercher Paola. Il connaissait bon nombre de personnes présentes à la réception, mais indirectement, en quelque sorte. Il n'avait eu de contacts personnels avec aucune ou presque, et savait cependant tout de leurs scandales, de leurs histoires et de leurs petites affaires, aussi bien financières que sentimentales. Ce qui tenait en partie au fait qu'il était policier, mais également à ce qu'il habitait dans une petite ville de province où le commérage faisait l'objet d'une véritable religion et où, si le christianisme n'avait pas été la croyance officielle, c'est au dieu Rumeur que l'on aurait rendu un culte.

Au cours des cinq bonnes minutes qu'il lui fallut pour retrouver Paola, il eut l'occasion de saluer plusieurs personnes et de refuser des offres répétées de prendre un autre verre. La comtesse était devenue invisible ; sans doute avait-elle été avertie par son mari du risque de contamination morale qui rôdait dans la salle.

Lorsque Paola s'approcha de lui, elle lui saisit le bras et murmura à son oreille : « J'ai trouvé exactement ce que tu cherches. »

Un moyen de s'esquiver ? faillit-il dire. Mais il préféra s'en abstenir.

« Quoi donc ?

— L'incarnation de la rumeur elle-même. Nous étions ensemble à l'université.

— Qui ? Où ? demanda-t-il, son intérêt pour les invités s'éveillant pour la première fois de la soirée.

— Par-là, à côté de la porte du balcon. »

D'un geste du menton, elle lui indiqua un homme qui, en effet, se tenait près de la porte fenêtre centrale donnant sur le canal. Il paraissait être du même âge que Paola, mais avoir eu plus de mal à y parvenir. À cette distance, Brunetti ne distinguait qu'une courte barbe poivre et sel et un veston de smoking noir qui semblait être en velours.

« Viens, je vais te présenter. »

Pour le décider, elle le prit par le bras et l'entraîna vers l'homme qui, lorsqu'il les vit approcher, sourit en reconnaissant Paola. Il avait le nez épaté, comme s'il avait été cassé, et des yeux tristes, comme si son cœur avait connu le même sort. L'air d'un docker qui écrirait des poèmes.

« Ah, la ravissante Paola », dit-il. Il fit passer son verre dans la main gauche, prit la main droite de la signora Brunetti et se pencha pour embrasser l'air à quelques centimètres au-dessus. « Et voici probablement, poursuivit-il en se tournant vers le policier, le célèbre Guido, dont les louanges nous ont été chantées jusqu'à plus soif il y a un certain nombre d'années — il serait indiscret de dire combien. » Il serra la main de Brunetti d'une poigne ferme, sans chercher à déguiser l'intérêt avec lequel il l'étudiait.

« Arrête de faire l'idiot, Dami, et de regarder Guido comme si c'était un tableau.

— La force de l'habitude, mon trésor, je scrute et j'analyse tout ce que j'observe. Dans un deuxième temps, je vais sans doute le débarrasser de son veston pour chercher la signature. »

Ces propos restaient hermétiques pour Brunetti ; sans doute sa perplexité devait-elle se lire sur son visage, car l'homme se hâta de s'expliquer : « Je constate que non seulement Paola ne fait pas les présentations, mais qu'elle a préféré garder secret notre passé commun. » Il ne laissa pas à Brunetti le temps de réagir à l'allusion et ajouta : « Je m'appelle Demetriano Padovani et suis un ancien camarade de classe de votre ravissante épouse, critique d'art à l'heure actuelle. » Il inclina légèrement la tête.

C'était un nom que, comme la plupart des Italiens, Brunetti connaissait. Le nouveau et brillant critique d'art, terreur des peintres comme des directeurs de musée.

« Je dois te présenter des excuses, Guido — si je puis prendre la double liberté de te tutoyer et de t'appeler par ton prénom dès notre première rencontre, signe de la promiscuité sociale et linguistique grandissante des temps — et t'avouer que j'ai passé des années à te haïr. » La nouvelle manifestation de perplexité de Brunetti parut l'enchanter.

« En ces âges obscurs où nous étions étudiants et tous désespérément amoureux de Paola, nous crevions tous de jalousie et, je dois l'admettre, éprouvions un mépris sans borne pour ce Guido qui paraissait être descendu des étoiles pour nous enlever le cœur de notre belle. Elle a commencé par vouloir tout savoir de lui, puis c'est devenu : "Croyez-vous qu'il va m'inviter à prendre un café ?" et bientôt : "Est-ce que vous croyez que je lui plais ?" jusqu'à ce que toute notre bande, en dépit de l'amour que nous portions à cette écervelée, fût presque sur le point, par quelque nuit ténébreuse, de l'étrangler et de la jeter dans un canal, rien que pour échapper à ce noir incube de Guido et pouvoir préparer en paix nos examens. » Ravi de la mine déconfite que prenait Paola, le critique d'art poursuivit sur sa lancée : « Sur quoi elle l'épousa. Elle t'épousa, autrement dit. Pour notre plus grande satisfaction, car il n'y a pas de remède plus efficace aux excès délirants de l'amour... (Il prit une gorgée dans son verre) que le mariage. » Ravi d'avoir fait rougir Paola et de voir Brunetti chercher des yeux quelque chose à boire, il porta l'estocade finale : « C'est une excellente chose que tu l'aies épousée, Guido, sans quoi aucun de nous n'aurait décroché son diplôme, tant nous étions sous le charme de cette sorcière.

— C'est uniquement pour cette raison que je l'ai fait », répliqua Brunetti.

Padovani comprit.

« Et pour cet acte charitable, permets-moi de t'offrir un verre. Que veux-tu prendre ?

— Du scotch pour tous les deux, répondit Paola, mais reviens vite, ajouta-t-elle précipitamment. Je voudrais te parler. »

Padovani s'inclina en une parodie de soumission et s'élança à la poursuite d'un porteur de plateau, fendant la foule tel un yacht royal de courtoisie. Il fut rapidement de retour, tenant trois verres entre ses mains.

« Tu écris toujours dans *L'Unità* ? » lui demanda Paola en prenant son scotch.

À l'évocation de ce nom, Padovani rentra la tête dans les épaules et jeta autour de lui de regards inquiets de conspirateur, feignant la terreur. Laissant échapper un « Chut ! » théâtral, il leur fit signe de se rapprocher et murmura : « Surtout, ne prononcez pas le nom de ce journal ici, sans quoi votre père va me faire jeter dehors par ses domestiques. » S'il était clair que le critique plaisantait, Brunetti songea qu'il était peut-être plus près de la vérité qu'il ne le soupçonnait.

Padovani se redressa de toute sa taille, prit une gorgée de scotch et adopta un ton qui était quasi déclamatoire. « Serait-il possible, ma chère Paola, que tu eusses abandonné les idéaux de notre jeunesse et que tu ne lusses plus la voix prolétarienne du Parti communiste ? — excusez-moi, du Parti de la gauche démocratique ? » Des têtes se tournèrent, ce qui ne l'empêcha pas de continuer. « Dieu du ciel, ne me dis pas que tu vis à présent avec ton temps et que tu t'es mise à lire le *Corriere* ou, pis encore, *La Repubblica*, la voix ronchonnante de la classe moyenne qui cherche à se faire passer pour la voix ronchonnante de la classe ouvrière !

— Non, nous lisons *L'Osservatore romano*, intervint Brunetti.

— Ah, l'organe officiel du Vatican, toujours à fulminer contre le divorce, l'avortement et le mythe pernicieux de l'égalité des femmes… Très subtil, de votre part. Mais étant donné que vous lisez ces pages glorieuses, vous ne pouvez savoir que je suis, en toute humilité, la voix du jugement artistique pour les masses combattantes. » Il baissa d'un ton et adopta le style ampoulé des présentateurs de la RAI, qu'il imitait à la perfection, quand ils annoncent la chute du dernier gouvernement. « Je suis le représentant du travailleur à la vue claire. En moi, vous voyez le critique à la voix rude et aux doigts crasseux qui cherche les exemples de l'art authentiquement prolétarien dans le chaos moderne. » Il adressa un signe de tête silencieux à quelqu'un qui passait. « Je trouve tout à fait regrettable que vous ignoriez tout de mon œuvre. Il faut que je pense à vous envoyer des photocopies de mes derniers articles. Je devrais toujours les avoir sur moi, mais même les génies doivent faire preuve d'humilité, ne serait-ce que pour la forme. » Comme ses deux interlocuteurs paraissaient beaucoup s'amuser, il enchaîna : « Parmi les récents, mon préféré est un merveilleux petit papier que j'ai commis récemment à propos d'une exposition d'art contemporain à Cuba — vous savez, des tracteurs et des ananas souriant. » Il fit une moue de désespoir feint, jusqu'à ce que les termes exacts qu'il avait employés lui reviennent à l'esprit. « J'ai loué — comment ai-je dit cela, au juste ? — *la merveilleuse symétrie de ses formes raffinées et de son intégrité intentionnelle*. » Il se pencha pour murmurer la suite à l'oreille de Paola, mais suffisamment fort pour que Brunetti puisse l'entendre sans mal. « J'ai piqué ça dans un article que j'avais rédigé il y a deux ans à propos de sculptures sur bois polonaises dans lequel je célébrais, si ma mémoire est bonne, *la symétrie raffinée des formes intentionnelles*.

— Et, observa Paola avec un coup d'œil pour sa veste en velours, est-ce que tu vas au bureau dans cette tenue ?

— Tu es toujours aussi délicieusement vacharde, Paola, à ce que je vois. » Il rit et posa un baiser léger sur la joue de son ex-dulcinée. « Mais pour répondre à ta question, mon ange, non, je ne trouve pas approprié de fréquenter les aîtres de la classe laborieuse dans cette tenue ostentatoire. J'en adopte une plus adéquate, à savoir un affreux pantalon dont le conjoint de ma bonne ne voudrait même pas et un veston que mon neveu s'apprêtait à donner aux pauvres. De plus, ajouta-t-il, levant la main pour prévenir toute question, je n'arrive plus là-bas en Maserati. Ce serait une faute de goût... sans compter qu'il est si difficile de se garer, à Rome ! J'ai résolu un temps le problème en empruntant la Fiat de ma bonne pour aller au bureau, mais elle n'a pas tardé à être couverte de PV et j'ai perdu des heures en invitant le commissaire de police à déjeuner pour qu'ils soient jetés à la poubelle. Si bien que maintenant, je prends tout bêtement un taxi qui me laisse à l'angle de la rue et je vais faire un tour au bureau ; j'y dépose mon article hebdomadaire, je m'emporte quelques minutes contre les injustices sociales et je vais ensuite dans une ravissante petite pâtisserie où je m'empiffre, bien entendu, de religieuses. Après quoi je retourne chez moi et reste des heures à macérer dans un bain, à lire Proust. Et c'est ainsi, d'un côté comme de l'autre, qu'est confisquée la simple vérité », conclut-il en citant un sonnet de Shakespeare, l'un de textes auquel il avait consacré ses recherches pendant les sept ans qu'il avait passés à Oxford pour décrocher un diplôme en littérature anglaise.

« Mais sans doute désires-tu quelque chose, une information ou une autre, très chère Paola, reprit-il, faisant preuve d'une franchise qui contrastait avec son personnage — ou du moins avec celui qu'il jouait. Ton père qui commence par m'appeler personnellement pour m'inviter à cette soirée, puis toi qui t'accroches à moi comme une huître à son rocher — voilà qui m'ôte tous mes doutes. Et, étant donné que le divin Guido est à tes côtés, tu ne peux légitimement vouloir de moi qu'une information. De plus, sachant le métier qu'exerce Guido pour gagner sa vie, je ne peux que supposer que cela est en rapport avec le scandale qui secoue notre belle ville après avoir frappé de stupeur le monde de la musique et, par la même occasion, fait disparaître de la face de la terre *a nasty piece of work.* »

L'utilisation de l'expression anglaise, qui faisait du maestro défunt rien moins qu'un saligaud, eut l'effet escompté sur ses deux interlocuteurs. Brunetti et Paola restèrent médusés, et le critique se cacha la bouche des mains, pouffant de rire.

« Oh, Dami, tu savais ! Pourquoi n'avoir rien dit ? »

La voix de Padovani resta ferme, lorsqu'il répondit ; Brunetti nota cependant qu'il avait le regard brillant, peut-être à cause de l'alcool, peut-être à cause de quelque chose d'autre. Peu lui importait, du moment que l'homme expliquait sa dernière remarque.

« Allez, vas-y, l'encouragea Paola. Tu es la seule personne que je connaisse susceptible de savoir quelque chose sur lui. »

Le critique lui adressa un regard neutre.

« T'imagines-tu que je vais salir la mémoire d'un homme dont le cadavre est encore chaud ? »

Brunetti se dit que, justement, le critique trouverait peut-être les choses encore plus drôles, ainsi.

« Je suis surprise que tu aies attendu aussi longtemps, à vrai dire. »

Padovani prêta à cette réplique l'attention qu'elle méritait.

« Tu as raison, Paola. Je te dirai tout. À condition que le délicieux Guido se charge d'aller nous chercher trois verres remplis à ras bord. S'il tarde trop, je risque de me mettre à railler l'ennui auquel tes parents m'ont une fois de plus soumis, comme, d'ailleurs, ce qui n'est pas sans m'émerveiller, une bonne moitié de ceux qui passent pour être les gens les plus célèbres de Venise. » Puis il se tourna vers Brunetti : « Ou encore mieux, Guido, si tu arrivais à nous procurer une bouteille pleine nous pourrions nous réfugier, tous les trois, dans l'une de ces pièces abominablement décorées dont est rempli, hélas ! le palais parental. » Il n'en avait pas encore fini, toutefois, et revint à Paola. « Après quoi, toi utilisant les charmes qui jadis m'enivrèrent et ton mari ses innommables méthodes policières, vous pourriez m'arracher l'horrible et vétilleuse vérité. Et pour finir, si vous en sentez le désir, toi, ou peut-être… (il marqua une pause et regarda longuement Brunetti) tous les deux, vous pourriez faire de moi tout ce que vous voudriez. »

Ah, c'était donc cela, comprit soudain le policier, surpris de n'avoir relevé aucun des indices.

Paola lança à son mari un regard d'avertissement tout à fait inutile. Le côté excessif du personnage lui plaisait. Il ne doutait pas que l'invite, aussi brutalement lancée qu'elle ait été, avait été faite en toute sincérité ; il n'y avait cependant guère de quoi s'offenser. Il partit, comme on le lui avait demandé, chercher une bouteille de scotch.

Le fait en disait long, soit sur l'hospitalité du comte, soit sur le laxisme du personnel : on lui donna une bouteille de Glenfiddich dès qu'il la demanda. À son retour, il trouva Paola et Padovani bras dessus bras dessous, murmurant comme des conspirateurs.

« J'étais juste en train de lui demander, dit le critique, si jamais je devais commettre un forfait vraiment vil, comme par exemple dire à sa mère ce que je pense de ses rideaux, si tu m'emmènerais dans ton bureau pour me battre jusqu'à ce que j'avoue tout.

— Comment crois-tu que j'ai obtenu ça ? » répliqua Brunetti en brandissant la bouteille.

Padovani et Paola éclatèrent tous les deux de rire.

« Conduis-nous, chère Paola, dans un endroit où l'on puisse s'envoyer ce nectar derrière la cravate… à défaut de s'envoyer en l'air », ajouta-t-il avec un regard en coin pour Brunetti.

Toujours pratique, Paola répondit : « Pourquoi pas la lingerie ? » et les entraîna hors de la salle de réception dont ils franchirent la porte massive, à deux battants. Puis, telle Ariane dans le labyrinthe, Paola suivit sans se tromper un premier couloir, tourna à gauche, emprunta un deuxième couloir, traversa une bibliothèque, pour arriver dans une pièce plus petite où plusieurs sièges recouverts d'un brocart délicat étaient rangés en demi-cercle en face d'un poste de télévision énorme.

« La lingerie ? demanda Padovani.

— Oui, avant *Dynastie* », expliqua Paola.

Le critique se laissa choir dans le fauteuil le plus vaste de la pièce, posa ses pieds chaussés du meilleur cuir sur la table en marqueterie et dit : « Bien, ma chérie. Je t'écoute », s'exprimant en anglais sans doute du seul fait de la présence de la télévision. Mais comme aucun de ses interlocuteurs ne lui posait de question, il les sollicita : « Que voulez-vous savoir sur feu Wellauer, homme qu'à ma connaissance personne ne pleure ?

— Qui aurait pu désirer sa mort ? demanda Brunetti.

— Vous êtes direct, vous, au moins. Pas étonnant que Paola ait capitulé à une vitesse aussi alarmante. Mais pour répondre à votre question, il me faudrait un véritable annuaire téléphonique. » Il se tut un instant, tendant son verre. Brunetti le remplit généreusement, en prit lui-même et en versa encore un peu moins à Paola. « Préférez-vous que je procède chronologiquement, par nationalité, ou en fonction du genre de voix ou des préférences sexuelles ? » Il posa le verre sur le bras de son fauteuil et poursuivit, plus lentement : « Il n'est pas né d'aujourd'hui, notre Wellauer, et les raisons pour lesquelles des gens le haïssaient sont aussi anciennes que lui. Vous êtes probablement au courant des rumeurs sur son passé nazi, pendant la guerre. Il lui était impossible de les réduire au silence et, en bon Allemand, il a donc choisi de les ignorer. Personne n'a paru s'en formaliser. Absolument personne. D'ailleurs, se formalise-t-on encore ? Voyez Waldheim.

— Oui, je suis au courant », dit Brunetti.

Padovani but quelques gorgées de whisky, cherchant comment formuler ce qu'il voulait dire.

« Très bien, par nationalité, d'accord ? Je peux vous donner les noms d'au moins trois Américains, deux Allemands et une demi-douzaine d'Italiens que sa mort a dû ravir.

— Ce qui n'est nullement une preuve qu'ils l'ont tué », observa Paola.

Padovani acquiesça, étant tout à fait d'accord. Il se débarrassa de ses chaussures et s'assit en tailleur dans le fauteuil. Il brocardait volontiers les brocarts de la comtesse, mais pour rien au monde il ne les aurait salis.

« Il a été nazi. Aucun doute là-dessus. Sa deuxième femme s'est suicidée, geste qui pourrait être susceptible de vous intéresser. La première l'a quitté au bout de sept ans, et elle avait beau être la fille d'un des hommes les plus riches d'Allemagne, Wellauer lui a accordé une pension particulièrement généreuse. Le bruit courut à l'époque qu'il se livrait à des activités sexuelles assez répugnantes, mais cela date, ajouta-t-il après une nouvelle gorgée de scotch, d'une époque où on pensait encore que certaines activités sexuelles pouvaient être répugnantes. Inutile de me poser la question : j'ignore de quel type d'activité sexuelle il s'agit.

— Nous le diriez-vous, si vous le saviez ? » demanda Brunetti.

Padovani haussa les épaules.

« Venons-en au domaine professionnel. Il a pratiqué le chantage sexuel de façon notoire. La liste des sopranos ou mezzo-sopranos ayant chanté sous sa direction pourrait vous en donner une idée : de brillantes jeunes inconnues qui décrochaient soudain le rôle de Tosca ou de Dorabella, puis disparaissaient tout aussi soudainement. Il avait un tel talent qu'on fermait les yeux sur ces faiblesses. En outre, bien rares sont les gens capables de faire la différence entre une grande cantatrice et une cantatrice compétente, si bien que peu s'en sont rendu compte, et que le mal n'a pas été bien grand. Et je dois ajouter à son crédit qu'elles étaient au moins toujours des cantatrices compétentes. Quelques-unes sont même devenues de grandes prime donne, mais elles y seraient sans doute parvenues sans lui. »

Pour Brunetti il n'y avait guère là matière à forger un mobile d'assassinat.

« Voilà pour les carrières qu'il a contribué à lancer ; mais il y en a au moins autant qu'il a ruinées, en particulier parmi les hommes qui partagent mes convictions sexuelles et parmi les femmes qui n'aiment pas les hommes. Feu Wellauer était incapable de croire qu'une femme puisse être insensible à son charme. À votre place, je chercherais dans cette direction. La réponse ne s'y trouve peut-être pas, mais les questions sexuelles constituent un bon point de départ. » Il prit une gorgée et montra la télévision avec son verre. « Ce pourrait être simplement une réaction à une trop grande ingestion de ceci, cependant. »

Il parut se rendre compte que ses explications restaient bien vagues, car il ajouta : « En Italie, il y a au moins trois personnes qui ont — ou avaient — de bonnes raisons de le haïr. Aucune, néanmoins, n'était en mesure de lui porter le moindre tort. L'une d'elles chante dans le chœur de l'opéra de Bari. C'est un baryton qui aurait pu faire une grande carrière dans Verdi, s'il n'avait pas commis l'erreur, dans les affreuses années soixante, de ne pas cacher ses préférences sexuelles au maestro. J'ai même entendu dire qu'il avait commis la faute encore plus grave de lui faire des avances, mais je n'arrive pas à croire à une histoire aussi stupide. Un mythe, probablement. Toujours est-il que Wellauer a confié la chose à un journaliste de la presse à scandale qu'il connaissait, et les articles ont commencé. C'est pour cela qu'il chante à Bari. Dans les chœurs.

« La deuxième enseigne la théorie musicale au conservatoire de Palerme. J'ignore ce qui s'est passé exactement entre eux, mais il s'agissait d'un chef d'orchestre qu'on aurait pu qualifier d'étoile montante. Cela se passait il y a une dizaine d'années. Sa carrière s'est interrompue net après une série d'articles dévastateurs. Je dois admettre n'être en possession d'aucune information directe, mais le nom de Wellauer a été mentionné dans cette affaire.

« Quant à la troisième, son souvenir ne réveille qu'un faible écho dans mon esprit de pipelette, mais elle concerne quelqu'un qui, paraît-il, vivrait ici. » Voyant leur étonnement, il corrigea : « Non, pas dans le palais. À Venise. Mais cette personne n'est guère en état d'avoir fait quelque chose, étant donné qu'elle a près de quatre-vingts ans et qu'elle vit, dit-on, en recluse. Et je ne suis pas sûr d'avoir eu une bonne version de l'histoire, ni même de m'en souvenir correctement. »

Il remarqua le coup d'œil que lui adressa Paola et, levant son verre pour s'excuser, il reprit : « C'est à cause de ce truc. Ça vous détruit les neurones... ou ça vous les bouffe. » Il fit tourbillonner le liquide ambré dans son verre, étudiant les petites vagues ainsi créées comme s'il attendait qu'elles provoquent la marée des souvenirs.

« Je vais vous dire ce dont je me souviens ou ce dont je crois me souvenir. Elle s'appelle Clemenza Santina. » Comme ni l'un ni l'autre ne réagissaient à ce nom, il poursuivit : « L'une des plus célèbres sopranos de l'époque, juste avant la guerre. Il lui est arrivé la même chose qu'à Rosa Ponselle, aux États-Unis : découverte dans un music-hall, où elle chantait avec ses deux sœurs. En moins d'un an, elle se produisait à la Scala. L'une de ces voix naturelles parfaites comme il n'y en a que quelques-unes par siècle. Mais elle n'a jamais rien enregistré, si bien qu'il ne reste d'elle que ce que se rappellent ceux qui l'ont entendue. » Devant l'impatience croissante de ses auditeurs, il revint à son sujet. « Il y a eu quelque chose entre elle et Wellauer, ou entre lui et une de ses sœurs. Je n'arrive pas à me souvenir de ce que c'était ni de qui m'en a parlé, mais elle aurait essayé de le tuer, ou l'aurait menacé de le tuer. » Le critique agita son verre devant lui et Brunetti se rendit compte à quel point l'homme était ivre. « Bref, je crois que quelqu'un est mort ou a été tué, ou peut-être ne s'agissait-il que de menaces. La mémoire me reviendra sans doute demain matin. Cela dit, c'est peut-être sans importance.

— Qu'est-ce qui vous a fait penser à elle ? demanda le policier.

— Elle a chanté le rôle de Violetta avec lui. Avant la guerre. Quelqu'un m'a raconté, je ne sais plus qui, qu'on a essayé de l'interviewer, récemment. Laissez-moi réfléchir une minute. » Pour cela il consulta son verre, et la mémoire lui revint sur une lampée de scotch. « Narciso, oui, Narciso. Il préparait un article sur les grands chanteurs du passé et il est allé la voir, mais elle a refusé de lui parler et s'est montrée très désagréable. Si j'ai bien compris, elle ne lui a même pas ouvert la porte. Puis il m'a raconté l'histoire qu'on lui avait rapportée sur elle et Wellauer, avant la guerre. À Rome, je crois.

— T'a-t-il dit où elle habitait ?

— Non. Mais je peux l'appeler demain matin et lui demander. »

Effet de l'alcool ou de la conversation qui traînait en longueur, toujours est-il que Padovani perdait rapidement de sa superbe. Sous les yeux de Brunetti, le style affecté et plein de fatuité s'évanouit et il ne resta plus qu'un homme d'âge mur avec une barbe épaisse et un début de solide bedaine, assis les jambes croisées, dans une position qui laissait voir un centimètre ou deux de mollet au-dessus de chaussettes de soie noires. Paola paraissait fatiguée — ou bien en avait simplement assez de devoir soutenir ce niveau de persiflage universitaire avec son ancien camarade de classe. Quant à Brunetti, il se sentait lui-même à ce point d'équilibre où, s'il continuait à boire, il ne tarderait pas à être un peu ivre et gai et où, s'il s'arrêtait, il retrouverait rapidement et sa sobriété, et son humeur maussade. Il choisit la deuxième solution et posa son verre au pied de la chaise, certain qu'un domestique en maraude le trouverait avant le matin.

Paola posa également le sien et se redressa dans son fauteuil. Elle jeta un coup d'œil à Padovani, attendant de le voir se lever, mais il les congédia d'un geste de la main et prit la bouteille de scotch. Il s'en versa une dose généreuse.

« Je retournerai me mêler aux réjouissances quand je l'aurai vidée. »

Brunetti se demanda si, comme Paola, il n'en avait pas lui-même assez de ce bavardage aussi brillant qu'artificiel. Ils échangèrent quelques dernières réparties piquantes, et Padovani leur promit de les rappeler demain matin s'il obtenait l'adresse de la soprano.

Paola guida de nouveau Brunetti dans le labyrinthe du palais, vers les lumières et la musique. Il y avait davantage de monde dans le salon principal et le volume sonore de la musique avait augmenté pour rester proportionnel à celui des conversations.

Brunetti regarda autour de lui, déjà mort d'ennui rien qu'à voir et entendre tous ces gens très chics, bien nourris, bien habillés, très cultivés. Il comprit que Paola avait remarqué ce qu'il ressentait et était sur le point de lui suggérer de partir, lorsqu'il aperçut une personne qu'il connaissait. Près du bar, un verre dans une main et une cigarette dans l'autre, se tenait en effet le médecin qui avait examiné Wellauer et l'avait déclaré décédé. Dans la loge du chef d'orchestre, Brunetti s'était demandé comment elle pouvait être à la fois en jean et assise à l'orchestre. Marginalement améliorée, sa tenue, ce soir — pantalon gris, veste noire — trahissait une évidente indifférence pour son aspect, chose que Brunetti aurait cru impossible de la part d'une Italienne.

Il dit à Paola qu'il venait de voir quelqu'un à qui il avait envie de parler ; elle lui répondit qu'elle allait chercher ses parents pour les remercier de la soirée. Ils se séparèrent, et il traversa la pièce, s'efforçant de se rappeler le nom de la femme. Celle-ci, en le voyant, ne chercha pas à cacher le fait qu'elle le reconnaissait et se souvenait de lui.

« Bonsoir, commissaire.

— Bonsoir, docteur, répondit-il, ajoutant aussitôt, comme s'ils avaient suffisamment payé leur dû aux règles du savoir-vivre : Je m'appelle Guido.

— Et moi, Barbara.

— C'est vraiment une petite ville », observa-t-il. Ainsi formulée, cette remarque banale lui évitait d'avoir à choisir entre tutoiement et vouvoiement.

« Tôt ou tard, tout le monde rencontre tout le monde », approuva-t-elle, contournant le piège avec la même habileté.

Le policier décida finalement pour le vouvoiement : « J'espère que vous me pardonnez ; j'ai oublié de vous remercier, pour l'autre soir. »

Elle régla la question d'un haussement d'épaules : « Mon diagnostic était-il correct, au moins ?

— Tout à fait, répondit-il, se demandant comment elle avait pu ne pas le découvrir à la lecture des journaux. C'était dans le café, comme vous l'aviez dit.

— Il faut que je vous fasse un aveu, cependant ; je n'ai reconnu l'odeur que parce que je suis une lectrice d'Agatha Christie.

— Moi aussi. C'était la première fois que je la sentais, dans la vie réelle. »

Ils glissèrent l'un et l'autre sur la maladresse de cette formule.

Elle éteignit sa cigarette dans le pot d'un palmier de la taille d'un oranger.

« Comment et où arrive-t-on à se procurer un tel produit ? demanda-t-elle.

— C'était précisément ce que je voulais vous demander, Barbara. »

Elle réfléchit pendant quelques instants.

« Dans une pharmacie ou dans un laboratoire, mais dans ce cas la substance est contrôlée.

— Elle l'est sans l'être. »

Étant italienne, elle comprit immédiatement.

« Elle pourrait disparaître sans que personne ne le signale ou ne s'en rende compte ?

— Oui, je crois. L'un de mes hommes fait la tournée des pharmacies de la ville, mais il n'est même pas envisageable de vérifier toutes les usines de Marghera ou de Mestre.

— Le cyanure sert au développement des films, n'est-ce pas ?

— Oui. Il entre aussi dans la composition de certains produits de la pétrochimie.

— Il y en a suffisamment à Marghera pour occuper votre homme pendant des jours.

— Sinon des semaines. »

Il remarqua que le verre du médecin était vide et lui en proposa un autre.

« Non, merci. Je crois que j'ai assez abusé du champagne du comte pour la soirée.

— Êtes-vous déjà venue à ses réceptions ? demanda-t-il, franchement curieux.

— Oui, à quelques-unes. Il m'invite toujours et je viens, si je suis libre.

— Pourquoi ? »

La question lui avait échappé.

« Il est mon patient.

— Comment, vous êtes son médecin ? »

Brunetti était trop étonné pour dissimuler sa réaction. Elle se mit à rire. Qui plus est, son amusement, parfaitement naturel, était dépourvu de tout ressentiment.

« S'il est mon patient, c'est forcément que je suis son médecin, non ? » Elle se radoucit. « Mon cabinet est juste de l'autre côté de la place. J'ai commencé par m'occuper des domestiques, puis un jour, il y a environ un an, j'ai rencontré le comte pendant que je rendais visite à l'une de ses employées et avons bavardé.

— De quoi ? »

Brunetti n'en revenait pas que le comte soit capable de faire quelque chose d'aussi futile que bavarder, en particulier avec une personne aussi modeste que cette jeune femme.

« Cette première fois, nous avons parlé de la femme de chambre et de sa grippe, mais la deuxième, je ne sais comment, nous nous sommes mis à parler de poésie grecque. Ce qui nous a conduit, si ma mémoire est bonne, à évoquer les grands historiens grecs et romains. Le comte aime en particulier Thucydide. Étant donné que j'ai suivi une formation classique, j'ai pu en parler sans me ridiculiser et le comte en a conclu que j'étais un bon médecin. Il vient de temps en temps au cabinet et nos conversations portent sur Thucydide et Strabon. » Elle s'adossa au mur et croisa les chevilles. « Il ressemble en ça à la plupart de mes patients. Ils viennent me parler de maladies qu'ils n'ont pas et de douleurs qu'ils ne ressentent pas. C'est le comte le plus intéressant, mais en réalité, il n'y a sans doute aucune différence entre eux. Il est seul et âgé, comme les autres, et il a besoin de quelqu'un à qui parler. »

Brunetti se trouva réduit au silence par ce jugement sur son beau-père. Seul, un homme à qui il suffisait de décrocher son téléphone pour triompher de la règle du secret des banques suisses ? Seul, un homme capable de connaître le contenu d'un testament avant même que le défunt ne soit enterré ? Seul au point d'aller parler des historiens grecs à son médecin ?

« Il parle aussi de vous, parfois, reprit-elle. De vous tous.

— Vraiment ?

— Oui. Il a des photos de vous dans son portefeuille. Il me les a montrées à plusieurs reprises. Vous, votre femme et vos enfants.

— Pourquoi me racontez-vous cela, docteur ?

— Je vous l'ai dit, c'est un vieil homme seul. Et étant donné qu'il est mon patient, j'essaie de faire ce que je peux pour l'aider. » Comme il avait l'air de vouloir soulever une objection, elle enchaîna : « Tout ce que je peux, si j'estime que cela peut l'aider.

— Avez-vous légalement le droit d'avoir une clientèle privée, docteur ? »

Elle ne laissa pas voir si elle avait compris où il voulait en venir.

« La plupart de mes malades relèvent du système de santé publique.

— Combien avez-vous de patients, en privé ?

— J'estime que cela ne vous regarde pas, commissaire.

— En effet, sans doute pas, reconnut-il. Accepteriez-vous de répondre à une question concernant vos opinions politiques ? »

Demande qui, en Italie, avait un certain sens, les partis politiques n'étant pas encore tous la copie carbone les uns des autres.

« Je suis communiste, bien entendu, même si l'étiquette a changé.

— Et vous acceptez cependant de prendre comme patient l'un des hommes les plus riches de Venise ? L'un des plus riches de l'Italie, peut-être ?

— Bien sûr. Pourquoi pas ?

— Je viens de vous le dire. Parce qu'il est très riche.

— Quel rapport avec le fait que je le prenne comme patient ?

— Il me semblait que…

— Que j'aurais dû refuser de le soigner parce qu'il a les moyens de s'offrir de meilleurs médecins ? C'est ce que vous voulez dire, commissaire ? répliqua-t-elle sans chercher à cacher sa colère. Non seulement vous m'offensez personnellement, mais vous faites preuve d'une vision du monde singulièrement simpliste. Sans doute ni l'un ni l'autre ne devraient me surprendre beaucoup. »

Cette dernière remarque lui fit se demander ce que le comte avait bien pu lui confier au cours de leurs entretiens.

Il sentit que la direction de la conversation lui avait complètement échappé. Il n'avait nullement eu l'intention de l'offenser et de suggérer que le comte pouvait s'offrir de meilleurs médecins. Ce qu'il avait du mal à comprendre, c'était comment ce jeune médecin communiste avait pu accepter le comte comme patient.

« Je vous en prie, docteur, dit-il en tendant une main. Je suis désolé. Mais l'univers dans lequel je travaille est du genre simpliste. On y trouve des braves gens… » Elle l'écoutait et il osa donc ajouter, avec un sourire : « …comme nous. » Elle eut la courtoisie de lui rendre son sourire. « Et il y a ceux qui transgressent la loi.

— Oh, je vois, répondit-elle, en fin de compte toujours autant en colère. Et cela nous donne le droit de diviser le monde en deux groupes, celui dans lequel nous sommes, et l'autre, n'est-ce pas ? Et je dois m'occuper de ceux qui partagent mes opinions politiques et laisser le reste crever ? À vous entendre, on se croirait dans un film de cow-boys, les bons d'un côté, les méchants de l'autre, sans la moindre difficulté à distinguer les uns des autres. »

Dans un effort pour défendre son point de vue, il observa : « Je n'ai pas dit quelle loi ; j'ai simplement parlé de *transgresser la loi.*

— N'existe-t-il donc qu'une loi dans votre vision du monde ? Celle de l'État ? »

Il espéra que le mépris ouvert avec lequel elle avait parlé s'adressait à la loi de l'État et non à lui-même.

« Non, il ne me semble pas. »

Elle leva les mains en un geste de renoncement.

« Si c'est le moment où l'on doit sortir Dieu de la naphtaline céleste pour le lancer dans la conversation, je crois que je vais prendre un peu plus de champagne.

— Permettez », dit-il en lui prenant son verre. Il revint

bientôt avec une nouvelle coupe et de l'eau minérale pour lui. Elle accepta le champagne et le remercia d'un sourire tout à fait amical et naturel.

Elle prit quelques gorgées et demanda : « Et alors, cette loi ? » Elle avait posé sa question avec un intérêt réel, sans rancune, si bien qu'il ne restait plus rien de l'agressivité de leur échange précédent. Pour l'un comme pour l'autre, comprit-il.

« Manifestement, celle que nous avons est insuffisante, commença-t-il, surpris de s'entendre tenir de tels propos, lui qui avait consacré toute sa carrière à défendre la loi en question. Nous avons besoin d'une loi plus humaine — ou peut-être plus compatissante. »

Il s'interrompit, conscient de se sentir idiot de tenir de tels propos et, pis encore, d'y croire.

« Voilà qui serait sans aucun doute merveilleux, dit-elle d'un ton neutre qui le rendit sur le champ méfiant. Mais cela ne vous poserait-il pas de problèmes, professionnellement ? Après tout, votre rôle est de faire respecter cette autre loi, celle de l'État.

— En réalité, c'est la même chose. » Il se trouva encore plus stupide et maladroit. « D'habitude, en tout cas.

— Mais pas toujours.

— Non, pas toujours.

— Et quand ce n'est pas la même chose ?

— J'essaie de voir le point de convergence, là où elles se recoupent.

— Et si elles ne se recoupent pas ?

— Alors je fais ce que j'ai à faire. »

Elle éclata si spontanément de rire qu'il ne put que se joindre à elle. Il se rendait compte qu'il avait dû tout avoir de John Wayne avant la fusillade finale.

« Excusez-moi de vous avoir ainsi piégé, Guido. Vraiment. Si cela peut vous consoler, c'est le même genre de décision que nous autres, médecins, devons parfois prendre : quand nous pensons que ce qui est juste ne coïncide pas avec ce que dit la loi. »

Ils furent tous les deux sauvés par l'arrivée de Paola, qui vint lui demander s'il était prêt à partir.

« Paola, voici le médecin de ton père, dit-il en espérant surprendre sa femme.

— Oh, Barbara, s'exclama Paola. Je suis si contente de vous rencontrer ! Mon père me parle tout le temps de vous. Je suis désolée qu'il nous ait fallu tellement de temps pour faire connaissance. »

Brunetti resta coi pendant que les deux femmes parlaient, stupéfait de l'aisance avec laquelle elles manifestaient leur plaisir de se rencontrer et la confiance totale qu'elles se faisaient d'emblée. Unies dans un souci partagé pour un homme qu'il avait toujours lui-même considéré comme froid et distant, elles s'exprimaient comme si elles se connaissaient depuis des années. Il n'y avait rien des rugueuses charges à connotation morale ayant constitué le plus clair de l'entretien que lui-même avait eu avec le médecin. Elles avaient procédé à une sorte d'évaluation mutuelle instantanée, et été tout de suite satisfaites de ce qu'elles avaient trouvé. Le policier, qui avait souvent observé ce phénomène, craignait de ne jamais pouvoir le comprendre. Car s'il savait aussi nouer très vite un lien d'amitié avec un autre homme, ce lien restait relativement superficiel. Alors que l'intimité qui venait de se créer sous ses yeux allait très loin, atteignait quelque point central auquel il s'était arrêté — mais temporairement, en attendant la prochaine rencontre, ou il s'approfondirait encore.

Elles en étaient au stade où elles parlaient de Raffaele, l'unique petit-fils du comte, lorsqu'elles se souvinrent soudain de la présence de Brunetti. À la manière dont celui-ci se dandinait d'une jambe sur l'autre, Paola voyait qu'il était fatigué et avait envie de partir.

« Je suis désolée, Barbara, dit-elle, de vous raconter tout ça à propos de Raffaele. Vous allez maintenant avoir deux générations sur le dos au lieu d'une !

— Non, c'est mieux d'avoir un point de vue différent sur les enfants. Il est toujours à se faire du souci pour eux. Mais aussi très fier de vous deux. »

Brunetti ne comprit pas tout de suite que le médecin parlait de lui et de Paola. La soirée, décidément, lui réservait d'étranges surprises.

Il ne sut pas comment elles s'y prirent, mais les deux femmes décidèrent qu'il était temps de partir pour tout le monde. Le médecin alla poser son verre sur le bar, tandis que Paola prenait le bras de son époux. Pendant qu'elles échangeaient leurs salutations, Brunetti fut frappé par la chaleur dont le médecin faisait preuve vis-à-vis de Paola, par comparaison avec lui.

13

POUR SON MALHEUR, c'était dès le lendemain que son premier rapport écrit devait tomber sur le bureau de Patta. « Avant huit heures. » Étant donné que son réveil, lorsqu'il ouvrit un œil, indiquait déjà huit heures et quart, la chose était on ne peut plus impossible.

Une demi-heure plus tard, ayant plus ou moins repris figure humaine, il retrouva Paola qui, dans la cuisine, parcourait *L'Unità* ; du coup, il se rappela qu'on était mardi. Pour des raisons qu'il n'avait jamais pu tout à fait élucider, elle lisait tous les matins un journal différent et couvrait ainsi l'ensemble de l'éventail politique de la droite à la gauche — et en trois langues, l'italien, le français et l'anglais. Des années auparavant, au début de leurs relations et à une époque et où il la comprenait encore moins, il lui avait posé la question. Sa réaction, se rendit-il compte des années plus tard, était frappée au coin de la logique : « J'ai envie de savoir de combien de façons différentes on peut présenter les mêmes mensonges. » Rien de ce qu'il avait lu, par la suite, n'avait pu lui laisser penser un instant que cette approche était mauvaise. Aujourd'hui, c'était les communistes qui mentaient ; demain, les chrétiens-démocrates en feraient autant.

Il s'inclina pour l'embrasser sur la nuque. Elle poussa un grognement mais ne releva pas la tête. Sans dire un mot, elle lui indiqua une assiette de brioches fraîches qui attendaient sur le comptoir. Il se versa un café, y ajouta trois cuillerées de sucre et vint s'asseoir en face d'elle. Elle tourna une page.

« Des nouvelles ? demanda-t-il, mordant dans une brioche.

— Plus ou moins. Nous n'avons plus de gouvernement depuis hier après-midi. Le président essaie d'en constituer un, mais on dirait que ça se présente mal. Chez le boulanger, ce matin, tout le monde parlait de la vague de froid. Pas étonnant que nous ayons ce genre de gouvernement : c'est celui que nous méritons... Enfin, enchaîna-t-elle, méditant sur la photo du dernier candidat à l'investiture, ce n'est peut-être pas vrai. Personne ne peut mériter ça.

— Quoi d'autre ? continua-t-il, selon un rituel vieux maintenant de plus de dix ans qui lui permettait d'apprendre ce qui se passait sans avoir à lire les journaux et, en prime, de savoir de quelle humeur elle était.

— Grève dans les chemins de fer la semaine prochaine, par solidarité envers un mécanicien qui a été licencié parce qu'il était rentré dans un autre train en état d'ivresse. Les hommes qui travaillaient avec lui se plaignaient de son comportement depuis des mois, mais personne n'y avait fait attention. Et aujourd'hui, parce qu'il a été viré, ces mêmes gens qui se plaignaient de lui menacent de faire grève parce qu'ils en ont été débarrassés. » Elle tourna la page, il prit une deuxième brioche. « Nouvelles menaces d'attaques terroristes. Elles nous épargneront peut-être celles de touristes. (Nouvelle page.) Début catastrophique de saison à l'opéra de Rome. Chef d'orchestre lamentable. Dami m'a dit hier au soir que les musiciens se plaignaient de lui depuis des semaines, depuis le début des répétitions, en fait. Bien entendu, personne n'y a fait attention. Logique. On n'écoute pas les hommes qui font fonctionner les trains, pourquoi écouterait-on ceux qui font fonctionner un orchestre et qui doivent supporter le maestro pendant les répétitions ? »

Il reposa si brusquement sa tasse sur la table qu'il renversa un peu de café. La seule réaction de Paola fut d'écarter le journal de la flaque.

« Qu'est-ce que tu as dit ?

— Hein ? demanda-t-elle, sans faire attention.

— Qu'est-ce que tu as dit, à propos du chef d'orchestre ? »

Elle leva les yeux sur lui non à cause de la question, mais du ton dont elle avait été posée.

« Quoi ?

— À propos du chef d'orchestre, qu'est-ce que tu viens de dire ? »

Comme pour la plupart des commentaires qu'elle livrait brut de décoffrage tous les matins, elle avait oublié celui-ci à peine prononcé. Elle revint à la page où elle avait parcouru l'article et l'étudia à nouveau.

« Ah, oui, l'orchestre. Si on avait fait attention, on se serait aperçu que c'était un mauvais chef. Après tout, y a-t-il meilleurs juges que les musiciens ?

— Paola, dit-il en écartant le journal pour la voir, si je n'étais pas marié avec toi, je divorcerais pour t'épouser. »

Il eut le plaisir de constater qu'il l'avait surprise, exploit auquel il parvenait rarement. Il la laissa ainsi, le regardant d'un œil rond par-dessus ses lunettes, ne comprenant pas très bien ce qu'elle avait fait.

Il dégringola en courant les quatre-vingt-quatorze marches, impatient d'attaquer la journée par quelques coups de téléphone.

À son arrivée, un quart d'heure plus tard, il constata que Patta ne l'avait pas précédé ; il dicta donc un court paragraphe qu'il fit porter sur le bureau de son supérieur. Puis il appela le bureau du *Gazzettino* et demanda à parler à Salvator Rezzonico, le critique musical. Celui-ci n'était pas au journal mais, lui dit-on, il devait se trouver soit à son domicile, soit au conservatoire. Lorsqu'il débusqua enfin son homme (chez lui), Brunetti lui expliqua en deux mots ce qu'il voulait, et le musicologue lui proposa de le rejoindre le matin même à onze heures, au conservatoire, avant son cours. Puis le policier appela son dentiste ; ce dernier avait un jour fait allusion à un cousin premier violon dans l'orchestre de La Fenice. Il s'appelait Traverso, et Brunetti parvint à le joindre et à lui fixer un rendez-vous avant la représentation du soir.

Il passa la demi-heure suivante à parler avec Miotti, qui n'avait pas ramené grand-chose de nouveau de son enquête au théâtre, sinon que l'un des membres du chœur était sûr d'avoir vu Flavia Petrelli se rendre dans la loge du chef d'orchestre après le premier acte. Miotti avait aussi découvert les raisons de l'antipathie manifeste que le concierge éprouvait pour la cantatrice : l'homme la soupçonnait d'avoir des relations intimes avec « l'Américaine ». Maigre récolte. Brunetti envoya alors le jeune policier au *Gazzettino*, avec mission d'éplucher les archives à la recherche d'un scandale qui aurait impliqué le maestro et une cantatrice italienne, « quelques temps avant la guerre ». Miotti, consterné par ce que ces directives avaient de vague, lui adressa un regard qu'il ne soutint pas; ils disposaient peut-être, laissa entendre Brunetti, d'un fichier thématique qui lui faciliterait la tâche.

Le commissaire quitta alors son bureau et, traversant la ville, se rendit à pied au conservatoire de musique, situé sur une petite place proche du pont de l'Académie. Après avoir dû interroger plusieurs personnes, il finit par trouver la classe, au troisième étage, et le professeur qui l'attendait — ou attendait ses élèves.

Comme cela arrivait si souvent à Venise, Brunetti le reconnut pour l'avoir croisé à plusieurs reprises dans ce quartier de la ville. Ils ne s'étaient jamais adressé la parole, mais la chaleur avec laquelle l'homme le salua montrait à l'évidence qu'il avait lui aussi reconnu Brunetti. De petite taille, Rezzonico avait le teint pâle, les cheveux courts et des ongles soigneusement manucurés; il était rasé de près et portait un costume gris anthracite et une cravate sombre, tenue intentionnellement adoptée, avait-on l'impression, pour jouer son rôle de professeur.

« Que puis-je faire pour vous, commissaire ? demanda-t-il lorsque Brunetti se fut présenté et eut pris place à l'une des tables de la classe.

— C'est à propos du maestro Wellauer.

— Ah, oui, répondit Rezzonico, prenant, comme il était prévisible, un ton de circonstance. Une bien grande perte pour le monde de la musique. »

Brunetti respecta le délai convenable et poursuivit.

« Deviez-vous faire un article sur cette malheureuse représentation de *La Traviata*, professeur ?

— Oui, en effet.

— *Il Gazzettino* ne l'a pas publié, cependant.

— C'est exact. Nous avons décidé — ou plutôt, le rédacteur en chef a décidé — que par respect pour Wellauer, qui n'avait pas dirigé la représentation jusqu'au bout, on attendrait la prestation du nouveau chef d'orchestre pour publier un papier.

— L'avez-vous fait ?

— Oui. Il est sorti ce matin.

— Je suis désolé, professeur, mais je n'ai pas eu le temps de le lire. Pouvez-vous me rapporter ce que vous en dites ?

— Du bien, dans l'ensemble. Les chanteurs sont bons, et la Petrelli est magnifique. C'est la seule grande soprano verdienne de notre époque, la seule véritablement verdienne. Le ténor est moins bon mais il est encore très jeune, et je suis convaincu que sa voix va s'améliorer.

— Et le chef d'orchestre ?

— Comme je l'ai écrit, prendre la baguette dans de telles circonstances est une tâche particulièrement délicate. Il n'est pas facile de diriger un orchestre qui a répété avec quelqu'un d'autre.

— Oui, cela se conçoit.

— Si l'on prend tout cela en considération, il s'en est remarquablement bien tiré. C'est un jeune homme plein de talent qui paraît avoir une sensibilité particulière à Verdi.

— Et Wellauer ?

— Pardon ?

— Si vous aviez écrit un article sur la première, celle qu'a partiellement dirigée Wellauer, qu'auriez-vous dit ?

— Sur la représentation dans son ensemble ou sur le maestro ?

— Les deux. »

La question désarçonnait manifestement le professeur.

« Je ne sais trop comment vous répondre. La mort de Wellauer a rendu tout ceci vain.

— Si vous aviez écrit cet article, qu'auriez vous dit de sa direction d'orchestre ? »

Rezzonico inclina sa chaise en arrière et se croisa les mains derrière la nuque, comme le faisaient autrefois, se souvint Brunetti, certains de ses professeurs. Il resta ainsi quelques instants, réfléchissant à la question, puis laissa retomber bruyamment son siège.

« La teneur de l'article aurait été bien différente, j'en ai peur.

— En quoi, professeur ?

— Pas pour les chanteurs ; j'aurais dit à peu près la même chose. La signora Petrelli superbe, le ténor bien, avec un avenir prometteur. Le soir de la première, ils ont chanté de manière identique, mais le résultat a été différent. » Devant l'incompréhension manifestée par Brunetti, il essaya de s'expliquer. « Il était difficile de faire abstraction de tout son passé de chef, difficile d'écouter la musique sans qu'elle soit brouillée par celle que ce génie nous a fait entendre pendant des années. Je vais tenter d'être plus clair. Pendant un opéra, c'est le chef d'orchestre qui donne sa cohérence à la représentation, qui veille à ce que les chanteurs respectent la mesure, à ce qu'il soient soutenus par l'orchestre, à ce que les attaques tombent pile en mesure — à ce que la scène et la fosse restent synchronisés, si vous préférez. Le chef doit aussi veiller à ce que l'orchestre ne joue pas trop fort, que la montée des crescendo soit sensible, mais sans qu'elle ne vienne noyer, cependant, la voix des chanteurs. Quand il sent que cela risque de se produire, il peut les faire jouer plus doucement d'un mouvement de la baguette ou en portant un doigt aux lèvres. » Le professeur mima ces deux gestes, que Brunetti connaissait bien pour les avoir remarqués lors de nombreux concerts et opéras. « Et il doit, à chaque instant, tout contrôler : les chœurs, les chanteurs, l'orchestre, afin de maintenir un équilibre parfait.

Sinon, tout s'écroule, et l'on n'entend plus que des choses disparates, sans liens, au lieu de l'opéra dans son unité.

— Et ce soir-là, le soir de la mort du maestro ?

— Ce contrôle général n'était pas là. L'orchestre jouait par moments si fort que l'on n'entendait plus les chanteurs, et je suis sûr qu'ils devaient avoir du mal à s'entendre les uns les autres. À d'autres moments, l'orchestre jouait trop vite et les chanteurs arrivaient difficilement à suivre le tempo. Ou le contraire.

— D'autres spectateurs l'ont-ils remarqué, professeur ? »

Rezzonico souleva les sourcils et eut un petit reniflement dégoûté.

« Commissaire, j'ignore si vous savez ou non ce que vaut le public, à Venise, mais le meilleur compliment qu'on puisse leur faire est de dire que les Vénitiens se comportent comme des paons. Ils ne vont pas à l'opéra pour y écouter de la belle musique et des belles voix, mais pour parader dans leurs plus beaux atours devant leurs amis — lesquels amis viennent pour la même raison. Vous pourriez faire venir une fanfare du fin fond de la Calabre et la flanquer dans la fosse d'orchestre que personne, dans ce public, ne remarquerait la différence. Pourvu que les costumes soient somptueux et que la mise en scène soit spectaculaire, c'est le succès assuré. S'il s'agit d'un opéra moderne chanté par des artistes étrangers, c'est l'échec tout aussi assuré. » Le musicologue se rendit compte qu'il pérorait et il baissa la voix. « Mais la réponse à votre question est non ; je doute qu'il y ait eu plus de quelques personnes pour s'en rendre compte.

— Les autres critiques ? »

Le professeur renifla de nouveau.

« En dehors de Narciso, pour *La Repubblica*, il n'y a pas un seul musicien parmi eux. Certains se contentent d'assister aux répétitions pour écrire leur papier. D'autres ne savent même pas lire une partition. Non, il n'y a aucun bon juge parmi eux.

— À votre avis, où faut-il chercher la cause de… de l'échec de Wellauer, si je puis m'exprimer ainsi ?

— N'importe où. L'âge, déjà ; il se faisait vieux, après tout. Il pouvait être bouleversé et énervé par quelque chose qui se serait produit juste avant la représentation. Voire même, aussi ridicule que cela puisse paraître, souffrir d'un simple problème d'indigestion. Toujours est-il qu'il n'avait pas le contrôle sur ce qui se passait, ce soir-là. Il lui échappait ; l'orchestre faisait ce qu'il voulait et les chanteurs suivaient comme ils pouvaient. On n'avait pas l'impression qu'il *dirigeait*, en somme.

— Rien d'autre, professeur ?

— Sur le plan musical ?

— Oui, ou sur tout autre plan. »

Rezzonico réfléchit quelques instants, croisant cette fois les mains sur ses genoux.

« Cela va peut-être vous paraître bizarre ; cela me paraît d'ailleurs bizarre à moi-même parce que j'ignore pourquoi je le crois et vous le dis. Mais à mon avis, il savait.

— Je vous demande pardon ?

— Wellauer. Je pense qu'il savait.

— Sur la musique ? Sur ce qui se passait ?

— Oui.

— Et qu'est-ce qui vous le fait dire, professeur ?

— Un détail, après la scène du deuxième acte dans laquelle Germont père vient supplier Violetta. » Il regarda Brunetti pour savoir si celui-ci connaissait l'intrigue de l'opéra. Le commissaire acquiesça, et le musicologue reprit. « Scène qui provoque toujours un tonnerre d'applaudissements, en particulier quand les chanteurs sont de la classe de Petrelli et Dardi. C'est donc ce qui se produisit. Pendant que les applaudissements se poursuivaient, j'ai observé le maestro. Il a posé sa baguette et j'ai eu l'étrange impression qu'il était sur le point de partir. De descendre de son estrade et de quitter la fosse, comme ça. L'ai-je vu, l'ai-je inventé ? Il était sur le point de faire ce pas lorsque les applaudissements ont cessé ; les premiers violons ont levé leur archet. Il les a vus, leur a adressé un signe de tête et a repris sa baguette. Et l'opéra a continué, mais je ne peux m'empêcher de me dire que s'il n'avait pas vu leur mouvement, il serait parti tranquillement.

— Quelqu'un d'autre l'a-t-il remarqué ?

— Je ne sais pas. Personne, parmi ceux à qui j'ai parlé, n'a voulu dire grand-chose de la représentation ; les propos sont restés très réservés. J'étais dans une loge de côté et je voyais très bien Wellauer. Je suppose que tout le monde regardait les chanteurs. Plus tard, lorsqu'on est venu annoncer qu'il était dans l'incapacité de continuer, j'ai pensé qu'il avait eu une attaque, quelque chose comme ça. Il ne m'est jamais venu à l'esprit qu'il avait pu être tué.

— Qu'est-ce que vous ont dit ces autres personnes ?

— Je vous le répète, elles se sont montrées discrètes, prudentes, presque, ne voulant rien dire contre lui, maintenant qu'il était mort. Mais quelques-unes m'ont tout de même avoué qu'elles avaient trouvé la représentation décevante. Rien de plus.

— J'ai lu l'article que vous avez consacré à sa carrière, professeur. Vous en parlez en termes extrêmement élogieux.

— Il fait partie des plus grands chefs d'orchestre du siècle ; c'était un véritable génie.

— Vous ne faites allusion nulle part à cette dernière représentation, professeur.

— On ne condamne pas un homme pour une soirée ratée, commissaire, en particulier quand l'ensemble de sa carrière a été d'un tel niveau.

— Oui, je sais ; pas plus pour une soirée ratée que pour une peccadille.

— Précisément, répondit le musicologue, portant son attention sur deux jeunes femmes qui venaient d'entrer dans la classe, tenant chacune une volumineuse partition à la main. Si vous voulez bien m'excuser, commissaire, mes étudiants arrivent et je vais commencer mon cours.

— Bien sûr, professeur. » Brunetti se leva et lui tendit la main. « Merci infiniment pour votre aide. »

L'homme marmonna une réponse mais son attention allait manifestement à ses étudiants. Le policier quitta la salle et regagna la place San Stefano par le grand escalier.

Brunetti traversait souvent cette place et avait peu à peu

fini par connaître non seulement les gens qui y travaillaient, dans les cafés et les boutiques, mais jusqu'aux chiens qui venaient y batifoler. Vautré dans un faible rayon de soleil, il vit un bouledogue rose et blanc sans muselière qui avait le don de le mettre mal à l'aise. Il y avait aussi cette bestiole chinoise bizarre, boudin à fourrure d'une laideur insurpassable. Enfin, devant le magasin de céramiques, il aperçut le bâtard noir qui observait une telle immobilité, toute la journée, que pas mal de gens le prenaient pour l'une des poteries vernissées de l'étalage.

Il décida de passer au Caffè Paolin. L'établissement avait encore des tables dehors, mais les seuls à s'y installer étaient des touristes, essayant désespérément de se convaincre qu'il faisait assez chaud pour déguster un cappuccino en plein air. Les personnes normales étaient à l'intérieur.

Il échangea un « *bon giorno* » avec le barman, lequel eut assez de tact pour s'abstenir de lui demander s'il y avait du nouveau dans l'affaire. Dans cette ville où garder un secret relevait de l'exploit, les gens manifestaient une remarquable capacité à éviter de poser des questions directes et à se contenter de remarques banales. Il savait que tant que l'affaire ne serait pas réglée, aucune des personnes avec lesquelles il entrait en contact à ce niveau — garçons de café, échotiers, employés de banque — ne lui poserait la moindre question.

Après avoir avalé son expresso, il se sentit pris d'impatience, mais nullement pour le déjeuner que tout le monde, autour de lui, semblait pressé d'aller prendre. Il appela le bureau. On lui dit que le signor Padovani avait téléphoné et laissé un nom et une adresse pour lui. Aucun message, juste ce nom : Clemenza Santina, et une adresse : Corte Mosca, Giudecca.

14

L'ÎLE DE LA GIUDECCA est située dans une partie de Venise où Brunetti se rendait rarement. Visible de la place Saint-Marc, visible, en fait, de nombreux endroits et n'étant éloignée de la ville que d'une centaine de mètres à certains, elle demeurait néanmoins dans un étrange isolement. Les abominables histoires que rapportaient les journaux, avec une fréquence alarmante, d'enfants mordus par des rats ou de gens trouvés morts d'une overdose, paraissaient toujours se passer à la Giudecca. Même la présence d'un monarque déchu et d'une ancienne star du cinéma des années cinquante ne parvenait pas, dans l'imagination populaire, à redorer son blason : l'île restait un sinistre cul de basse-fosse où se passaient des choses horribles.

Brunetti, comme une bonne partie des Vénitiens, s'y rendait d'ordinaire en juillet pendant la fête du Rédempteur, instituée pour célébrer la fin de la peste, en 1576. Durant deux jours, un pont de bateaux reliait la Giudecca à l'île principale ; il permettait aux fidèles d'aller à pied à l'église du Rédempteur pour y rendre grâce de l'intervention divine — laquelle paraissait avoir si souvent sauvé ou épargné la ville.

Debout sur le pont du vaporetto (ligne 8) contre l'étrave duquel clapotaient les vagues, il regarda au loin l'enfer industriel de Marghera ; les cheminées d'usine envoyaient des nuages de fumée joufflus qui, poussés insidieusement par les vents au-dessus des eaux, viendraient ronger le marbre blanc de Venise. Il se demanda quel genre d'intervention divine pourrait épargner à la Sérénissime la marée noire, cette peste des temps modernes : elle recouvrait les eaux de la lagune et avait déjà détruit par millions les crabes qui, jadis, hantaient ses cauchemars d'enfant. Quel Rédempteur parviendrait à dissiper le linceul funèbre de fumée verdâtre qui transformait lentement le marbre d'Istrie en meringue ? Homme de foi limitée, il n'arrivait pas à imaginer de salut, qu'il fût d'origine humaine ou divine.

Il descendit à l'arrêt de Zittele, tourna à gauche, longeant l'eau, et se mit à la recherche de la Corte Mosca. Sur l'autre rive, la ville scintillait dans le faible soleil de l'hiver. Il passa devant l'église (fermée pendant la sieste sacrée de l'après-midi) et vit, tout de suite après, l'entrée du cul-de-sac formé par la cour. Étroit, bas de plafond et plongé dans la pénombre, le passage empestait le pipi de chat.

Au bout du tunnel de pierre, il tomba sur un jardin exubérant où les plantes poussaient dans l'anarchie la plus totale ; sur un côté, une bestiole qui ressemblait vaguement à un chat rongeait un débris d'où dépassait une aile. Au bruit de ses pas, le félin battit en retraite sous un rosier, sans lâcher l'immonde déchet. Une porte gauchie s'ouvrait dans le mur, sur le côté opposé de la cour. Pour l'atteindre, il dut à plusieurs reprises écarter les ronces. Il frappa, attendit, puis cogna sur le battant.

Au bout de plusieurs minutes, la porte s'entrouvrit de la largeur d'une main, et deux yeux se mirent à le regarder. Il expliqua qu'il cherchait la signora Santini. Plissés par la perplexité, les yeux l'étudièrent un moment, puis reculèrent dans l'obscurité de la maison. Par respect pour les infirmités dues au grand âge, il répéta sa question, criant presque, cette fois. Un petit trou s'ouvrit alors sous les deux yeux et une voix lui répondit que la signora habitait de l'autre côté de la cour.

Brunetti se tourna et examina le point qu'on lui indiquait. Près de l'endroit où débouchait le passage, mais presque dissimulée par une empilement de branches et de plantes en décomposition, se trouvait une autre porte basse. Au moment où il se tournait à nouveau pour remercier l'homme, le battant se referma bruyamment sous son nez. Il traversa le jardin avec prudence et alla frapper à la deuxième porte.

Il dut attendre encore plus longtemps, ce coup-ci. Lorsqu'on lui ouvrit, il vit une paire d'yeux pratiquement à la même hauteur que les autres et il se demanda si par hasard la créature n'aurait pas fait en courant tout le tour du bâtiment. Un examen plus attentif, cependant, lui révéla que ces yeux-ci étaient plus clairs et que le visage qu'il y avait autour était celui d'une femme, bien qu'il fût autant sillonné de rides et plissé de froid que l'avait été le premier.

« Oui ? » demanda la vieille femme en le dévisageant. Elle était haute comme trois pommes et enveloppée de nombreuses couches de lainages et de châles ; dépassant de l'ourlet de sa robe, on voyait le bas de ce qui paraissait être une chemise de nuit en flanelle. Elle avait aux pieds d'énormes charentaises en laine qui lui rappelèrent celles que portait sa grand-mère. Elle avait jeté par-dessus tout ça un manteau d'homme, sans le boutonner.

« Signora Santini ?

— Qu'est-ce que vous voulez ? »

La voix, aiguë et aigre du fait de l'âge, rendait difficile de croire qu'elle appartenait à l'une des plus grandes cantatrices de l'avant-guerre. Dans son timbre, il détecta également cette méfiance de l'autorité qui est quasi instinctive chez la plupart des Italiens, en particulier les vieux. Méfiance qui lui avait appris à retarder autant que possible le moment où il déclinait son identité.

« Signora, dit-il, penché en avant et articulant avec soin et fort, j'aimerais vous parler du maestro Helmut Wellauer. »

Rien ne trahit, sur le visage de la vieille, qu'elle avait entendu parler de la mort du chef d'orchestre.

« Vous n'avez pas besoin de crier. Je ne suis pas sourde. Qui êtes-vous ? Un journaliste ? Comme l'autre ?

— Non, signora. Mais j'aimerais vous parler de

Wellauer. » Il s'exprimait de manière calculée, attentif à l'effet qu'il produisait. « Je sais que vous avez chanté avec lui. À l'époque de votre gloire. »

À ces mots, le regard de la vieille femme devint brusquement attentif, non sans s'adoucir légèrement. Elle l'étudia, cherchant à détecter quel genre de musicien se cachait derrière cette cravate bleue banale.

« C'est vrai, j'ai chanté avec lui. Mais c'était il y a longtemps.

— Oui, signora, je le sais. Mais je serais honoré si vous acceptiez de me parler de votre carrière.

— Dans la mesure où il s'agit de ma carrière avec lui, c'est ça ? » Il vit l'instant précis où elle comprit qui il était. « Vous êtes de la police, hein ? » lui demanda-t-elle, comme si l'information lui était parvenue sous forme d'odeur et non pas comme une idée. Elle resserra le manteau sur elle, bras croisés.

« En effet, signora, mais j'ai toujours été un de vos admirateurs.

— Comment se fait-il, alors, que je ne vous ai jamais vu ici ? Menteur… » Un constat, fait sans colère. « Mais je vais vous parler. Sinon, vous allez revenir avec des papiers. » Elle se tourna brusquement et s'éloigna dans la pénombre. « Entrez, entrez, je n'ai pas les moyens de chauffer toute la cour. »

Il la suivit et fut immédiatement assailli par le froid et l'humidité. Il ignorait si c'était d'être passé si brusquement du soleil à l'ombre, mais l'appartement lui parut infiniment plus froid que la cour. Elle le frôla et referma la porte, le coupant entièrement de la lumière et du souvenir de la chaleur. Du pied, elle poussa un épais rouleau de flanelle contre le bas du battant. Puis elle ferma à clef et donna un tour de verrou. Avec un policier chez elle, elle s'enfermait à double tour.

« Par ici », marmonna-t-elle, s'engageant dans un long couloir. Brunetti dut attendre que ses yeux s'accommodent à l'obscurité avant de pouvoir la suivre dans l'humidité du passage ; ils arrivèrent dans une petite cuisine, sombre elle aussi, au milieu de laquelle trônait un antique poêle à kérosène. La plus faible des flammes vacillait à sa base. Un lourd fauteuil, sur lequel s'empilaient autant de couvertures que de chandails sur la vieille, était placé juste à côté.

« J'imagine que vous voulez du café ? dit-elle en refermant la porte de la cuisine — repoussant ici aussi, du pied, un rouleau de chiffons contre le jour qui passait dessous.

— Ce serait très aimable de votre part, signora », répondit-il.

Elle lui indiqua une chaise qui faisait face à son fauteuil et Brunetti, avant d'y prendre place, remarqua que le cannage y était troué en plusieurs endroits. Il s'assit avec précaution et parcourut la pièce des yeux. Il y vit les signes de la pauvreté la plus désespérée : l'évier en ciment surmonté d'un seul robinet, l'absence de réfrigérateur et de cuisinière, les taches de moisissure sur les murs. Une pauvreté qu'il détectait à l'odeur encore plus qu'il ne la voyait : remugles d'air fétide, cette puanteur d'égout commune à tous les logements en rez-de-chaussée de Venise, relents de salami et de fromage conservés à température ambiante... une pauvreté que trahissaient aussi les effluves âcres de vêtements jamais lavés émanant des couvertures et des châles entassés sur le fauteuil de la vieille femme.

Avec des mouvements à l'amplitude réduite et par l'âge et par l'exiguïté des lieux, elle versa du café d'une cafetière à une casserole et, à petits pas laborieux, vint placer la casserole sur le poêle à kérosène. Tout aussi lentement, elle retourna jusqu'à la paillasse en ciment, à côté de l'évier, où elle prit deux tasses ébréchées qu'elle posa sur la table voisine de son fauteuil. Nouveau déplacement, cette fois-ci pour aller chercher un sucrier en cristal au milieu duquel était dressé un monticule grumeleux de sucre solidifié. Plongeant le doigt dans la casserole et jugeant la température convenable, elle versa le café dans les deux tasses, poussant l'une d'elle vers lui sans ménagement. Puis elle se lécha le doigt.

Elle se pencha sur son fauteuil pour écarter les couvertures ; on aurait cru qu'elle s'apprêtait à se coucher, en fait. Puis elle se laissa tomber dans le siège. Automatiquement, comme si c'était le fruit d'une longue habitude, les couvertures glissèrent du haut et des bras du fauteuil pour la recouvrir.

Elle dut se tourner pour attraper sa tasse, sur la table, et Brunetti remarqua qu'elle avait les mains déformées et nouées par l'arthrite, au point que la gauche s'était transformée en une sorte de crochet dont dépassait un pouce. Il comprit que c'était cette maladie qui la rendait si lente. C'est alors, tandis qu'il se sentait plus que jamais assailli par le froid et l'humidité, qu'il imagina ce que vivre dans un tel logis devait représenter pour elle.

Aucun des deux ne parla pendant la préparation du café. Ils restèrent assis dans un silence presque agréable jusqu'au moment où, se penchant en avant, elle lui proposa du sucre.

Comme elle ne faisait pas mine de s'extraire de ses couvertures, Brunetti prit l'unique cuillère et détacha un fragment de sucre. « Permettez, signora », dit-il, le laissant tomber dans la tasse qu'elle avait attirée à elle et tournant le breuvage avec la cuillère. Il tailla ensuite un autre fragment qui resta dans sa tasse, monolithique, indissoluble. Le liquide était tiède, épais, méphitique. Le fragment de sucre vint heurter ses dents sans avoir rien fait pour atténuer l'âcreté du café. Il prit une deuxième gorgée et reposa la tasse sur la table ; la signora Santina n'avait pas touché à la sienne.

Il se rassit et, sans chercher à cacher sa curiosité, regarda autour de lui. Nulle trace d'une carrière qui avait été aussi météoritique que prodigieuse. Pas la moindre affiche, sur les murs, d'un spectacle dont elle aurait été la vedette, pas la moindre photo de cantatrice en costume. Le seul objet qui pouvait avoir un rapport avec son passé était un agrandissement dans un cadre d'argent, posé sur une commode écornée. Disposées en V dans une pose guindée, on voyait trois jeunes femmes ou peut-être même des jeunes filles qui, assises, souriaient à l'objectif.

Toujours sans toucher à sa tasse, la vieille femme

demanda avec brusquerie : « Qu'est-ce que vous voulez savoir ?

— Est-il exact que vous avez chanté avec lui, signora ?

— Oui. Pendant la saison 1937. Mais pas ici.

— Où ?

— À Munich.

— Et dans quel opéra, signora ?

— *Don Giovanni*. Les Allemands ont toujours raffolé de leurs compositeurs. Comme les Autrichiens. Alors on leur donne du Mozart... et du Wagner, ajouta-t-elle avec une note de mépris. Évidemment, qu'il leur donnait du Wagner. Il adorait Wagner.

— Qui ? Wellauer ?

— Non, l'*imbianchino* », répondit-elle, utilisant ce terme de « peintre en bâtiment » pour décrire l'homme à cause de qui des millions de personnes avaient perdu la vie. Sa manière de prononcer ce mot suffisait à le faire comprendre.

« Et le maestro, aimait-il Wagner, lui aussi ?

— Il aimait tout ce que l'autre aimait. » Elle ne fit, cette fois, aucun effort pour cacher son mépris. « Mais il l'aimait aussi pour lui, son Wagner. Ils l'aiment tous. La mélancolie et la souffrance, ça leur plaît. Je crois qu'ils se complaisent dans la souffrance. La leur et celle des autres. »

Brunetti ne fit aucun commentaire et demanda : « Avez-vous bien connu Wellauer, signora ? »

Elle se détourna, jeta un coup d'œil à la photo, puis regarda ses mains, qu'elle tenait soigneusement à l'écart l'une de l'autre, comme si le moindre effleurement pouvait la faire souffrir.

« Oui, je l'ai bien connu », finit-elle par répondre.

Il laissa le silence se prolonger avant de poursuivre.

« Que pouvez-vous me dire de lui, signora ? »

Elle aussi attendit un moment avant de répondre. « Il était orgueilleux. À juste titre. C'est le plus grand chef d'orchestre avec lequel j'ai jamais travaillé. Je ne sais pas comment il y parvenait, mais il pouvait prendre n'importe quelle partition, même archi-connue, et faire en sorte qu'elle paraisse nouvelle, comme si on ne l'avait jamais jouée auparavant. En général, les musiciens ne l'aimaient pas, mais ils le respectaient. Il arrivait à les faire jouer comme des anges.

— Vous avez dit que votre carrière avait été trop courte. Pour quelle raison y avez-vous mis un terme ? »

Elle le regarda à cet instant, mais ne lui demanda pas comment quelqu'un qui se prétendait son admirateur pouvait ignorer cette histoire. C'était un policier, d'ailleurs, et les policiers ne font que mentir. Sur tout et n'importe quoi.

« J'ai refusé de chanter pour le Duce. C'était à Rome, pour la soirée d'ouverture de la saison, en 1938. *Norma*. Le directeur est venu dans les coulisses juste avant le rideau et nous a dit que Mussolini nous faisait l'honneur d'être dans la salle. Alors… » Elle hésita, comme si elle cherchait la meilleure manière de s'expliquer. « J'étais jeune et courageuse. J'ai dit que je refusais de chanter. Jeune et célèbre, aussi, et je croyais pouvoir me permettre d'agir ainsi. Je m'imaginais que ma célébrité me protégerait ; que les Italiens aimaient assez l'art et la musique pour me pardonner ce caprice. » Elle secoua la tête.

« Et qu'est-il arrivé, signora ?

— Je n'ai pas chanté. Je n'ai pas chanté ce soir-là, et je n'ai plus jamais rechanté en public depuis. Il ne pouvait pas me tuer pour cela, mais il pouvait me faire arrêter. J'ai passé tout le temps de la guerre à Rome, enfermée chez moi, et quand elle a été terminée… je n'ai pas rechanté. » Elle changea de position dans le fauteuil. « Je n'ai pas envie d'en parler.

— Parlons de Wellauer, alors. Y a-t-il autre chose dont vous vous souvenez ? »

Aucun des deux n'avait mentionné sa disparition, mais ils y faisaient allusion comme s'il était mort.

« Non, rien.

— N'est-il pas exact, signora, que vous avez eu des ennuis avec lui ?

— Cette histoire remonte à plus de cinquante ans, observa-t-elle avec un soupir. Quelle importance cela peut-il avoir ?

— Voyez-vous, signora, je cherche à me faire une idée de cet homme. De lui, je ne connais que son talent de musicien, qui était splendide, et son cadavre, que j'ai vu et qui ne l'était pas. Plus j'en apprends sur lui, plus j'ai de chance de comprendre comment il est mort.

— Du poison, n'est-ce pas ?

— En effet.

— Parfait. » Aucune méchanceté, rien de venimeux dans le ton. Il aurait pu s'agir d'un commentaire sur un passage musical ou un plat, vu l'enthousiasme qu'elle manifestait. Il remarquait qu'elle se tenait les mains, à présent, et que ses doigts s'emmêlaient et se démêlaient nerveusement. « Je suis déçue, pourtant, que quelqu'un se soit chargé de le tuer. J'aurais préféré qu'il se suicide, parce qu'en plus il aurait été damné. » Elle avait parlé du même ton égal, dépourvu de passion.

Brunetti frissonna. Ses dents commencèrent à claquer. Presque involontairement, il se leva et se mit à aller et venir pour essayer de ramener un peu de chaleur dans ses membres. Il s'arrêta devant la photo placée sur la commode et l'étudia. Les trois jeunes filles étaient habillées selon la mode extravagante des années trente : robes longues en dentelles traînant jusqu'au sol, chaussures à bout ouvert et à talons d'une hauteur démesurée. Toutes les trois avaient la même bouche en cœur et des traits de crayons en guise de sourcils. En dépit de leur maquillage et de leur indéfrisable, on devinait qu'elles étaient très jeunes. Disposées selon l'âge, l'aînée, à gauche, pouvait avoir vingt et un ou vingt-deux ans, celle du milieu trois ou quatre ans de moins ; quant à la cadette, elle était à peine adolescente : treize ou quatorze ans, tout au plus.

« Où êtes-vous, signora ?

— Au milieu, sur la photo comme dans la vie.

— Et les deux autres ?

— La plus âgée s'appelait Clara ; la cadette, Camilla. Nous appartenions à une bonne famille italienne. Ma mère a eu six enfants en douze ans, trois garçons et trois filles.

— Vos sœurs chantaient-elles aussi ? »

Elle soupira et eut un petit reniflement d'incrédulité.

« Il y a eu une époque, en Italie, où tout le monde connaissait les sœurs Santina, les Trois C. Évidemment, c'était il y a longtemps. Comment pourriez-vous le savoir ? » Il vit la façon qu'elle avait de regarder la photo et se demanda si ses sœurs étaient toujours pour elle jeunes et belles, comme sur l'agrandissement. « Nous avons commencé à chanter dans les music-halls, après les films. Notre famille était pauvre, alors nous chantions, nous les filles, pour gagner un peu d'argent. Nous avons commencé à être connues, et il y a eu plus d'argent. J'ai fini par me rendre compte que j'avais une véritable voix ; c'est là que j'ai commencé à chanter dans les théâtres, mais Camilla et Clara ont continué à se produire dans les music-halls. »

Elle se tut, prit son café et l'avala en trois gorgées rapides, puis elle se cacha les mains sous les couvertures.

« Vos sœurs sont-elles impliquées dans les ennuis que vous avez eus avec lui, signora ? »

C'est d'un ton fatigué, chargé de tout le poids de l'âge, qu'elle répondit.

« C'était il y a trop longtemps. Quelle importance ?

— Vos sœurs étaient-elles impliquées, signora ? »

Sa voix grimpa brusquement jusqu'au timbre de soprano.

« Pourquoi voulez-vous le savoir ? Qu'est-ce que ça peut faire ? Il est mort. Elles sont mortes. Ils sont tous morts. »

Elle resserra les couvertures sur elle, se protégeant du froid ambiant comme de la froideur du ton du policier. Il attendit qu'elle poursuive, mais on n'entendait plus que les borborygmes bas du kérosène, dans sa futile tentative pour lutter contre la température glaciale de la pièce.

Des minutes passèrent. Brunetti sentait encore l'amertume du café dans sa bouche et restait impuissant contre le froid qui continuait à s'infiltrer jusque dans ses os.

Elle reprit finalement la parole, s'exprimant d'un ton définitif.

« Si vous avez fini votre café, vous pouvez partir. »

Il revint jusqu'à la table, prit les tasses et alla les poser dans l'évier. Lorsqu'il se tourna, elle s'était extraite de sa pile de couvertures et se dirigeait déjà vers la porte. Elle le précéda de son pas traînant dans un couloir devenu entre-temps, si c'était possible, encore plus glacial. Lentement, comme si elle griffait les serrures de ses mains déformées, elle tourna le verrous et lui tint la porte juste assez ouverte pour qu'il puisse se glisser dehors. Il voulut se tourner pour la remercier, mais entendit le battant qui se refermait et les verrous qui tournaient. Il avait beau faire frisquet, en cette journée du début de l'hiver, il poussa un soupir de soulagement en sentant la caresse légère du soleil de l'après-midi sur son dos.

15

SUR LE VAPORETTO qui le ramenait vers l'île principale, Brunetti se demanda qui pourrait bien le renseigner sur ce qui s'était passé entre Wellauer et la cantatrice. Le seul nom qui lui vint à l'esprit fut celui de Michele Narasconi, un de ses amis, qui habitait à Rome et vivait plus ou moins bien de ses écrits sur la musique et les voyages. Le père de Michele, maintenant à la retraite, avait poursuivi le même genre d'activité, mais avec infiniment plus de succès. Pendant une vingtaine d'années, le vieux monsieur avait tenu le rôle de chroniqueur attitré de la frivolité en Italie, une nation qui exige régulièrement son content d'informations de ce genre. Il avait publié des articles hebdomadaires pendant des années dans *Gente* et *Oggi*, et tenu en haleine des millions de lecteurs par ses comptes rendus (leur exactitude n'étant pas une exigence première) sur les différents scandales de la famille de Savoie, des stars du théâtre et du cinéma et des hordes sans fin de princicules qui voulaient à tout prix s'installer en Italie, soit avant soit après leur abdication. Brunetti ne se faisait pas une idée très claire de ce qu'il cherchait, mais il savait que le père de Michele était la personne à interroger.

Il attendit d'être de retour à son bureau pour l'appeler. Cela faisait tellement longtemps qu'il n'avait pas eu de contact avec Michele qu'il dut demander le numéro au service des Renseignements. Pendant que le téléphone sonnait, il se demanda comment présenter cette requête sans vexer son ami.

« *Pronto*, Narasconi, fit une voix féminine.

— *Ciao*, Roberta, c'est Guido à l'appareil.

— Oh, Guido ! Ça fait plaisir de t'entendre. Comment vas-tu ? Et Paola ? Les enfants ?

— Nous allons tous très bien, Roberta. Est-ce que Michele est là ?

— Oui. Je vais le chercher. » Il entendit le son mat du combiné que l'on reposait et Roberta qui appelait son mari. Des bruits divers suivirent et finalement, ce fut la voix de Michele disant : « *Ciao*, Guido. Comment vas-tu ? Je parie que tu as besoin de quelque chose ! »

L'éclat de rire qui suivit enlevait toute possibilité de méchanceté à la réflexion. Brunetti décida de ne pas gaspiller son temps et son énergie en ronds de jambe.

« En effet, mais aujourd'hui, c'est de la mémoire de ton père dont j'ai besoin. Ça remonte à trop longtemps pour la tienne. Comment va-t-il ?

— Il travaille toujours. La RAI lui a demandé un projet, un programme sur les débuts de la télévision. Si ça marche, je t'avertirai pour que tu puisses le regarder. Que veux-tu savoir ? »

Journaliste par profession et curieux de nature, Michele, lui non plus, ne perdait pas de temps.

« S'il se rappelle une cantatrice d'opéra du nom de Clemenza Santina. Elle chantait juste avant la guerre. »

Michele émit un léger sifflement.

« Ce nom me dit vaguement quelque chose, mais je ne sais même pas pourquoi. Si c'était à l'époque de la guerre, papa devrait s'en souvenir.

— Elle avait deux sœurs et elles avaient formé un trio, expliqua Brunetti.

— Oui, ça y est, ça me revient, les Trois C ou les Trois sœurs, un truc comme ça. Qu'est-ce que tu voudrais savoir ?

— N'importe quoi. Tout ce dont il se souvient.

— Est-ce en rapport avec Wellauer ? demanda Michele avec un instinct qui le trompait rarement.

— Oui. »

Cette fois, le sifflement de Michele fut plus long et appréciateur.

« C'est toi qui es sur l'affaire ?

— Oui. »

Nouveau sifflement.

« Je ne t'envie pas, Guido. La presse va te bouffer tout cru si tu ne trouves pas le coupable. Scandale dans la Sérénissime. Crime contre l'Art. Tout le bazar. »

Brunetti, qui n'entendait que ça depuis trois jours, répondit simplement qu'il le savait.

La réaction de Michele ne fut pas immédiate.

« Désolé, Guido, désolé. Que veux-tu que je demande à papa ?

— S'il a couru des bruits sur Wellauer et les Trois sœurs.

— Le genre habituel de bruits ?

— Oui, mais aussi les autres, s'il y en a. Il était marié, à l'époque. J'ignore si c'est important.

— Est-ce à celle qui s'est suicidée ? »

Michele avait donc lu les journaux.

« Non ; celle-là, c'était la deuxième. Il était marié à numéro un. Et ce serait bien si ton père avait quelques souvenirs là-dessus, aussi. C'était juste avant la guerre, vers 1938-39.

— Est-ce qu'elle n'a pas eu plus ou moins des ennuis politiques ? Je crois me rappeler qu'elle a insulté Hitler, un truc comme ça.

— Non, Mussolini. Elle a passé la guerre assignée à résidence. Si elle avait insulté Hitler, elle n'en serait pas sortie vivante. Je voudrais savoir quel est le lien avec Wellauer. Et, si possible, avec les autres sœurs.

— C'est urgent ?

— Très.

— Bon. J'ai vu papa ce matin, mais j'y retournerai ce soir. Il sera ravi. Ça va le faire se sentir important, qu'on lui demande ce genre de chose. Tu sais comme il aime à parler du passé.

— Oui, je sais. À vrai dire, il est la seule personne à qui j'ai pensé. »

Michele éclata de rire. Une flatterie reste toujours une flatterie, aussi fondée qu'elle soit.

« Je lui répéterai cela, Guido. » Puis, cessant de rire, il demanda : « Et pour Wellauer ? » La question était ce que le journaliste se permettait de plus direct.

« Encore rien. Il y avait plus de mille personnes au théâtre, le soir où cela s'est produit.

— Existe-t-il un rapport avec la Santina ?

— Je l'ignore, Michele. Je le saurai peut-être lorsque ton père m'aura dit ce dont il se souvient.

— Très bien. Je te rappellerai ce soir, après l'avoir vu. Tard, probablement. J'appelle quand même ?

— Oui, je serai à la maison. Ou Paola. Et merci, Michele.

— De rien, Guido. En plus, papa sera très fier que tu aies pensé à lui.

— C'est le seul !

— Je n'oublierai pas de le lui dire. »

Aucun des deux ne prit la peine d'ajouter qu'il fallait qu'ils se voient bientôt ; ni l'un ni l'autre n'avaient le temps de traverser la moitié du pays pour aller rendre visite à un vieil ami. Ils se contentèrent donc de se dire au revoir en se souhaitant « bien des choses ».

En raccrochant, Brunetti se rendit compte que l'heure approchait de retourner à l'appartement de Wellauer pour son deuxième entretien avec la veuve. Il laissa un message à Miotti, lui disant qu'il repasserait au bureau en fin d'après-midi et rédigea une courte note qu'il demanda à l'une des secrétaires de placer sur le bureau de Patta à huit heures, le lendemain matin.

Il arriva avec quelques minutes de retard et, cette fois, ce fut la domestique du maestro qui l'accueillit — la femme qu'il avait aperçue au second rang, pendant la messe des funérailles. Il se présenta, lui confia son manteau et demanda s'il ne pourrait pas lui poser quelques questions après son entretien avec la signora Wellauer. Elle répondit d'un simple signe de tête et d'un « *si* » laconique, puis le conduisit dans la pièce où il avait parlé avec la veuve, deux jours auparavant.

Celle-ci se leva et traversa la salle pour venir lui serrer la main. Ces quelques jours n'avaient pas été tendres avec elle, constata Brunetti ; elle avait des cercles sombres sous les yeux, sa peau paraissait plus sèche et plus rugueuse. Elle retourna s'asseoir et il remarqua qu'il n'y avait rien près d'elle : pas de livre ou de revue, pas même un ouvrage de couture. Apparemment, elle l'avait simplement attendu, ou avait attendu son avenir. Elle alluma une cigarette et lui tendit le paquet, puis se ravisa.

« Désolée, j'avais oublié que vous ne fumez pas », dit-elle en anglais.

Il s'installa dans le même siège que la dernière fois mais ne se donna pas la peine, en revanche, de faire semblant de prendre des notes.

« Il y a quelques questions, signora, que je dois vous poser. » Comme elle restait sans réagir, il poursuivit : « Ce sont des questions délicates, et je préférerais ne pas avoir à vous les soumettre, en particulier dans un tel moment.

— Vous souhaitez néanmoins que j'y réponde, n'est-ce pas ?

— En effet.

— Dans ce cas, j'ai bien peur que vous soyez forcé de me les poser, dottor Brunetti. » Elle ne faisait que constater la chose, sans ironie, et il ne répondit rien. « Et pour quelles raisons devez-vous me les poser ?

— Parce qu'elles pourraient m'aider à trouver la personne responsable de la mort de votre mari.

— Est-ce important ?

— Quoi donc, signora ?

— De savoir qui a tué mon mari ?

— N'est-ce pas important pour vous, signora ?

— Non, pas pour moi. Ça ne l'a jamais été. Il est mort, et rien ne le ramènera. Pourquoi devrais-je vouloir à tout prix savoir qui l'a fait, ou pour quelle raison ?

— N'éprouvez-vous aucun désir de vengeance ? » demanda-t-il avant de se souvenir qu'elle n'était pas italienne.

Elle inclina la tête et le regarda à travers la fumée de sa cigarette.

« Oh si, commissaire. Je l'ai toujours éprouvé. Je crois que les gens qui font le mal doivent être punis. »

Elle détourna les yeux. Il réagit sans réfléchir, son impatience devenant croissante.

« Signora, j'apprécierais que vous répondiez honnêtement à mes questions

— Alors posez-les, et j'y répondrai.

— Des réponses honnêtes, n'est ce pas ?

— Entendu, des réponses honnêtes.

— J'aimerais savoir quelles étaient les opinions de votre mari sur certains types de comportement sexuel. »

Elle fut manifestement surprise.

« Que voulez-vous dire ?

— On m'a rapporté que votre mari détestait tout particulièrement l'homosexualité. »

Il comprit que telle n'était pas la question à laquelle elle s'attendait.

« En effet, c'est exact.

— Savez-vous pour quelle raison ? »

Elle écrasa sa cigarette dans le cendrier, s'enfonça dans son fauteuil et croisa les bras.

« De quoi s'agit-il, de psychologie ? Vous allez ensuite laisser entendre que Helmut était un homosexuel rentré et que, pendant toutes ces années, il a dissimulé sa culpabilité de la manière classique, en haïssant les homosexuels ? » C'était un comportement que Brunetti avait rencontré à plusieurs reprises dans sa carrière, mais il ne pensait pas que ce soit le cas ici, et il ne dit rien. Elle eut un rire forcé, comme si elle trouvait cette idée ridicule. « Croyez-moi, commissaire, il n'était pas ce que vous imaginez. »

Comme le savait Brunetti, les gens sont en effet rarement ce qu'ils paraissent être. Il garda le silence, curieux de savoir ce qu'elle allait dire. « Je ne nie pas qu'il n'aimait pas les homosexuels. Tous ceux qui ont travaillé avec lui ne tardaient pas à l'apprendre. Mais ce n'était pas parce qu'il aurait eu peur de sa propre homosexualité, je vous le garantis. Je crois qu'elle le choquait parce qu'elle heurtait l'idée qu'il se faisait de l'ordre de l'univers, une sorte d'idéal platonique du comportement humain. » On avait souvent donné à Brunetti des raisons bien plus bizarres que celle-ci.

« Son aversion s'étendait-elle aussi au lesbianisme ?

— Oui, mais l'homosexualité masculine le scandalisait davantage, peut-être parce que le comportement des gays est souvent plus scandaleux. S'il faut absolument l'expliquer, il prenait peut-être un intérêt érotique aux lesbiennes, comme la plupart des hommes. Mais c'est une question dont nous n'avons jamais discuté. »

Au cours de sa carrière, Brunetti avait eu l'occasion d'interroger bien des veuves, mais peu d'entre elles lui avaient paru faire preuve d'autant d'objectivité, à propos de leur mari, que celle-ci. Il se demanda si cela tenait à la jeune femme elle-même ou à la personnalité de l'homme qu'elle ne paraissait pas regretter.

« Y avait-il des hommes, des gays, dont il parlait avec une aversion particulière ?

— Non, répondit-elle aussitôt. Cela dépendait des personnes avec lesquelles il travaillait, pourrait-on dire.

— Manifestait-il des préjugés professionnels contre eux ?

— Ce serait une chose impossible, dans ce milieu. Il y en a trop. Helmut ne les aimait pas, mais il s'arrangeait pour collaborer avec eux, quand c'était nécessaire.

— Et dans ce cas, les traitait-il différemment des autres ?

— J'espère, commissaire, que vous n'êtes pas en train d'échafauder tout un scénario, meurtre homosexuel, Helmut assassiné à cause d'un mot cruel ou d'un contrat annulé.

— On a tué des gens pour bien moins que cela.

— Une telle hypothèse ne mérite même pas d'être discutée, rétorqua-t-elle sèchement. Avez-vous autre chose à me demander ? »

Il hésita, étant lui-même choqué par la question qu'il devait lui poser. Il se dit qu'il était comme un prêtre ou un médecin, que ce que lui confiaient les gens n'allait pas plus loin, mais il savait que c'était faux, qu'il ne respecterait aucun secret si cela lui permettait de trouver la personne qu'il cherchait.

« Ma question suivante n'est pas générale, et ne concerne pas ses opinions. » Il fit une pause, avec l'espoir qu'elle allait comprendre et prendre les devants ; mais elle n'en fit rien. « Je me réfère à vos relations avec votre mari. Présentaient-elles certaines particularités ? »

Il la vit qui luttait contre l'envie de se lever. Au lieu de cela, elle fit courir à plusieurs reprises son majeur sur sa lèvre inférieure, accoudée au bras du fauteuil.

« Si je comprends bien, vous faites allusion à nos relations sexuelles. » Il acquiesça. « Et je suppose que je pourrais me mettre en colère, et exiger de savoir ce que vous entendez, les choses étant ce qu'elles sont de nos jours, par *particularités*... mais je vous répondrai simplement que non, qu'il n'y avait rien de *particulier* dans nos relations sexuelles, et je n'en dirai pas davantage. »

Elle avait répondu. La vérité, c'était un tout autre problème, qu'il choisit de ne pas aborder pour le moment.

« Paraissait-il éprouver des difficultés particulières avec l'un ou l'autre des chanteurs de la production ? Ou avec quelqu'un qui y jouait un rôle quelconque ?

— Pas plus que d'habitude. Le metteur en scène est connu pour son homosexualité, et la rumeur veut aussi que la soprano soit lesbienne.

— Les connaissez-vous, l'un et l'autre ?

— Mis à part bonjour-bonsoir aux répétitions, je n'ai jamais parlé à Santore. Je connais un peu mieux Flavia, quoique pas très bien, parce que nous nous sommes rencontrées lors de réceptions et que nous avons bavardé.

— Que pensez-vous d'elle ?

— Que c'est une cantatrice magnifique. C'était aussi l'avis de Helmut, répondit-elle, faisant semblant de ne pas avoir compris la question.

— Et personnellement ?

— Personnellement, je pense qu'elle est délicieuse. Elle manque peut-être de sens de l'humour, de temps en temps, mais c'est une personne avec laquelle il est agréable de passer quelques heures. Et elle est étonnamment intelligente. Ce qui n'est pas souvent le cas chez les chanteurs. »

Il était évident qu'elle s'entêtait à ne toujours pas

comprendre le sens de ses questions et qu'il allait devoir lui demander directement ce qu'il voulait savoir.

« Et ces rumeurs sur son lesbianisme ?

— Je ne les ai jamais considérées comme suffisamment sérieuses pour m'y arrêter, ne serait-ce qu'une minute.

— Et votre mari ?

— Il me semble qu'il les croyait. Non, c'est un mensonge. Il les croyait. Il a dit quelque chose en ce sens, un soir. Je ne me souviens plus exactement quoi, mais il était clair qu'il croyait ces rumeurs fondées.

— Cependant, cela ne suffisait pas à vous convaincre ?

— Commissaire, répondit-elle avec une patience exagérée, je me demande si vous m'avez comprise. La question n'est pas de savoir si Helmut aurait pu me convaincre ou non de la véracité de ces rumeurs. C'est de leur importance qu'il ne pouvait me convaincre. Au point qu'il a fallu que vous m'en parliez pour que j'y repense. »

N'indiquant en rien qu'il l'approuvait ou non, il demanda : « Et Santore ? Votre mari a-t-il tenu des propos particuliers sur lui ?

— Pas que je m'en souvienne. » Elle alluma une autre cigarette. « C'est un sujet sur lequel nous étions en désaccord. Je supportais mal ses préjugés, et il le savait, si bien que par consentement mutuel, en quelque sorte, nous évitions de l'aborder. Helmut était tellement musicien qu'il arrivait à laisser ses sentiments personnels de côté. C'est l'une des choses que j'aimais chez lui.

— Lui étiez-vous fidèle, signora ? »

Elle s'attendait manifestement à cette question.

« Oui, je crois que je l'étais, répondit-elle après un long silence.

— Voilà une façon de présenter les choses que je ne sais comment interpréter, observa Brunetti.

— Tout dépend, je suppose, de ce qu'on met sous le mot *fidèle*. »

Oui, il était bien d'accord, mais il trouvait néanmoins le sens du terme suffisamment clair, même en Italie. Il en eut brusquement assez.

« Avez-vous eu des relations sexuelles avec d'autres hommes pendant que vous étiez mariée avec lui ?

— Non », répondit-elle immédiatement.

Il savait qu'elle attendait la question suivante, et il la posa donc.

« Dans ce cas, pourquoi avoir dit que vous *croyiez* que vous lui aviez été fidèle ?

— Pour rien. J'en avais simplement assez des questions prévisibles.

— Comme moi des réponses imprévisibles, rétorqua-t-il.

— Oui, je peux vous comprendre. » Elle sourit, lui proposant un cessez-le-feu.

Étant donné qu'il n'avait pas employé le truc du carnet de notes, il ne pouvait signaler la fin de l'entrevue en le remettant dans sa poche. Il se leva donc, disant : « Une dernière chose.

— Oui ?

— On vous a ramené ses papiers hier matin. J'aimerais que vous m'autorisiez à y jeter un nouveau coup d'œil.

— N'est-ce pas ce que vous auriez dû faire pendant que vous les déteniez ? demanda-t-elle, sans chercher à cacher son irritation.

— Il y a eu confusion à la questure. La traductrice les a vus, mais ils ont été renvoyés avant que je les compulse moi-même. Je vous présente mes excuses pour ce désagrément, mais j'aimerais y jeter un coup d'œil maintenant, si c'était possible. J'aimerais aussi parler à votre domestique. Nous avons échangé quelques mots quand je suis arrivé, mais j'aurais deux ou trois questions à lui poser.

— Ces papiers sont dans le bureau de Helmut. Deuxième porte à gauche. » Elle fit semblant d'ignorer la question sur la femme de chambre et resta assise, sans même lui tendre la main. Elle le suivit des yeux pendant qu'il quittait la pièce, puis revint à la contemplation de son avenir.

Empruntant le couloir, Brunetti gagna la porte qu'elle lui avait indiquée. La première chose qu'il vit en entrant dans la pièce fut l'enveloppe de papier bulle de la questure posée sur le bureau, gonflée de documents et encore scellée. Il s'assit et la tira à lui. Ce n'est qu'à ce moment-là que, jetant un coup d'œil par la fenêtre, il remarqua la vue qu'il avait sur les toits de la ville ; au loin, il distinguait le campanile élancé de Saint-Marc et, à sa gauche, la façade austère de La Fenice. Il dut faire un effort pour reporter son attention sur l'enveloppe.

Il mit de côté les documents dont il avait déjà lu la traduction ; il s'agissait de contrats, de lettres d'engagement et de projets d'enregistrements qu'il avait considérés comme dépourvus d'intérêt pour lui.

Il retira ensuite trois photos. Le rapport n'en avait évidemment pas fait mention, d'autant que rien n'était écrit dessus. Sur la première, on voyait Wellauer et sa veuve, au bord d'un lac, bronzés et rayonnant de santé ; le policier dut faire un effort pour se souvenir que le chef d'orchestre comptait déjà plus de soixante-dix ans quand la photo avait été prise, car il paraissait en avoir vingt de moins, au bas mot. Sur le deuxième cliché, Brunetti découvrit une jeune fille debout à côté d'un poney tout rond à la mine docile ; elle le tenait par la bride et son pied se dirigeait déjà vers l'étrier. Elle tournait la tête d'un geste gauche, probablement interpellée par le photographe à cet instant-là. Grande et mince, elle avait les cheveux blonds de sa mère — deux longues tresses qui dépassaient de sa bombe et se balançaient. Prise par surprise, elle n'avait pas eu le temps de sourire et affichait une mine curieusement sombre.

La troisième photo les représentait tous les trois ensemble. La jeune fille, presque aussi grande que sa mère, l'air toujours aussi empruntée même dans cette pose simple, était placée entre les deux adultes, eux-mêmes légèrement en retrait et se tenant par le bras. La jeune fille paraissait plus jeune sur ce cliché que sur l'autre. Tous les trois souriaient sans naturel à l'objectif.

Le dernier objet que contenait l'enveloppe était un agenda relié en cuir, l'année gravée à l'or fin sur la couverture. Il l'ouvrit et le feuilleta. Les noms de jour étaient en allemand et, sous la plupart d'entre eux, il reconnut l'écriture gothique aiguë qu'il avait déjà vue sur la partition de

La Traviata. Il s'agissait la plupart du temps de noms de lieux, d'opéras, ou de programmes de concert, avec des abréviations faciles à décoder : *Salz-DG*; *Vienna-Ballo*; *Bonn-Moz 40*; *Ldn-Cosi*. D'autres paraissaient plus personnelles ou, du moins, ne pas concerner directement la musique : *Von S-17h*; *Erich et H-8*; *D & G thé-Demel-4*.

Partant de la date de la mort de Wellauer, il revint sur les trois mois précédents. Le chef d'orchestre avait un emploi du temps qui aurait épuisé quelqu'un ayant la moitié de son âge; plus il remontait dans le temps, plus la liste de ses engagements se faisait dense. Intéressé par ce détail, Brunetti ouvrit le carnet au mois d'août et le parcourut dans le bon sens; il constata le même phénomène, mais à l'envers : un déclin progressif du nombre de dîners, de thés, de déjeuners. Il trouva une feuille de papier dans l'un des tiroirs et fit un tri rapide, mettant les rendez-vous personnels à droite et les engagements musicaux à gauche. En août et septembre, en dehors d'une période de deux semaines pour laquelle il n'y avait presque rien de noté, il avait eut des obligations pratiquement quotidiennes. Leur nombre commençait à se réduire en octobre; à la fin de ce mois, il n'avait pratiquement plus eu d'engagements sociaux. Même ses obligations professionnelles diminuaient, passant d'au moins deux par semaine à moins d'une par semaine.

Il passa alors à l'année suivante, que Wellauer ne verrait jamais, et trouva, fin janvier, *Ldn-Cosi*. Il y avait une petite marque à côté du nom de l'opéra qui attira l'attention de Brunetti. Était-ce un point d'interrogation, un accent mal fichu ?

Il prit une nouvelle feuille de papier et établit une deuxième liste, cette fois des rendez-vous personnels, à partir d'octobre. Au 6, on lisait : *Erich et H-9h*. Déjà familier avec ces noms, il n'y avait rien là de mystérieux. Le 7 : *Erich-8h* . Le 15 : *Petra & Nikolaï-20 h*. Puis plus rien jusqu'au 27 : *Erich-8 h* . L'heure était bien matinale pour retrouver un ami. Le dernier rendez-vous de ce genre eut lieu deux jours avant son départ pour Venise : *Erich-9 h*.

Et c'était tout, en dehors d'une note, sur la page du 13 novembre : *Venise-Trav.*

Il referma le carnet et le glissa dans l'enveloppe avec les photos et les documents. Il plia les feuilles sur lesquelles il avait pris ses notes et retourna dans la pièce où il avait laissé la signora Wellauer. Elle était toujours assise devant la cheminée et tirait sur une cigarette.

« Vous avez terminé ? demanda-t-elle en le voyant.

— Oui, ça y est. » Les deux feuilles toujours à la main, il ajouta : « Grâce à l'agenda de votre mari, j'ai remarqué qu'au cours des derniers mois, son activité avait considérablement diminué. Savez-vous pour quelle raison ? »

Elle garda quelques instants le silence avait de répondre.

« Helmut disait qu'il se sentait fatigué, qu'il n'avait plus la même énergie qu'autrefois. On continuait de voir quelques amis, mais pas autant que nous le faisions par le passé, comme vous l'avez remarqué. Mais ce que nous faisions n'était pas toujours noté dans cet agenda.

— Je l'ignorais. Ce changement m'intéresse, cependant. Vous ne m'en avez rien dit lorsque je vous ai interrogé.

— Comme vous vous en souvenez peut-être, commissaire, vous m'avez posé des questions sur mes relations sexuelles avec mon mari. Malheureusement, elles ne figurent pas dans le carnet.

— J'ai remarqué que le nom d'un certain Erich revenait souvent.

— Et pourquoi cela serait-il important ?

— Je n'ai jamais dit que ça l'était, signora. Simplement que ce nom revient régulièrement au cours des derniers mois de la vie de votre mari. Souvent avec une initiale, H, mais également seul.

— Je vous ai déjà dit que tous nos engagements ne figuraient pas automatiquement dans cet agenda.

— Toutefois, ceux-ci étaient jugés suffisamment importants pour que votre mari les note. Puis-je vous demander qui est cet Erich ?

— Il s'agit de Erich et Hedwig Steinbrunner. Ce sont les plus vieux amis de Helmut.

— Pas les vôtres ?

— Ils le sont devenus, mais Helmut les connaissait depuis quarante ans; moi, depuis deux ans seulement, et il est donc logique que j'en parle comme des amis de Helmut plutôt que comme des miens.

— Je vois. Pouvez-vous me donner leur adresse?

— Je ne conçois pas, commissaire, en quoi cela peut être important.

— Je vous ai déjà expliqué pourquoi je pense que ça l'est. Si vous refusez de me donner leur adresse, je suis sûr que d'autres amis de votre mari accepteront de me la communiquer. »

Elle débita une adresse de rue, ajoutant qu'elle se trouvait à Berlin, puis s'arrêta, le temps qu'il prenne son stylo pour la noter sur l'une des feuilles qu'il tenait encore à la main. Elle la répéta alors lentement, épelant chaque mot, y compris *Strasse* — ce qui, trouva-t-il, soulignait un peu trop sa stupidité.

« Ce sera tout? demanda-t-elle quand il eut terminé.

— Oui, signora. Puis-je parler à votre femme de chambre, maintenant?

— Je ne vois pas très bien en quoi cela s'impose. »

Il ignora son commentaire pour demander si elle était dans l'appartement.

Sans répondre, la signora Wellauer se leva et alla dans un angle de la pièce où pendait un cordon. Elle le tira et, toujours en silence, s'approcha de la fenêtre qui donnait sur les toits de la ville.

La femme de chambre arriva peu après. Brunetti attendit que la signora Wellauer lui dise quelque chose, mais celle-ci demeura rigide, faisant face à la fenêtre, les ignorant l'un et l'autre. Comme il n'avait pas le choix, Brunetti s'adressa à la domestique, d'un ton assez fort pour être entendu par l'autre.

« Signora Breddes, j'aimerais avoir un court entretien avec vous, si vous permettez. »

La femme acquiesça en silence.

« Nous pourrions peut-être aller dans le bureau du maestro? » suggéra-t-il. La veuve resta cependant intraitable et refusa de changer de position. Le policier se rendit jusqu'à la porte et fit signe à la femme de chambre de passer. Il la suivit, maintenant familier des lieux. Une fois dans le bureau, il referma la porte, indiqua une chaise à la signora Breddes et alla reprendre place dans celle qu'il avait occupée pour compulser les documents, derrière le bureau.

La cinquantaine bien sonnée, elle portait une robe sombre, signe de son emploi ou peut-être de son deuil, qui lui descendait jusqu'à mi-mollet ; la coupe démodée soulignait le côté angulaire de son corps, l'étroitesse de ses épaules, l'absence de relief de sa poitrine. Son visage était en parfait accord, avec des yeux un peu trop étroits et un nez bien trop long. Elle lui rappelait, telle qu'elle se tenait toute raide, assise sur le bord de son siège, ces oiseaux de mer à longues pattes et long cou qui se perchent sur les piliers bordant les canaux.

« Je désire vous poser quelques questions, signora Breddes.

— Signorina, corrigea-t-elle automatiquement.

— J'espère qu'il n'y a pas de problème à ce que nous parlions en italien ?

— Bien sûr que non. Je vis à Venise depuis dix ans. »

Elle avait répondu comme si cette remarque l'avait offensée.

« Depuis combien de temps travaillez-vous pour le maestro Wellauer, signorina ?

— Depuis vingt ans. Dix en Allemagne, et maintenant autant ici. Quand le maestro a acheté cet appartement, il m'a demandé si je voulais le tenir. J'ai accepté. J'aurais été n'importe où pour le maestro. »

À sa manière de s'exprimer, on aurait pu croire que le fait de vivre dans un appartement de dix pièces à Venise était un calvaire qu'elle acceptait d'endurer par pure dévotion pour Wellauer.

« Avez-vous la responsabilité de ce domicile ?

— Oui. Je suis arrivée peu après qu'il l'avait acheté. Il m'a donné ses instructions sur l'ameublement et la décoration, mais c'est moi qui ai eu la charge de tout organiser, puis de veiller à son entretien quand il n'y séjournait pas.

— Et pendant qu'il y était ?

— Aussi.

— Venait-il souvent à Venise ?

— Deux ou trois fois par an. Rarement davantage.

— Venait-il pour travailler ? Pour diriger ?

— Parfois. Mais il venait aussi pour rendre visite à des amis où aller à la Biennale. »

Elle s'arrangea pour donner l'impression que tout cela n'était que pures frivolités.

« Et quand il était ici, quelles étaient vos responsabilités ?

— Je faisais la cuisine, avec l'aide d'un cuisinier italien, quand il y avait une réception. Je choisissais les fleurs. Je surveillais les bonnes. Elles sont italiennes. »

Ce qui, supposa-t-il, expliquait la nécessité de les surveiller.

« Qui faisait les courses, pour la nourriture, pour le vin ?

— Quand le maestro était ici, je composais les menus et j'envoyais une bonne au Rialto tous les matins pour acheter des légumes frais. »

Brunetti estima qu'elle était maintenant prête à répondre aux véritables questions.

« Si je comprends bien, le maestro s'est marié pendant que vous étiez à son service ?

— Oui.

— Cela a-t-il provoqué des changements ? Du moins, quand il venait à Venise ?

— Je ne comprends pas ce que vous voulez dire, répondit-elle, mentant clairement.

— Dans vos responsabilités domestiques. Celles-ci étaient-elles différentes depuis le mariage du maestro ?

— Non. La signora faisait parfois la cuisine, mais pas très souvent.

— Rien d'autre ?

— Non.

— La présence de la fille de la signora ne vous a pas posé de problèmes ?

— Non. Elle mangeait beaucoup de fruits, mais elle ne faisait pas d'histoires.

— Je vois, je vois », dit Brunetti. Il prit l'une des feuilles de papier de sa poche et y griffonna quelques mots, sans se presser. « Dites-moi, signorina Breddes… au cours de ces dernières semaines, n'avez-vous rien remarqué, disons, de différent dans son comportement, quelque chose qui vous aurait frappé comme inhabituel ? »

Elle garda le silence, mains serrées sur les genoux.

« Je ne comprends pas, dit-elle finalement.

— Ne vous a-t-il pas paru bizarre, d'une manière ou d'une autre ? » Silence. « Sinon bizarre… » Il lui sourit, essayant de lui faire comprendre combien cela était difficile pour lui. « Du moins ne pas agir de manière habituelle ? » Comme elle ne répondait toujours pas, il ajouta : « Je suis sûr que vous auriez remarqué tout ce qui sortait de l'ordinaire, vous qui connaissiez le maestro depuis si longtemps et étiez la personne le plus au fait de ses petites habitudes — mieux que n'importe qui dans la maison. » Pas vraiment discret, comme coup de brosse à reluire, mais ça pouvait marcher.

« Vous voulez dire… dans son travail ?

— Eh bien, répondit-il, lui adressant un sourire de complicité, cela aurait pu concerner son travail, mais également n'importe quoi, quelque chose de personnel, quelque chose n'ayant rien à voir avec sa carrière et la musique. Comme je vous l'ai dit, j'ai la conviction que votre longue fréquentation du maestro vous aura rendue particulièrement sensible à quoi que ce soit de ce genre. »

Regardant l'appât dériver vers elle, il donna du mou à la ligne pour le lui faire passer sous le nez.

« Étant donné que vous le connaissiez depuis si longtemps, vous avez certainement noté des détails que d'autres n'auraient pas remarqué.

— Oui, c'est vrai », admit-elle. Elle se passa nerveusement la langue sur les lèvres, commençant à se laisser tenter. Il garda et le silence, et l'immobilité, de peur d'agiter les eaux. Elle se mit à tripoter machinalement l'un des boutons, sur le devant de sa robe, le faisant aller et venir en demi-cercles entre ses doigts. « Il y avait bien quelque chose, finit-elle par dire, mais je ne sais pas si c'est important.

— Ça peut l'être, on ne sait jamais. N'oubliez pas, signorina, que tout ce que vous pouvez me dire peut m'aider, avec le maestro. » Intuitivement, il savait qu'elle resterait aveugle à la colossale idiotie de cette remarque. Il reposa son stylo, croisa les mains, tel un prêtre, et attendit.

« Il y a deux choses. Depuis son arrivée, cette fois, il paraissait de plus en plus distrait, comme s'il avait la tête ailleurs. Non, ce n'est pas ça... pas exactement. On aurait dit qu'il ne se souciait plus de ce qui se passait autour de lui... » Sa voix mourut ; on la sentait peu satisfaite.

« Vous pourriez peut-être me donner un exemple », l'encouragea-t-il.

Elle secoua la tête, mécontente.

« Non, je me suis mal exprimée. Je ne sais pas comment l'expliquer. Autrefois, il me demandait toujours ce qui s'était passé en son absence, il m'interrogeait sur la maison, les bonnes, ce que j'avais fait. » Rougissait-elle ? « Le maestro savait que j'aimais la musique, que j'allais aux concerts et à l'opéra quand il n'était pas là et il voulait toujours savoir ce que j'avais entendu ou vu. Mais cette fois-ci, quand il est arrivé, il ne m'a pas posé de questions. Il m'a dit bonjour, m'a demandé comment j'allais, mais il ne paraissait pas faire attention aux réponses. Plusieurs fois — non, une fois, j'ai dû aller dans son bureau pour lui demander à quelle heure il voulait dîner. Il avait une répétition l'après-midi même, et je ne savais pas quand elle devait se terminer ; c'est pourquoi j'ai été le lui demander dans son bureau. J'ai frappé et je suis entrée, comme je l'ai toujours fait. Mais il m'a ignorée. Il a fait comme si je n'étais pas là, il a continué d'écrire. Je ne sais pas pourquoi il a agi ainsi, mais il m'a fait attendre comme la dernière des bonnes. Finalement, je me suis sentie tellement gênée que j'ai décidé de partir. Au bout de vingt ans de service, il ne pouvait pas me faire ça. J'avais l'air d'une criminelle en face de son juge. »

Pendant le récit, Brunetti vit les yeux de la gouvernante s'enflammer au souvenir de cet affront.

« Finalement, lorsque j'ai fait demi-tour pour partir, il a levé les yeux et fait comme si je venais tout juste d'arriver. Comme si j'étais sortie de nulle part pour lui demander quand il pensait être de retour. Il m'a répondu d'un ton de colère, j'en ai peur. Pour la première fois en vingt ans, j'ai élevé la voix. Il n'y a pas fait attention, m'a juste dit à quelle heure il pensait rentrer. Il a sans doute dû avoir honte, à ce moment-là, car il m'a dit que les fleurs étaient très belles. Depuis toujours, il aimait qu'il y ait des fleurs quand il était là… » Sa voix mourut une deuxième fois, puis elle ajouta, inutilement : « C'est Biancat qui nous les livre. De l'autre côté du Grand Canal. »

Brunetti n'aurait su dire si la gouvernante ressentait de l'humiliation ou de la souffrance — ou les deux. Être vingt ans la domestique de quelqu'un, avec en plus le titre de gouvernante, donne certainement le droit d'être traité autrement.

« Il y avait aussi d'autres détails, mais sur le coup, je n'y ai prêté aucune attention.

— Quoi, par exemple ?

— Il paraissait… commença-t-elle, cherchant un moyen de dire sans le dire ce qui lui était venu à l'esprit. Il paraissait plus vieux. Je sais bien que cela faisait un an que je ne l'avais pas vu, mais la différence était plus grande que cela. Il avait toujours été si jeune, si plein de vie… Cette fois-ci, cependant, on aurait dit un vieillard. » Comme preuve à l'appui de ses dires, elle ajouta : « Il s'était mis à porter des lunettes. Mais pas pour lire.

— Cela vous a-t-il paru bizarre, signorina ?

— Oui. À mon âge, dit-elle avec franchise, on commence souvent à avoir besoin de lunettes pour lire, pour regarder de près, mais il ne les portait pas pour lire.

— Comment le savez-vous ?

— Parce que lorsque je lui apportais son thé, parfois, l'après-midi, et que je le trouvais en train de lire, il ne les portait pas. Il les mettait quand il me voyait, ou bien il me faisait signe de poser le plateau, comme s'il ne voulait pas qu'on le dérange ou qu'on l'interrompe. » Là-dessus, elle garda le silence.

« Vous avez parlé de plusieurs choses, signorina. Quelles sont les autres ?

— Je crois qu'il vaut mieux que je n'en parle pas, répondit-elle nerveusement.

— Si c'est sans intérêt, on les oubliera. Mais si c'est important, cela pourrait nous aider à trouver celui qui a fait cela.

— Je ne suis pas sûre… pas sûre du tout. Il s'agit de quelque chose que j'ai cru sentir. Entre eux. » À la manière dont elle prononça ces mots, il n'était pas possible de se tromper sur l'identité de ces « eux ». Brunetti ne dit rien, déterminé à la laisser se découvrir.

« Cette fois-ci, ils ne se comportaient pas de la même façon. Autrefois, ils étaient toujours… je ne sais pas comment le décrire. Ils étaient proches, toujours proches ; ils se parlaient, partageaient des choses, se touchaient. » À son ton, il était clair qu'elle désapprouvait ce genre de manifestation entre personnes mariées. « Mais là, ils se comportaient différemment l'un vis-à-vis de l'autre. Il fallait bien les connaître pour le remarquer. Ils étaient toujours très polis l'un envers l'autre, mais ils ne se touchaient plus jamais comme ils le faisaient avant, quand ils croyaient qu'on ne les voyait pas. » Elle, cependant, les voyait, semblait-il. Elle regarda le policier. « Tout ça ne veut pas dire grand-chose, j'en ai peur.

— Moi je trouve que si, signora. Avez-vous une idée de ce qui avait pu provoquer un tel refroidissement dans leurs relations ? »

Il vit une réponse, ou une esquisse de réponse, venir s'ébaucher dans son regard, mais elle disparut presque aussitôt. Il se demanda si elle s'était rendue compte que ses yeux l'avaient trahie. « Aucune idée ? » insista-t-il. Il comprit qu'il avait été trop loin.

« Non, aucune. » Elle secoua la tête, comme pour se libérer définitivement.

« Savez-vous si les autres domestiques ont remarqué les mêmes choses ? »

Elle se redressa un peu plus sur sa chaise.

« Ce n'est pas quelque chose dont je parlerais avec eux.

— Bien sûr, bien sûr, marmonna-t-il. Ce n'est pas ce que j'ai voulu dire. » Il se rendit compte qu'elle regrettait déjà le peu de confidences qu'elle venait de lui faire. Autant minimiser ce qu'elle avait dit pour qu'elle ne se fasse pas prier, au cas où il lui faudrait les répéter, ou les compléter. « J'apprécie tout ce que vous m'avez dit, signorina. Cela confirme ce que nous savons par d'autres sources. Inutile de préciser que tout cela restera strictement confidentiel. Si vous pensez à quoi que soit d'autre, n'hésitez pas à m'appeler à la questure.

— Je ne voudrais pas que vous pensiez de moi... commença-t-elle, sans pouvoir se résoudre à désigner la chose.

— Je vous assure que je vous prends pour quelqu'un qui continue d'être d'une totale loyauté envers le maestro. » Étant donné que c'était vrai, autant lui faire ce cadeau. Les plis qui creusaient le visage de la gouvernante se détendirent de manière à peine perceptible. Il se leva et lui tendit la main. Celle de la signora Breddes était petite, une patte d'oiseau surprenante de fragilité. Elle le raccompagna jusqu'à l'entrée de l'appartement, disparut un instant et revint avec son manteau.

« Dites-moi, signorina, quels sont vos projets, maintenant ? Allez-vous rester à Venise ? »

Elle le regarda comme s'il était subitement devenu fou.

« Oh, non ! J'envisage de retourner à Gand dès que possible.

— Et quand comptez-vous partir ? Le savez-vous ?

— La signora doit décider de ce qu'elle va faire de l'appartement. Je resterai jusqu'à ce que la question soit réglée, et ensuite je retournerai chez moi, en Belgique. »

Sur ces mots, elle lui ouvrit la porte, la refermant en silence dans son dos. En descendant l'escalier, Brunetti s'arrêta au premier palier et regarda par la fenêtre. Au loin, l'ange qui sommait la tour étendait ses ailes pour bénir la ville et tous ceux qui y demeuraient. Même si l'on connaît l'exil dans la plus belle ville du monde, pensa-t-il, cela reste toujours l'exil.

16

COMME IL ÉTAIT tout à côté du théâtre, il s'y rendit directement, ne s'arrêtant que pour avaler un sandwich et une bière ; il n'avait pas très faim, mais ressentait le vague malaise qui le saisissait toujours quand il restait trop longtemps sans manger quelque chose.

À l'entrée des artistes, il exhiba sa carte d'identité et demanda si le signor Traverso était arrivé. Le concierge lui confirma qu'effectivement, le signor Traverso, arrivé depuis un quart d'heure, l'attendait au bar des coulisses. Brunetti se trouva peu après face à un homme de haute taille, au teint cadavérique, qui avait un air de famille avec son cousin, le dentiste du policier. Le bruit et le désordre engendrés par les nombreuses personnes qui allaient et venaient, en costume ou non, rendaient toute conversation difficile, et Brunetti lui demanda s'il ne pouvait trouver un endroit plus tranquille.

« Je suis désolé, répondit le musicien, je n'y avais pas songé. Il n'y a que les loges vides. On va essayer d'en trouver une. » L'homme mit de l'argent sur le bar et prit son étui à violon puis, ouvrant la marche, conduisit Brunetti par les coulisses en haut de l'escalier qu'il avait emprunté pour la première fois le soir du meurtre. Sur le palier, une solide gaillarde en blouse bleue s'avança vers eux pour leur demander ce qu'ils voulaient.

Traverso échangea quelques mots avec elle, expliquant qui était Brunetti et ce dont ils avaient besoin. Elle acquiesça et les conduisit le long d'un couloir étroit. Elle sortit bientôt un gigantesque trousseau de clefs de sa poche et leur ouvrit une porte, s'effaçant pour les laisser entrer. Rien de l'éclat du théâtre, ici : seulement une petite pièce avec deux chaises de part et d'autre d'une table basse, un tabouret, un miroir. Ils s'assirent en face l'un de l'autre.

« Pendant les répétitions, avez-vous remarqué quelque chose d'inhabituel ? » demanda Brunetti. Ne voulant pas suggérer de réponse, il avait posé une question générale — si générale, en vérité, qu'elle ne voulait pas dire grand-chose.

« À propos de la représentation, ou du maestro ?

— De l'un et de l'autre.

— La représentation… la routine. La mise en scène et le décor étaient nouveaux, mais les costumes avaient déjà servi deux fois. Les chanteurs sont bons, sauf le ténor. On devrait le tuer. Pas vraiment sa faute, pourtant. Mal dirigé par le chef d'orchestre. Nous étions tous à nous demander ce que nous devions faire exactement ; enfin, pas au début, mais vers la deuxième semaine. Je crois que nous avons joué de mémoire. Je ne sais pas si vous comprenez.

— Pouvez-vous être plus précis ?

— Ça tenait à Wellauer ; comme si son âge lui était tombé dessus d'un seul coup. J'avais déjà joué sous sa direction. Deux fois. Le meilleur chef d'orchestre avec lequel j'ai jamais joué. Il n'a pas son pareil, de nos jours ; pourtant, ceux qui l'imitent ne manquent pas. La dernière fois, on a joué *Cosi* avec lui. On n'a jamais eu un plus beau son. Mais pas cette fois. Tout d'un coup, il n'était plus qu'un vieux monsieur. Comme s'il ne faisait pas attention à ce qu'il faisait. De temps en temps, quand il y avait un crescendo, il foudroyait du regard et de la baguette celui qui était en retard ne serait-ce que d'un huitième de temps. Là, c'était magnifique. Mais sinon, c'était n'importe quoi. Cependant, personne n'a rien dit. Nous avons décidé tacitement de jouer la musique telle qu'elle était écrite et de nous baser sur le premier violon pour la mesure. Le maestro a donné l'impression qu'il était content comme ça. Mais ce n'était pas comme les autres fois.

— À votre avis, Wellauer en avait-il conscience ?
— Vous voulez dire… à quel point il était mauvais ?
— Oui.
— Sans aucun doute. Le meilleur chef d'orchestre du monde ne peut pas ne pas entendre ce que joue son orchestre. Mais on aurait dit qu'il pensait à autre chose, la plupart du temps. Qu'il était absent, qu'il ne faisait attention à rien.
— Et le soir de la représentation ? Avez-vous remarqué quelque chose d'inhabituel ?
— Non, rien. On était tous bien trop occupés à s'efforcer de jouer ensemble, afin de limiter les dégâts.
— Rien du tout ? Il n'a pas tenu de propos bizarres ?
— Il n'a parlé à personne, ce soir-là. On ne l'a vu que lorsqu'il est monté sur son estrade, dans la fosse d'orchestre. » Il marqua un temps d'arrêt, à la recherche d'un souvenir. « Si, il y a bien eu quelque chose, mais ça ne vaut même pas la peine d'en parler.
— Dites toujours.
— À la fin du second acte, tout de suite après la grande scène où Alfredo jette l'argent à Violetta. Je ne sais pas comment les chanteurs ont réussi à s'en tirer. C'était la pagaille la plus totale. Bref, la scène s'achève et le public — il n'a pas d'oreille — commence à applaudir. Et voilà que le maestro se met à sourire, comme si on venait de lui raconter une histoire drôle. Puis il pose sa baguette. Il ne la jette pas comme il faisait d'habitude, non ; il la pose avec soin, puis il sourit encore. Après quoi il est descendu de son estrade et a quitté la fosse. Et je ne l'ai plus revu. Je pensais qu'il souriait parce que l'acte était terminé et qu'il pensait que le reste serait plus facile. Ensuite, on a eu un nouveau chef pour le troisième acte. » Il consulta sa montre. « Ce n'était pas le genre de choses que vous cherchiez, n'est-ce pas ? »

Il reprit son étui à violon et Brunetti lui demanda : « Une dernière question. Le reste de l'orchestre a-t-il lui aussi remarqué tout cela ? Pas seulement le sourire, mais son comportement différent ?
— Plusieurs musiciens l'ont remarqué, en particulier

ceux qui avaient déjà joué avec lui avant. Mais les autres… on nous refile des chefs d'orchestre tellement nuls, ici, que je me demande s'ils peuvent faire la différence. Mais c'est peut-être à cause de mon père. » Voyant la mine perplexe de Brunetti, il s'expliqua. « Mon père a quatre-vingt-sept ans. Il fait la même chose — il nous regarde par-dessus ses lunettes comme si on gardait un secret et qu'il voudrait le savoir. » Il consulta de nouveau sa montre. « Il faut vraiment que j'y aille. Le rideau est dans dix minutes.

— Merci de votre aide, lui dit Brunetti, qui se demandait cependant ce qu'il allait faire de ce que venait de lui raconter le musicien.

— J'ai bien l'impression que ce n'était que des racontars sans intérêt, rien de plus. Si cela peut vous aider, cependant…

— Cela pose-t-il un problème si je reste dans le théâtre pendant la représentation ?

— Non, je ne crois pas. Avertissez simplement Lucia en partant, qu'elle puisse fermer la pièce à clef — il faut que j'y aille !

— Merci encore.

— De rien. »

Ils se donnèrent une poignée de main et le musicien partit d'un pas vif.

Brunetti resta dans la loge et décida de profiter de l'occasion pour se faire une idée du nombre de personnes qui allaient et venaient en coulisses pendant la représentation et les entractes, et vérifier si l'on pouvait facilement entrer et sortir de la loge du chef d'orchestre sans se faire remarquer.

Il attendit environ un quart d'heure, content d'avoir l'occasion d'être seul dans un endroit tranquille. Peu à peu, les bruits qui filtraient par la porte cessèrent et il comprit que les chanteurs avaient dû aller prendre place sur la scène. Il resta cependant encore un peu dans la loge, trouvant son silence agréable.

Il entendit l'ouverture, assourdie par les cloisons, et se dit qu'il était temps de se rendre jusqu'à la loge du chef d'orchestre. Dans le couloir, il chercha des yeux la personne qui leur avait ouvert, sans la trouver. Comme il avait promis de veiller à ce que la loge soit refermée, il alla jusqu'à l'escalier et appela, mais il n'y eut pas de réponse. Il se dirigea alors jusqu'à la plus proche des loges et frappa à la porte. On ne répondit qu'à la troisième fois. Il entra, prêt à expliquer qu'il avait quitté la loge vide et qu'on pouvait la refermer à clef.

« Signora Lucia... » commença-t-il, s'arrêtant court en voyant Brett Lynch allongée dans un fauteuil réglable, un livre ouvert sur les genoux, un verre de vin rouge à la main.

Elle fut aussi étonnée que lui mais reprit plus rapidement ses esprits.

« Bonsoir, commissaire. Puis-je vous aider en quelque chose ? »

Elle reposa son verre sur la table voisine, referma son livre et sourit.

« Je voulais simplement dire à la signora Lucia qu'elle pouvait fermer l'autre loge, expliqua-t-il avec un geste.

— Elle est probablement en bas, à regarder depuis les coulisses. C'est une grande admiratrice de Flavia. Quand elle remontera, je le lui dirai. Ne vous inquiétez pas, on s'en occupera.

— C'est très gentil de votre part. Vous n'assistez pas aux représentations ?

— Non », répondit-elle. Elle anticipa sa réaction et ajouta : « Cela vous surprend-il ?

— Je ne sais pas trop. Sans doute, puisque je vous pose la question. »

Le sourire qu'elle lui adressa en réponse lui plut, non seulement parce qu'il ne s'y attendait pas, mais parce qu'il adoucissait le caractère anguleux de son visage.

— Si vous me promettez de ne pas le répéter à Flavia, je vous avouerai que je n'aime pas beaucoup Verdi et encore moins *La Traviata*.

— Comment est-ce possible ? demanda-t-il, intrigué à l'idée que la secrétaire et amie — sans vouloir aller plus loin — de la plus célèbre soprano verdienne de l'époque reconnaissait ne pas aimer la musique.

— Je vous en prie, commissaire, asseyez-vous, dit-elle en lui indiquant le fauteuil qui lui faisait face. Il ne se passera pas grand-chose pendant les… (elle jeta un coup d'œil à sa montre) les vingt-quatre minutes qui viennent. »

Il s'assit et, lui faisant bien face, reposa sa question : « Comment se fait-il que vous n'aimiez pas Verdi ?

— Ce n'est pas exactement cela. Il y a certaines choses que j'aime, *Othello*, par exemple. Mais ce n'est pas le bon siècle, pour moi.

— Lequel préférez-vous ? » Il était presque sûr de la réponse qu'elle allait lui faire : une Américaine riche à l'esprit moderne ne pouvait que préférer la musique du siècle dans lequel elle vivait, le siècle qui avait rendu possible le fait qu'elle soit ce qu'elle était.

« Le XVIIIe dit-elle. Mozart et Händel, deux compositeurs que Flavia, hélas ! n'a pas très envie de chanter.

— Avez-vous tenté de la convertir ? »

Elle reprit son verre, but une gorgée, le reposa sur la table.

« Je l'ai convertie à certaines choses, mais on dirait que je suis incapable de l'arracher à Verdi.

— Pour notre plus grand bonheur, ai-je envie de dire, répliqua-t-il, adoptant sans peine son ironie, qui impliquait bien plus que ce qu'il disait. Il vous reste toujours les certaines choses. »

Elle l'étonna encore en éclatant de rire, et lui-même s'étonna de se joindre à elle.

« Eh bien, c'est fait. J'ai avoué. Nous pouvons peut-être parler à présent comme des êtres humains normaux et non pas comme des personnages de roman de gare.

— Cela me conviendrait beaucoup mieux, signora.

— Moi, c'est Brett, et vous Guido, je crois ? » Elle se leva et s'approcha d'un petit évier, placé dans un angle. Une bouteille de vin attendait sur la paillasse. Elle en remplit un deuxième verre (qu'elle rapporta avec la bouteille) et le lui tendit. « Êtes-vous venu pour parler à Flavia ? demanda-t-elle.

— Non, telle n'était pas mon intention. Mais il faudra que je lui parle à nouveau, tôt ou tard.

— Pourquoi ?

— Pour lui demander ce qu'elle faisait dans la loge de Wellauer après le premier acte. » Si cela la surprit, elle n'en montra rien. « Vous-même, le savez-vous ?

— Qu'est-ce qui vous fait dire qu'elle y est allée ?

— Au moins deux personnes l'ont vue. Après le premier acte.

— Mais pas après le deuxième.

— Non, pas après le deuxième.

— Après le deuxième, elle était ici, avec moi.

— La dernière fois, vous m'avez affirmé qu'elle se trouvait ici, avec vous, après le premier acte. Or elle n'y était pas. Pour quelle raison devrais-je vous croire maintenant, puisque vous m'avez déjà menti l'autre jour ? »

Il prit le verre. Du Barolo, et du très bon.

« C'est la vérité.

— Je répète : pour quelle raison devrais-je vous croire ?

— Il n'y a sans doute aucune bonne raison. » Elle prit aussi une gorgée de vin, comme si elle avait toute la soirée devant elle pour cette discussion. « Elle était là. » Elle vida son verre, le remplit à nouveau. « Elle est allée le voir après le premier acte. Elle m'en a parlé. Cela faisait plusieurs jours qu'il jouait sur ses nerfs et menaçait d'écrire à son ex-mari. Si bien qu'elle a finalement décidé d'aller lui parler.

— Le moment paraît singulièrement mal choisi — pendant la représentation !

— Elle est comme ça. Elle ne réfléchit pas beaucoup avant d'agir. Elle agit, elle fait ce qu'elle a envie de faire. C'est l'une des raisons qui font d'elle une grande chanteuse.

— J'imagine que ça ne doit pas être facile tous les jours. »

Elle sourit.

« Non, en effet. Mais il y a des compensations.

— Que vous a-t-elle dit ? » Voyant qu'elle ne comprenait pas, il précisa : « De leur entrevue.

— Qu'ils s'étaient disputés. Il a refusé de lui confirmer s'il avait envoyé cette lettre. Elle ne m'en a pas dit beaucoup plus, mais elle tremblait encore de colère quand elle est revenue ici. Je ne sais pas comment elle a réussi à chanter.

— Et a-t-il écrit au mari ?

— Je l'ignore. Depuis cette soirée, elle n'en a plus reparlé. » Elle remarqua son étonnement. « Je vous l'ai dit, elle est comme ça. Quand elle chante, elle n'aime pas parler des choses qui l'embêtent… ni d'ailleurs quand elle ne chante pas, ajouta-t-elle d'un ton triste. Elle prétend qu'elle perd sa concentration si elle doit penser à autre chose que la musique. Et je suppose que tout le monde s'est toujours contenté de cette explication. Comme je le fais, moi aussi.

— Était-il capable de mettre sa menace à exécution, d'écrire au mari ?

— Wellauer était capable de tout. Croyez-moi. Il se voyait comme une sorte de protecteur des lois de la morale. Il ne supportait pas que les gens vivent en violation de ce qui était pour lui le bien et le mal. Qu'on ose le faire le rendait fou. Il se sentait investi du droit divin de rétablir la justice, sa justice.

— Et elle, qu'était-elle capable de faire ?

— Flavia ?

— Oui. »

La question ne la surprit pas.

« Allez savoir. Je ne pense pas qu'elle aurait pu le faire ainsi, de sang-froid. Elle serait capable de n'importe quoi pour garder ses enfants, mais il ne me semble pas… non, pas de cette façon. Sans compter qu'elle n'est pas du genre à se balader avec une fiole de poison dans la poche. On n'est plus au temps des Borgia. » Cette idée parut l'avoir soulagée. « Ce n'est cependant pas terminé. S'il y a un procès, ou même de simples dépositions, la raison de leur dispute finira par se savoir, n'est-ce pas ? » Brunetti acquiesça. « Et cela suffira à son ex-mari.

— Je n'en suis pas si sûr.

— Allons, voyons ! Nous sommes en Italie, le pays

de la sacro-sainte famille. On lui permettrait d'avoir tous les amants qu'elle voudrait, tant que ce ne sont pas des amantes. Un amant, c'est un père, ou du moins un substitut de père, dans la maison. Mais dès l'instant où la chose sera rendue publique, elle n'aura pas l'ombre d'une chance.

— Vous n'exagérez pas un peu ?

— J'exagère quoi ? rétorqua-t-elle. Je n'ai jamais fait un secret de mon mode de vie. J'ai toujours été trop riche pour me soucier de l'opinion de gens, des propos qu'ils pouvaient tenir. Ce qui ne les empêche pas de parler. Si bien que même si on n'arrivait pas à prouver qu'il y ait quelque chose entre nous, pensez simplement à ce que ferait un avocat un peu malin : *La soprano qui se paie une secrétaire millionnaire.* Cela sauterait aux yeux.

— Elle pourrait mentir, dit Brunetti — suggérant ainsi de commettre un outrage au tribunal.

— Pour un juge italien, cela ne changerait rien, à mon avis. En outre, je pense qu'elle refuserait de mentir. J'en suis à peu près convaincue. Pas sur une telle question. Flavia est quelqu'un qui, incontestablement, se croit au-dessus des lois. » Elle regretta aussitôt cette dernière remarque. « Par ailleurs, ce ne sont que des mots, du bla-bla-bla, comme sur la scène. Elle est capable de crier et d'enguirlander les gens, mais ce n'est que de la comédie. Jamais je ne l'ai vue user de violence, avec personne. Des paroles en l'air. »

Brunetti était suffisamment italien pour penser que les mots pouvaient facilement se traduire en actes, pour une femme, quand le sort de ses enfants était en jeu, mais il garda son opinion pour lui.

« Vous ne m'en voudrez pas de vous poser une question personnelle ? »

Elle poussa un soupir fatigué, croyant soupçonner ce qu'il allait lui demander, et acquiesça.

« Avez-vous déjà fait l'objet d'un chantage, l'une ou l'autre ? »

Ce n'était manifestement pas la question qu'elle attendait.

« Non, jamais. Pas moi, ni Flavia — en tout cas, elle ne m'en a jamais parlé.

— Et les enfants ? Comment se passent les choses, avec eux ?

— Pas mal du tout. Paolo a treize ans et Vittoria huit ; lui a au moins une vague idée de la vérité. Mais là non plus, Flavia n'a jamais rien dit, jamais. »

Elle haussa les épaules, mains ouvertes ; avec ce geste, elle cessait complètement d'être italienne pour devenir américaine.

« Et l'avenir ?

— Quand nous serons vieilles, et que nous irons siroter une tasse de thé au Florian, c'est ce que vous voulez dire ? »

Le tableau était beaucoup plus paisible que celui qu'il aurait lui-même peint, mais il acquiesça tout de même.

« Aucune idée. Quand je suis avec elle, je ne peux pas travailler, et je vais devoir prendre une décision.

— Et quel est votre métier ?

— Je suis archéologue. En Chine. C'est comme ça que j'ai rencontré Flavia. J'ai participé à l'organisation de l'exposition d'art chinois au palais des Doges, il y a trois ans. Les pontes locaux l'avaient invitée parce qu'elle chantait *Lucia* à la Scala. Elle est aussi venue à la réception qui a suivi l'inauguration. Après quoi j'ai dû repartir pour Xian. C'est là que se déroulent les fouilles — celles sur lesquelles je travaille. Nous ne sommes que trois, trois Occidentaux. Et cela fait maintenant trois mois que je n'y suis pas allée ; soit j'y retourne, soit je dois me résoudre à être remplacée.

— Les soldats ? demanda-t-il, ayant encore très présentes à la mémoire les statues en terre cuite de l'exposition ; chacune, parfaitement individualisée, était un véritable portrait.

— Ce n'est que le commencement. Il y en a des milliers, bien au-delà de tout ce qu'on pensait. Nous n'avons même pas commencé à chercher le trésor, dans la tombe centrale. Vous ne pouvez pas savoir les tracas administratifs que nous avons avec les autorités. À l'automne dernier, on a enfin obtenu l'autorisation de travailler sur le tumulus du trésor. D'après le peu que j'en ai vu, ce devrait être la découverte archéologique la plus importante depuis celle du trésor de Toutankhamon. En fait, ce ne sera comparable à rien, une fois que nous aurons commencé à creuser. »

Il avait toujours cru que la passion des érudits pour leurs travaux était une invention livresque destinée à rendre ces personnages plus humains. À la voir, il se rendait compte à quel point il se trompait.

« Même les outils sont beaux, jusqu'aux petits bols dans lesquels mangeaient les ouvriers…

— Et si vous n'y retournez pas ?

— Je perds tout. Pas la célébrité ; seuls les Chinois la méritent. Mais l'occasion de voir ces choses, de les toucher, de comprendre et sentir comment étaient les gens qui les ont faites. Voilà ce que je perds, si je n'y retourne pas.

— Et c'est plus important pour vous que ce que vous vivez ici ? demanda-t-il avec un geste vague pour la loge.

— La question n'est pas très honnête. » Elle aussi eut un geste qui embrassait la coiffeuse, les costumes accrochés au portemanteau, les perruques posées sur leur support. « Mon avenir n'est pas dans ces choses-là. Il est dans des tessons de poterie, dans les restes d'une civilisation vieille de plus de deux mille ans. Et c'est ici qu'est Flavia, au milieu de tout cela. Dans cinq ans, elle sera la plus célèbre cantatrice verdienne du monde. Je ne crois pas qu'il y ait une place pour moi là-dedans. C'est quelque chose dont elle n'a pas encore pris conscience, mais je vous ai dit comment elle était. Elle n'y pensera que lorsque cela arrivera.

— Mais vous, vous y avez pensé.

— La preuve.

— Qu'allez-vous faire ?

— Voir ce qui arrive — à tout ça… » Nouveau geste englobant la pièce, mais aussi la mort violente de

Wellauer, datant maintenant de quatre jours. « Je repartirai alors pour la Chine. Du moins, c'est ce que je pense.

— Juste comme ça ?

— Non, pas juste comme ça... mais je partirai tout de même.

— Ça en vaut la peine ?

— Quoi donc ?

— La Chine. »

Elle haussa de nouveau les épaules.

« C'est mon travail. C'est ce que je fais. Et, finalement, c'est sans doute aussi ce que j'aime. Je ne pourrais pas passer mon existence à poireauter dans les loges en lisant de la poésie chinoise, attendant que l'opéra soit fini pour que je puisse vivre ma vie.

— Lui avez-vous dit ?

— Qu'est-ce qu'elle aurait dû me dire ? » demanda Flavia Petrelli, faisant une entrée on ne peut plus théâtrale avant de claquer la porte derrière elle. Elle traversa la pièce telle un vaisseau suivi de son sillage — la traîne de sa robe bleu pâle. Elle était totalement transformée, rayonnante, aussi belle que pouvait l'être une femme, se dit Brunetti. Et ce n'était pas une question de costume ou de maquillage, puisqu'elle était habillée pour ce qu'elle était et ce qu'elle faisait. Cela l'avait métamorphosée. Ses yeux parcoururent la pièce, notant au passage les deux verres de vin, la décontraction de leur pose. « Qu'est-ce qu'elle aurait dû me dire ? reprit-elle d'un ton plus sec.

— Qu'elle n'aime pas *La Traviata*, répondit Brunetti. J'ai remarqué qu'il était étrange de la trouver dans la loge, en train de lire, pendant que vous chantiez, et elle m'a expliqué que ce n'était pas son opéra préféré.

— C'est aussi étrange de vous trouver ici, commissaire. Et je sais déjà que ce n'est pas son opéra préféré. » Rien n'indiquait, dans sa réponse, si elle l'avait cru ou pas. Elle passa devant lui, alla prendre un verre qu'elle remplit d'eau minérale et vida en quatre longues gorgées. Elle le remplit à nouveau et le vida à moitié. « C'est un véritable sauna, sous toutes ces lumières. » Elle finit l'eau et reposa le verre. « De quoi parliez-vous ?

— Il te l'a dit, Flavia. De *La Traviata*.

— C'est un mensonge, rétorqua la cantatrice. Mais je n'ai pas le temps... » Se tournant vers Brunetti, elle ajouta, avec colère et dans la tonalité aiguë des sopranos qui viennent de chanter : « Si vous voulez bien avoir l'obligeance de quitter ma loge, je voudrais me changer pour le deuxième acte.

— Mais certainement, signora », répondit Brunetti courtoisement. Il adressa un signe de tête à Brett, laquelle esquissa un sourire mais resta dans son fauteuil, et quitta vivement la pièce. À l'extérieur, il resta immobile, l'oreille collée à la porte, n'ayant nulle honte d'écouter. Mais si elles avaient des choses à se dire, elles se les confièrent à voix basse. La femme en blouse bleue apparut alors en haut des marches. Brunetti s'écarta de la porte et se dirigea vers elle. Il lui dit qu'il n'avait plus besoin de la loge, lui sourit, la remercia et redescendit dans les coulisses — tombant dans un pandémonium qui le laissa stupéfait. Des personnages en robe, adossés aux murs, fumaient et riaient. Un groupe d'hommes en smoking parlait football. Les machinistes allaient et venaient dans tous les sens, portant des fougères de papier et des plateaux sur lesquels étaient solidement collées des coupes de champagne.

Au bout de l'étroit corridor, sur la droite, se trouvait la loge du chef d'orchestre, dans laquelle s'était enfermé le remplaçant de Wellauer. Brunetti se tint à l'entrée de ce corridor pendant au moins dix minutes : personne ne songea à lui demander qui il était et ce qu'il faisait là. Finalement, une sonnerie retentit et un barbu en veston cravate alla de groupe en groupe, avec des gestes dans des directions variées, expédiant les uns et les autres vers ce qu'ils étaient supposés faire.

Le chef d'orchestre quitta sa loge, referma la porte derrière lui et passa devant le policier sans lui prêter attention. Dès qu'il ne fut plus en vue, Brunetti s'engagea dans le corridor et entra dans la loge. Personne ne le vit — ou ne se soucia de lui demander ce qu'il faisait.

La loge n'avait guère changé, depuis l'autre soirée, si ce

n'est que la tasse et la soucoupe étaient maintenant sur la table, et non renversées au sol. Il ne resta qu'un instant. Son départ fut aussi peu remarqué que son arrivée, et cela quatre jours après la découverte d'un homme mort dans cette pièce.

17

LE TEMPS DE REGAGNER son domicile, il était trop tard pour emmener Paola et les enfants au restaurant, comme il le leur avait promis ; d'ailleurs, les arômes de l'ail et de la sauge lui parvenaient déjà dans l'escalier.

En entrant dans l'appartement, il resta un instant totalement désorienté car la voix de Flavia Petrelli, qu'il avait entendue dans le rôle de Violetta vingt minutes auparavant, chantait la fin du deuxième acte chez lui. Il avança de deux pas, de manière tout à fait involontaire, puis se souvint que la représentation était retransmise en direct ce soir-là. Paola n'était pas une fan d'opéra, mais sans doute regardait-elle pour essayer de deviner lequel, parmi les chanteurs, pouvait être le meurtrier. Curiosité, Brunetti n'en doutait pas, qui devait se manifester dans des millions d'autres foyers, en Italie.

Depuis la salle de séjour s'éleva la voix de sa fille, Chiara : « Papa est arrivé ! » — tandis que Violetta suppliait Alfredo de la quitter pour toujours.

Il arriva dans la pièce au moment où le ténor jetait une poignée de billets à la figure de Flavia Petrelli. Elle s'effondra avec grâce sur la scène, en larmes, tandis que le père d'Alfredo se précipitait pour réprimander son fils. Chiara demanda : « Dis, papa, pourquoi il a fait ça ? Je croyais qu'il l'aimait. » Elle leva les yeux sur lui ; sur ses genoux, il y avait ce qui lui donna l'impression d'être un devoir de mathématiques. N'ayant pas obtenu de réponse, elle répéta sa question. « Dis, pourquoi il a fait ça ?

— Parce qu'il croyait qu'elle sortait avec un autre homme, fut ce que Brunetti trouva de plus convaincant à répondre

— Et alors ? Ils n'étaient pas mariés.

— *Ciao*, Guido, lança Paola depuis la cuisine.

— Et pourquoi est-il autant en colère ? » insista Chiara.

Brunetti alla baisser le volume du son, se demandant ce qui pouvait bien rendre tous les adolescents aussi sourds. À la manière dont elle tenait son stylo brandi et l'agitait, il comprit qu'elle n'avait aucune intention d'abandonner. Il choisit le compromis.

« Ils vivaient ensemble, non ?

— Oui. Et alors ?

— Et alors, quand des gens vivent ensemble, ils ne sortent pas avec d'autres, en général.

— Mais elle ne sortait avec personne. Elle a juste fait ça pour lui faire croire.

— Précisément, il l'a crue, et il est devenu jaloux.

— Il n'avait aucune raison de l'être. Elle l'aime vraiment. N'importe qui s'en serait rendu compte. Quel crétin ! En plus, c'est l'argent de Violetta, non ? »

Il grommela quelque chose pour gagner du temps, cherchant à se souvenir de l'intrigue de *La Traviata*.

« Il aurait pu chercher du travail. Du moment qu'elle l'entretient, elle a bien le droit de faire ce qui lui plaît. »

Des applaudissements nourris montèrent de la télé.

« Les choses ne se passent pas toujours comme ça, mon ange.

— Pas toujours, mais de temps en temps, hein, papa ? Chez mes copines, quand leur mère ne travaille pas, comme maman, c'est leur père qui décide de tout, où ils vont en vacances, tout. Et certains ont même des maîtresses. » Cette dernière remarque fut émise d'un ton moins sûr, presque comme une question. « Et s'ils le font, c'est parce que ce sont eux qui gagnent l'argent, et c'est pourquoi ce sont eux qui doivent dire aux autres ce qu'il faut faire. » Paola elle-même, songea-t-il, n'aurait pu résumer aussi succinctement le système capitaliste. En réalité, c'était sa femme qu'il entendait par la voix de Chiara.

« Les choses ne sont pas aussi simples, mon chou. » Il desserra sa cravate. « Chiara, sois un ange, et va dans la cuisine chercher un verre de vin pour ton pauvre vieux papa, d'accord ?

— D'accord. » Elle laissa tomber son stylo, ne demandant pas mieux, tout d'un coup, que de renoncer. « Blanc ou rouge ?

— Vois s'il n'y a pas du Prosecco. Sinon, apporte-moi ce qui, à ton avis, peut me faire plaisir. » En dialecte brunettien, cela voulait dire « n'importe quel vin dont toi tu as envie de boire une gorgée ».

Il se laissa tomber sur le canapé, se débarrassa de ses chaussures et posa les pieds sur la table basse. Il écouta le présentateur qui, bien inutilement, jugeait bon de rappeler les événements de ces derniers jours. Le ton gourmand et macabre qu'il prenait était digne d'un opéra — et même du vérisme le plus sanglant.

Chiara revint. Elle était grande et dépourvue de toute grâce, avec son allure balourde. Depuis l'autre bout de l'appartement, il savait toujours quand c'était elle qui faisait la vaisselle, rien qu'au bruit des assiettes entrechoquées qui lui parvenaient. Elle était jolie, cependant, et deviendrait peut-être même belle, avec ses yeux largement espacés et ce duvet délicat, juste en dessous des oreilles, qui avait le don de le faire fondre de tendresse quand il l'apercevait en lumière rasante.

« Du Fragolino, annonça-t-elle derrière lui, lui passant le verre — non sans en renverser une goutte, mais simplement sur le plancher. Je peux en avoir un peu ? Maman ne voulait pas l'ouvrir, sous prétexte qu'il n'en restait que deux bouteilles, mais je lui ai dit que tu étais très fatigué, alors elle a dit d'accord. » Avant même qu'il lui ait donné la permission, elle avait repris le verre et avalé une lampée. « Comment un vin peut-il sentir comme les fraises, papa ? » Et comment se faisait-il que lorsque régnait l'affection, on comprenait tout de ses enfants, et plus rien dès qu'ils étaient en colère ?

« Cela tient au raisin. Le raisin a un parfum proche de la fraise, qu'on retrouve dans le vin. » Il huma son verre, puis goûta pour vérifier. « Tu fais tes devoirs ?

— Oui, des maths », dit-elle en réussissant à mettre dans sa réponse une note d'enthousiasme qui le laissa pantois. Mais c'était bien elle, se rappela-t-il, qui lui expliquait les détails de ses relevés de compte bancaire, tous les trois mois, et qui allait sans doute remplir sa déclaration fiscale pour lui, le mois de mai prochain.

« Quel genre de maths ? demanda-t-il en simulant l'intérêt.

— Oh, tu ne comprendrais pas, papa… Quand est-ce que tu m'achètes un ordinateur ? ajouta-t-elle à la vitesse de la lumière.

— Quand j'aurai gagné à la loterie. »

Il soupçonnait que le père de Paola allait offrir un portable à sa petite-fille pour la Noël, et il s'en voulait d'en être mécontent.

« Oh, papa, c'est toujours ce que tu réponds. » Elle s'assit en face de lui et mit également les pieds sur la table, les appuyant sur ceux de son père, voûte plantaire contre voûte plantaire. « Maria Rinaldi en a un, Fabrizio aussi, et je ne serai jamais bonne à l'école, vraiment bonne, tant que je n'en aurai pas un.

— Je trouve que tu t'en sors rudement bien avec un vulgaire crayon.

— Oui, j'y arrive, mais ça me prend un temps fou.

— Ça te fait travailler les méninges ; c'est bien mieux que de tout faire faire par la machine, non ?

— C'est idiot, papa. Le cerveau n'est pas un muscle. On a appris ça en biologie. D'ailleurs, tu n'irais pas traverser la ville à pied pour aller chercher une information que tu peux avoir d'un simple coup de téléphone, hein ? » Il poussa contre les pieds de sa fille, mais ne répondit pas. « Pas vrai, papa ?

— Et que ferais-tu de tout ce temps gagné ?

— J'en profiterais pour résoudre des problèmes plus compliqués. La machine ne le fait pas à ma place, papa, crois-moi. Ça va plus vite, c'est tout. L'ordinateur additionne et soustrait un million de fois plus vite que nous.

— As-tu une idée de ce que coûtent ces appareils ?

— Bien sûr. Le petit Toshiba que je voudrais vaut deux millions. »

Paola entra heureusement dans la pièce à cet instant-là, et cela lui évita d'avoir à expliquer à Chiara qu'à ce tarif, elle n'avait guère de chance de se voir offrir un ordinateur par lui. Et comme cela l'aurait obligé à mentionner son beau-père, il était doublement content de voir arriver sa femme. Elle tenait la bouteille de Fragolino et un deuxième verre à la main. À la télévision, le murmure des voix s'éteignit, bientôt remplacé par le prélude du troisième acte.

Paola posa la bouteille sur la table et s'assit à côté de lui, sur le bras du canapé. Sur l'écran, le rideau se leva ; le décor représentait une pièce dépouillée. Il avait du mal à reconnaître Flavia Petrelli, qu'il avait vue au sommet de sa beauté un peu plus d'une heure auparavant, dans la frêle silhouette engoncée dans un châle et allongée sur un divan, une main retombant mollement au sol. Elle ressemblait davantage à la signora Santina qu'à une courtisane au faîte de sa gloire. Les cernes sombres sous les yeux, la douleur de sa bouche étirée exprimaient de manière convaincante la maladie et le désespoir. Même sa voix, lorsqu'elle demanda à Annina de donner aux pauvres le peu d'argent qu'elle avait, était affaiblie, débordait de chagrin et de souffrance.

« Elle est remarquable », dit Paola.

Brunetti lui répondit par un « Chut ! » et ils regardèrent en silence.

« Et lui, c'est un idiot, ajouta Chiara lorsque Alfredo fit son entrée et prit Violetta dans ses bras.

— Chut ! » firent les deux parents à l'unisson. L'adolescente retourna à ses chiffres, non sans grommeler entre ses dents, « Abruti ! » assez fort pour être entendue.

Il vit le visage de Flavia Petrelli se transformer, déborder d'une joie réelle, rendu extatique par ces retrouvailles. Alfredo et Violetta se mirent à faire des projets pour un avenir qui n'aurait jamais lieu ; la voix de la soprano avait de nouveau changé, retrouvait sa puissance et sa clarté.

Soulevée par le bonheur elle se releva, les mains tendues vers le ciel. « Je me sens renaître ! » s'écria-t-elle — sur quoi, étant donné qu'il s'agissait d'un opéra, elle s'effondra aussitôt et mourut.

« Je n'ai pas changé d'avis. C'est un crétin, surenchérit Chiara tandis qu'Alfredo se lamentait et que le public éclatait en applaudissements frénétiques. Si elle avait vécu, comment aurait-il gagné l'argent du ménage ? Est-ce qu'elle aurait dû reprendre le métier qu'elle faisait avant de le connaître ? »

Brunetti préférait autant ignorer ce que sa fille pouvait comprendre, dans ce domaine. Ayant émis son opinion, l'adolescente inscrivit une longue ligne de chiffres au bas de sa feuille de papier, glissa celle-ci dans le livre de maths et referma le tout.

« Je ne savais pas qu'elle était aussi bonne, observa Paola avec respect, sans tenir le moindre compte des remarques de sa fille. Comment est-elle ? » La question lui ressemblait bien. Le fait que la cantatrice ait été plus ou moins impliquée dans une affaire de meurtre n'avait pas suffi à soulever son intérêt — du moins, tant qu'elle n'avait pas vu de quoi Flavia Petrelli était capable sur une scène.

« C'est une cantatrice comme une autre, répondit-il.

— Oui, et Reagan était un acteur comme un autre, rétorqua Paola. Comment est-elle ?

— Hautaine. Redoute de perdre la garde de ses enfants. S'habille de la couleur des murs.

— Si on passait à table ? dit Chiara. Je meurs de faim.

— Alors va mettre le couvert, on arrive dans une minute. »

L'adolescente se leva, tableau vivant de la contrainte par corps, et se dirigea vers la cuisine, mais non sans avoir lancé : « Et maintenant tu vas t'arranger pour que papa te dise comment elle est vraiment et comme d'habitude, je vais manquer le meilleur. » L'un des grands drames de la vie de Chiara était qu'elle n'arrivait jamais à tirer de son père le genre d'information qui ferait un malheur à la récré.

« Je me demande, dit Paola en remplissant leurs deux verres, comment elle a appris à jouer de cette façon. Je t'ai déjà parlé de cette tante qui était morte de la tuberculose quand j'étais encore petite ; je me rappelle encore de son aspect, de la manière qu'elle avait d'agiter nerveusement les mains, exactement comme elle fait sur la scène, se les serrant et les relâchant sur ses genoux. » Puis, selon le mode abrupt qui lui était habituel, elle ajouta : « Penses-tu que ce soit elle ? »

Il haussa les épaules.

« Matériellement, c'est possible. Tout le monde s'acharne à me convaincre que c'est la latine volcanique type, passionnée, la dague dans les côtes pour un mot de trop... Mais tu as vu toi-même quelle comédienne elle peut être : rien ne prouve qu'elle n'est pas froide, calculatrice, et parfaitement capable d'avoir agi de sang-froid. De plus, je la crois intelligente.

— Et son amie ?

— L'Américaine ?

— Oui.

— Elle, je ne sais pas. Elle m'a dit que Flavia Petrelli était allée voir Wellauer après le premier acte, mais seulement pour se disputer avec lui.

— À quel propos ?

— Il l'avait menacée d'aller raconter à son ex-mari sa liaison avec Brett. »

Paola ne manifesta pas de surprise, si elle en éprouva, à l'utilisation de ce prénom.

« Et les enfants ?

— Elle en a deux.

— C'est ce qui rend la menace sérieuse. Mais l'autre, Brett, comme tu l'appelles, aurait-elle pu le faire ?

— Non, je ne crois pas. Cette liaison n'est pas la chose fondamentale de son existence. Ou du moins, elle ne la laissera pas la devenir. Non, ce n'est guère vraisemblable.

— Tu ne m'as toujours pas répondu, pour Flavia Petrelli.

— Voyons, Paola… tu sais très bien que je me trompe toujours lorsque j'essaie de me fier à mon intuition, quand je soupçonne trop ou trop tôt. Pour elle, je ne peux rien dire. La seule chose que je sais, c'est que cela doit avoir un rapport avec le passé de Wellauer.

— Très bien, dit-elle acceptant d'en rester là. Allons manger. Il y a du poulet, des artichauts et une bouteille de Soave.

— Le Seigneur en soit loué », répondit-il.

Il se leva et lui tendit la main pour l'aider et, ensemble, ils se rendirent dans la cuisine.

Comme toujours, dans la minute où le repas arrivait sur la table et où tout le monde était prêt à manger, l'aîné des enfants Brunetti, Raffaele, sortit de sa chambre. À quinze ans, il était grand pour son âge et rappelait son père par son physique comme par ses attitudes. Pour tout le reste, il ne s'inspirait de personne dans la famille et aurait certainement rejeté toute possibilité que son comportement ressemble à celui de qui que ce soit — mort ou vivant. Il avait compris tout seul que le monde était corrompu, le système injuste et que les hommes de pouvoir ne se passionnaient que pour une chose, le pouvoir. Étant la première personne, dans l'histoire de l'humanité, à avoir fait cette découverte avec autant de force et de précision, il tenait absolument à manifester son mépris le plus total pour tous ceux que la grâce n'avait pas encore touchés et qui ne partageaient pas la clarté aveuglante de sa vision. Ce qui incluait bien entendu sa famille, à l'exception possible de Chiara, à qui il pardonnait les insuffisances de sa pensée sociale du fait de sa jeunesse — mais aussi parce qu'il pouvait compter sur la moitié de l'argent de poche de sa petite sœur. Son grand-père, pour une raison dont le mystère restait entier, avait réussi à passer aussi par le chas de l'aiguille.

Il allait au lycée, avec en principe pour perspective d'entrer ensuite à l'université, mais il avait des résultats très médiocres depuis un an et commençait depuis quelques temps à parler de sécher les cours, l'éducation étant « simplement un autre aspect du système qui oppresse les travailleurs ». Cependant, au cas où il abandonnerait ses études, il n'avait pas pour autant l'intention de chercher un emploi, car celui-ci le soumettrait « au système qui oppresse les travailleurs ». Si bien que pour éviter d'être oppresseur, il refusait de recevoir une éducation supérieure et pour éviter d'être oppressé, refusait de chercher du travail. Brunetti trouvait la simplicité de ce raisonnement d'un jésuitisme raffiné.

Raffaele vint s'affaler sur sa chaise, les coudes sur la table. Son père lui demanda comment il allait — question qu'on pouvait encore lui poser avec une relative sécurité.

« Ça va.

— Passe-moi le pain, Raffi, dit Chiara.

— Ne mange pas cette gousse d'ail, Chiara ! Tu vas empester pendant des jours, observa Paola.

— Le poulet est délicieux, intervint Brunetti. J'ouvre une deuxième bouteille ?

— Oui, oui ! répondit Chiara en tendant déjà son verre. Je n'en ai pas encore eu. »

Brunetti se leva, prit la deuxième bouteille de vin dans le réfrigérateur, l'ouvrit et fit le tour de la table pour servir tout le monde. Debout derrière son fils, il posa la main sur l'épaule du garçon en se penchant pour lui remplir son verre. Celui-ci esquissa un mouvement pour se dégager, puis le transforma en geste pour prendre un artichaut, alors qu'il n'en mangeait jamais.

« C'est quoi, le dessert ? demanda Chiara.

— Des fruits.

— Y'a pas de gâteau ?

— T'es une goinfre, constata son frère.

— Voulez-vous jouer au Monopoly après le dîner ? » demanda Paola. Avant que les enfants aient le temps d'accepter, elle posa ses conditions. « Seulement si vous avez fait vos devoirs.

— J'ai fait les miens, dit Chiara.

— Moi aussi, mentit Raffaele.

— Je tiendrai la banque, proposa Chiara.

— Goinfre bourgeoise, corrigea son frère.

— Vous commencez par faire la vaisselle, tous les deux. On jouera ensuite. » Au première murmure de protestation, Paola ramena l'ordre : « Personne ne jouera au Monopoly sur cette table tant que la vaisselle n'aura pas été lavée, essuyée et rangée. » Et comme Raffaele ouvrait la bouche pour soulever une objection, elle enchaîna : « Et si c'est une façon bourgeoise de voir les choses, tant pis. Manger du poulet, c'est aussi très bourgeois, et pourtant, personne ne s'en est plaint. Alors vous faites la vaisselle et on joue. »

Brunetti s'émerveillait à chaque fois que Paola puisse parler sur ce ton à leur rejeton sans provoquer la mise à feu. Si lui-même amorçait seulement l'ombre d'une réprimande, la scène se terminait régulièrement par des claquements de porte et des bouderies qui se prolongeaient plusieurs jours. Conscient de s'être fait clouer le bec, Raffaele manifesta sa colère en ramassant les assiettes sales avec brusquerie et en les déposant sans ménagement près de l'évier. Brunetti manifesta la sienne en emportant la bouteille et son verre dans le séjour pour y attendre le vacarme inévitable — signe que Paola était obéie, quoique de mauvais gré.

« Au moins, il n'est pas en train de fabriquer des bombes dans sa chambre », dit-elle en guise de consolation, lorsqu'elle vint le rejoindre. De la cuisine, leur parvenaient les bruits étouffés signalant que Raffaele lavait et les claquements inquiétants indiquant que Chiara essuyait et rangeait, le tout ponctué de brusques éclats de rire occasionnels.

« Tu crois que ça va s'arranger? demanda-t-il, sans avoir besoin d'être plus précis.

— Tant que Chiara sera capable de le faire rire, je ne pense pas qu'on ait de soucis à se faire. Il n'a jamais été méchant avec elle et je ne le vois pas s'en prendre sérieusement à quelqu'un. » Brunetti ignorait dans quelle mesure cette réponse devait le rassurer, mais il ne demandait qu'à la croire.

Chiara passa la tête par la porte et leur lança : « Raffi installe le jeu. Vous venez ? »

Lorsque les parents arrivèrent, le Monopoly était déjà déployé sur la table de la cuisine et Chiara, comme elle avait absolument tenu à le faire, s'occupait de la banque et préparait les petites piles d'argent. Par consentement général, la position de banquier était interdite à Paola, prise trop souvent, par le passé, la main dans le sac. Raffaele, que rendait sans doute nerveux l'idée d'occuper un poste où on pouvait l'accuser d'avarice, refusait. Et Brunetti avait déjà assez de mal à se concentrer sur le jeu sans prendre en plus cette responsabilité — si bien qu'elle revenait toujours à Chiara, laquelle était ravie de compter, ramasser l'argent, payer et faire la monnaie.

Les dés roulèrent ; Raffaele perdit le tirage. Qu'il parte dernier suffisait déjà, d'emblée, à rendre les trois autres inquiets. Son besoin de gagner à tout prix effrayait Brunetti au point qu'il lui arrivait de mal jouer pour favoriser le plus possible son fils.

Au bout d'une demi-heure, Chiara détenait tous les verts : Via Roma, Corso Impero et Largo Augusto. Raffaele avait deux rouges et n'avait plus besoin que de la Via Marco Polo pour compléter sa série. Quatre tours plus tard, Brunetti se laissa convaincre de vendre le rouge manquant à Raffaele en échange d'Acquedotto et de cinquante mille lires. Les règles familiales interdisaient les commentaires, mais cela n'empêcha pas Chiara d'expédier un solide coup de pied à son frère sous la table.

Raffaele protesta, bien entendu, contre un procédé aussi injuste. « Arrête, Chiara ! S'il veut faire une mauvaise affaire, ça le regarde ! » déclara le garçon qui rêvait de démanteler tout le système capitaliste.

Brunetti lui tendit la carte de la Via Marco Polo ; Raffaele édifia aussitôt trois hôtels. Tandis que Raffaele se concentrait sur l'opération et vérifiait que sa sœur lui rendait la monnaie sans se tromper, Brunetti vit Paola détourner en douceur un tas de billets de dix mille lires appartenant à celle qui tenait la banque. Elle releva la tête, s'aperçut que son mari l'avait surprise qui volait ses propres enfants, et lui adressa un sourire éblouissant. Un policier, époux d'une voleuse, père d'une fondue d'ordinateur et d'un anarchiste.

Au tour suivant, il atterrit sur l'un des nouveaux hôtels de son fils et dut lui donner tout ce qu'il possédait. Paola se découvrit soudain assez de liquidités pour édifier six hôtels sur ses terres, mais elle eut au moins la sagesse d'éviter les yeux de son mari en tendant l'argent à la banquière.

S'enfonçant dans sa chaise, il regarda le jeu se dérouler vers la conclusion que sa mauvaise opération avec Raffaele avait rendue inévitable. Le coude de Paola se mit à glisser subrepticement vers le tas des billets de dix mille lires, mais un regard glacé de Chiara l'arrêta. L'adolescente ne put convaincre son frère de lui vendre Parco della Vittoria, atterrit sur les hôtels rouges deux fois de suite et fit faillite. Paola tint bon encore pendant deux tours, puis tomba sur la Viale Constantino et ne put payer.

La partie se termina. Raffaele, magnat de l'immobilier, se métamorphosa sur le champ en ennemi impitoyable de la classe possédante. Chiara procéda à une descente fructueuse dans le réfrigérateur. Paola bâilla et déclara qu'il était temps d'aller se coucher. Brunetti la suivit, se disant que le commissaire de police de la Sérénissime République venait encore de passer une soirée à poursuivre, inexorable, la personne responsable de la mort du chef d'orchestre le plus célèbre de son époque.

18

LE COUP DE TÉLÉPHONE de Michele arriva à une heure du matin, tirant Brunetti d'un sommeil aviné et agité. Il décrocha à la quatrième sonnerie et donna machinalement son nom.

« Guido ? C'est Michele à l'appareil.

— Michele ? » répéta-t-il bêtement, essayant de se rappeler s'il connaissait ou non quelqu'un du nom de Michele. Il se força à ouvrir les yeux, et la mémoire lui revint. « Michele… ah, Michele ! Bien. Je suis content que tu appelles. » Il alluma sa lampe de chevet, tandis que Paola continuait à dormir à côté de lui, imperturbable.

« J'ai parlé avec mon père, et il se souvient de tout.

— Et alors ?

— Alors, tu avais raison. S'il y avait quelqu'un au courant, ce ne pouvait être que lui.

— Arrête de me faire marcher…

— Des rumeurs ont couru sur Wellauer et celle des sœurs qui était cantatrice d'opéra, Clemenza. Papa ne se souvenait pas exactement où, mais tout a commencé en Allemagne, où elle chantait avec lui. Il y a eu plus ou moins une scène entre sa femme et la Santina, au cours d'une réception suivant une représentation. Elles se sont lancé des insultes et Wellauer est parti… » Michele prit le temps de ménager ses effets. « Il est parti avec la Santina. La série de représentations terminée — en 37 ou en 38, d'après mon père — la Santina est venue chanter ici, à Rome, et Wellauer est retourné chez lui pour se faire chanter pouilles. » Michele éclata de rire à son médiocre jeu de mots, mais pas Brunetti. « Il semble qu'il se soit arrangé pour se rabibocher avec sa femme. Papa a l'air de dire que du raccommodage, il a dû en faire pas mal, cette fois-ci et d'autres.

— C'était donc comme ça ?

— Oui, c'était le pire des coureurs. Ou le meilleur, selon le point de vue. Ils ont divorcé après la guerre.

— À cause de ses liaisons ?

— Papa n'en jurerait pas, mais cela paraît vraisemblable. À moins que ce soit parce qu'il s'était rallié au mauvais côté.

— Et qu'est-ce qui s'est passé, après le retour de la Santina en Italie ?

— Il est venu pour la diriger dans Norma — le rôle qu'elle a justement refusé de chanter. Tu en as entendu parler, n'est-ce pas ?

— Oui. »

Cela figurait dans le dossier que lui avait remis Miotti.

« Ils ont trouvé une autre soprano, et Wellauer a fait un triomphe.

— Qu'est-ce qui s'est passé ? A-t-elle continué de le voir ?

— C'est là que l'affaire s'obscurcit, d'après papa. Certains ont prétendu qu'ils étaient restés un moment ensemble après le scandale. D'autres qu'il a rompu dès qu'elle a arrêté de chanter.

— Et les deux autres sœurs ?

— Apparemment, Wellauer s'est tapé l'une des deux tout de suite après. »

Michele n'avait guère l'habitude de faire preuve de délicatesse dans sa manière de s'exprimer, en particulier quand il parlait des femmes.

« Et alors ?

— Leur liaison a duré quelques temps. Sur quoi il y a eu ce qu'on appelait alors une *opération illégale*. Très facile à obtenir, même à l'époque, toujours d'après papa, à condition d'avoir les bonnes relations. Wellauer les avait. Très peu de gens ont été au courant à l'époque, mais elle est morte. Il n'est même pas sûr que c'était l'enfant de Wellauer ; mais c'est ce que semblaient penser les gens.

— Et ensuite ?

— Eh bien, elle est morte, comme je te disais. Rien n'en a jamais transpiré dans les journaux, évidemment. À l'époque, il n'était pas question de publier quelque chose là-dessus. La presse s'est contentée de parler d'un décès après une soudaine maladie. En un sens, c'était vrai.

— Et la troisième sœur ?

— Elle se serait réfugiée en Argentine, soit tout de suite après la fin de la guerre ou peu de temps après. Veux-tu que je demande à papa de chercher ?

— Non, Michele. Elle ne compte pas. Et Clemenza ?

— Elle a essayé de remonter sur scène, après la guerre, mais la voix n'était plus la même. Elle a donc arrêté de chanter. D'après ce qu'il m'a dit, elle vivrait à Venise. C'est vrai ?

— Oui. Je lui ai même parlé. Ton père se souvient-il d'autre chose ?

— Seulement qu'il a rencontré Wellauer une fois, il y a une quinzaine d'années. Il ne lui a pas plu, sans qu'il puisse m'expliquer pour quelle raison. »

Au ton de voix de Michele, Brunetti comprit que l'ami laissait la place au journaliste.

« Est-ce que cela peut t'être utile, Guido ?

— Je n'en sais rien, mon vieux. Je ne cherchais qu'à me faire un idée du genre d'homme qu'il était, et à en savoir un peu plus sur l'affaire Santina.

— Eh bien, tu es au courant, maintenant, répondit Michele, légèrement mortifié — à son tour, il venait de sentir le policier.

— Écoute, Michele ; il se peut que tout ça me soit utile, mais pour l'instant, je n'en ai aucune idée.

— Très bien, très bien, si c'est comme ça. »

Il ne pouvait se résoudre à lui demander un service.

« S'il s'avère que c'est important, je t'appellerai, Michele, promis.

— Bien sûr ! J'y compte bien, Guido. Il est tard, et tu

dois sans doute avoir envie de te recoucher. Appelle-moi si tu as besoin de quoi que ce soit, d'accord ?

— Entendu. Et merci, Michele. Remercie aussi ton père de ma part.

— C'est lui qui te remercie. Du coup, il a eu l'impression d'être encore quelqu'un. Bonne nuit, Guido. »

Avant que Brunetti ait pu ajouter autre chose, Michele avait raccroché. Il éteignit et se glissa sous les draps, se rendant compte seulement maintenant du froid qui régnait dans la chambre. Dans l'obscurité, la seule image qu'il arrivait à évoquer était la photo, chez Clemenza Santina, sur laquelle les trois sœurs posaient, disposées en V. L'une d'elle était morte à cause de Wellauer et une autre avait peut-être eu sa carrière gâchée par la faute du maestro. Seule la petite dernière lui avait échappé, mais elle avait dû s'enfuir en Argentine pour cela.

19

Tôt, le lendemain matin, alors que Paola dormait encore, Brunetti, à demi comateux, se rendit dans la cuisine d'un pas de zombie et mit la cafetière en marche. Il revint ensuite jusqu'à la salle de bains, s'aspergea la figure et se sécha en évitant de croiser le regard du type dans le miroir. Avant le café, il n'avait confiance en personne.

Il revint dans la cuisine au moment précis où la cafetière entrait en éruption. Il ne fit même pas l'effort de jurer. Il la sortit du feu et coupa le gaz. Il se prépara une tasse colmatée de trois cuillerées de sucre et se rendit sur la terrasse qui faisait face à l'est, avec l'espoir que la fraîcheur du matin réussirait à le réveiller si le café n'y parvenait pas.

La barbe dure, ébouriffé, il se tourna vers le point de l'horizon où commençait le massif des Dolomites. Il devait avoir copieusement plu dans la nuit, car les montagnes avaient fait leur apparition comme si elles s'étaient rapprochées en douce, à la faveur de l'obscurité, pour devenir magiquement visibles dans l'air limpide. Elles allaient s'emmitoufler et disparaître avant le soir, aucun doute, derrière les torrents de fumée que recrachaient sans jamais se lasser les usines du continent, ou voilées par l'humidité montant de la lagune.

Sur sa gauche, les cloches de San Paolo appelèrent les fidèles à la messe de six heures et demie. En contrebas, dans la maison en face, des rideaux s'écartèrent et un homme nu apparut à la fenêtre, tout à fait inconscient de la présence de Brunetti au-dessus de lui. Soudain, une nouvelle paire de mains aux ongles vernis de rouge parut jaillir de ses hanches. L'homme sourit et les rideaux retombèrent.

La fraîcheur du matin commençait à se faire insistante et Brunetti battit en retraite dans la cuisine, heureux d'en retrouver la chaleur — et d'y voir Paola. Assise à la table, elle avait un aspect des plus avenants, chose qui ne devrait pas être permise avant neuf heures du matin.

Elle lui lança un bonjour joyeux auquel il répondit par un grognement. Il posa la tasse vide dans l'évier et prit celle, complétée de lait chaud, que Paola lui avait préparée. La première lui avait rendu une partie de son humanité ; la seconde lui restituerait peut-être le reste.

« C'est Michele qui a appelé, pendant la nuit ? »

Il grommela, se frotta le visage, prit une gorgée de café. Paola attira à elle une revue qui traînait sur la table et se mit à la feuilleter, tout en buvant son café à petites gorgées. Pas même sept heures, et elle s'intéressait déjà aux dernières créations d'Armani. Il se gratta l'épaule. Du temps passa.

« C'est Michele qui a appelé, pendant la nuit ?

— Oui. »

Satisfaite d'avoir obtenu une réponse claire et distincte, elle ne demanda rien de plus.

« Il m'a parlé de Wellauer et de Santina.

— Ça remonte à quand, cette histoire ?

— À une quarantaine d'années, après la guerre. Non, juste avant. Une cinquantaine d'années, plutôt.

— Et qu'est-ce qui s'est passé ?

— Il a engrossé la sœur et celle-ci est morte des suites de l'avortement.

— Est-ce qu'elle t'en avait parlé ?

— Pas un mot.

— Que vas-tu faire ?

— Il va falloir que je la revoie.

— Ce matin ?

— Non. Je dois d'abord passer à la questure. Cet après-midi. Ou demain. »

Il se rendit compte qu'il n'avait aucune envie de retourner dans l'antre humide et glacé de l'ancienne cantatrice.

« Si tu y vas, mets tes chaussures marron. »

Elles l'aideraient à le protéger du froid, mais rien ni personne ne pourrait le protéger de la misère.

« Oui, bonne idée. Veux-tu prendre ta douche la première ? demanda-t-il, se souvenant qu'elle avait cours de bonne heure, ce matin.

— Non, vas-y. Je vais refaire du café quand j'aurai fini ma tasse. »

En passant près d'elle, il s'inclina pour l'embrasser sur la tête, se demandant comment elle parvenait à rester courtoise, et même amicale, avec l'ours mal léché qu'il était tous les matins. Il sentit l'odeur fleurie de son shampooing et remarqua à sa tempe, pour la première fois, quelques fils argentés qui le laissèrent tremblant à l'idée de fragilité que cela éveilla en lui.

En arrivant à son bureau, il rassembla tous les documents qu'il avait accumulés concernant la mort de Wellauer et se mit à les passer en revue. C'était la troisième ou quatrième fois qu'il en relisait certains. Les rapports venus d'Allemagne, avec leur souci du détail poussé jusqu'à l'extrême — ils comprenaient jusqu'à la liste exhaustive des objets dérobés au chef d'orchestre au cours des deux cambriolages qu'il avait subis — avaient de quoi rendre fou. De vrais monuments à l'efficacité teutonne. Par leur manque presque complet d'informations sur les activités de Wellauer tant professionnelles que personnelles au cours de la guerre, ils étaient aussi la preuve que les Allemands savaient comment éviter les vérités gênantes en n'en parlant pas. Étant donné la personnalité de l'actuel président de l'Autriche, Brunetti devait admettre que cette stratégie connaissait un succès remarquable.

Wellauer avait découvert lui-même le corps de sa deuxième femme. Elle avait appelé une amie peu avant le moment où elle était descendue se pendre dans le sous-sol, et l'avait invitée à venir prendre un café, geste à la fois macabre et mondain qui avait le don de révolter Brunetti à chaque fois qu'il lisait le rapport. Wellauer avait déjà appelé la police lorsque la femme, qui n'avait pu venir tout de suite, était arrivée. Cela signifiait que le chef d'orchestre avait eu tout le temps de trouver un mot d'explication, si elle en avait laissé un, et de le détruire.

Paola lui avait donné le numéro de Padovani, ce matin-là, lui disant que le journaliste devait partir pour Rome le lendemain. Sachant que le repas pouvait passer en note de frais (« entrevue avec un témoin »), Brunetti appela l'ancien condisciple de sa femme et l'invita à déjeuner au Gallegiante, restaurant que Brunetti appréciait mais pouvait rarement s'offrir. Les deux hommes convinrent de s'y retrouver à treize heures.

Il appela le bureau des traducteurs et demanda à ce qu'on lui envoie la spécialiste de l'allemand. Quand arriva la jeune femme, qu'il connaissait de vue pour l'avoir saluée de temps en temps dans les couloirs, il lui expliqua qu'il devait appeler Berlin et qu'il risquait d'avoir besoin d'aide.

Il composa le numéro que lui avait donné la signora Wellauer. On décrocha à la quatrième sonnerie et une voix féminine au ton précis — mais les allemands lui faisaient toujours cet effet — répondit : « Steinbrunner. » Il passa le combiné à la traductrice et suivit suffisamment la conversation pour comprendre que le médecin était à son cabinet et non à son domicile, dont il venait de composer le numéro. La jeune femme fit le numéro qu'on venait de lui donner et resta un moment la main levée avant de lui tendre l'appareil — sur quoi Brunetti crut qu'un miracle s'était produit et que Steinbrunner parlait italien. Mais au lieu d'une voix humaine, il eut droit à une musique soporifique qui traversait les Alpes aux frais de la ville de Venise. Il rendit le téléphone à la traductrice et la regarda qui battait la mesure pendant qu'ils attendaient.

Elle se raidit soudain et se mit à parler en allemand. Au bout de quelques phrases, elle dit à Brunetti : « La standardiste lui transmet l'appel. Elle dit qu'il parle anglais. Voulez-vous le prendre ? »

Il acquiesça, s'empara du combiné, mais lui fit signe de rester.

« Attendons de voir si son anglais est aussi bon que votre allemand. »

Avant même qu'il ait fini sa phrase, une voix profonde s'élevait dans l'écouteur.

« Docteur Erich Steinbrunner à l'appareil. Puis-je savoir à qui j'ai l'honneur de parler ? »

Brunetti se présenta et congédia la traductrice d'un geste. Mais avant de partir, celle-ci eut l'idée de pousser un bloc-notes et un crayon dans la direction du policier.

« Oui, commissaire, que puis-je faire pour vous ?

— Je suis chargé de l'enquête sur la mort du maestro Wellauer, et j'ai appris par sa veuve que vous étiez l'un de ses amis les plus proches.

— C'est exact. Cela faisait bien des années que nous le connaissions, ma femme et moi. Sa mort nous a profondément affectés, tous les deux.

— Je n'en doute pas, docteur.

— J'aurais aimé assister aux funérailles, mais mon épouse est de santé très fragile et ne peut voyager ; je n'ai pas voulu la laisser.

— Je suis sûr que la signora Wellauer l'a compris, dit-il, surpris de ce caractère international des platitudes.

— J'ai pu m'entretenir avec Elizabeth, reprit le médecin. Elle paraît tenir avec beaucoup de courage. »

Quelque chose, dans le ton de voix de Steinbrunner, poussa Brunetti à observer : « Elle m'a donné l'impression… comment dire ? De ne pas avoir envie que je vous appelle, docteur. » Comme l'Allemand ne réagissait pas, il ajouta : « Peut-être la disparition du maestro est-elle encore trop récente et préfère-t-elle ne pas évoquer une époque plus heureuse.

— Oui, c'est possible, répondit le médecin d'un ton sec qui signifiait qu'il n'en croyait pas un mot.

— Puis-je vous poser quelques questions, docteur ?

— Certainement.

— J'ai examiné l'agenda du maestro et j'ai constaté

qu'il vous avait souvent vus, vous et votre épouse, au cours des derniers mois de sa vie.

— Oui, nous avons dîné ensemble, trois ou quatre fois.

— Mais à d'autres moments je n'ai trouvé que votre nom, docteur, et les rendez-vous avaient lieu le matin ; ce qui me fait supposer qu'il s'agissait de visites professionnelles, autrement dit qu'il vous consultait en tant que médecin et non comme ami. » À retardement, il pensa à ajouter : « Puis-je vous demander, docteur, si vous êtes un… » Il s'interrompit, ne voulant pas l'offenser en lui demandant s'il était simplement généraliste. « Je suis désolé, j'ai oublié comment on dit en anglais. Pouvez-vous me dire quelle est votre spécialité ?

— Nez, gorge, oreilles. Mais surtout la gorge. C'est d'ailleurs comme cela que j'ai rencontré Helmut, il y a des années. » Le ton de l'homme devint plus chaleureux. « En Allemagne, je suis connu comme étant *le médecin des chanteurs.* »

N'y avait-il pas un peu de surprise, de sa part, à devoir expliquer ce détail ?

« Est-ce pour cette raison qu'il vous voyait ? Parce qu'un de ses chanteurs avait des problèmes de voix ? Ou bien lui-même avait-il des ennuis de santé ?

— Non, il allait très bien. La première fois, il m'a demandé de le rencontrer pour un petit déjeuner. C'était pour parler d'une cantatrice.

— Et après cela, on trouve encore d'autres rendez-vous matinaux dans l'agenda.

— Oui, deux. Pour le premier, il s'agissait de se faire examiner. Et la semaine suivante, je lui ai communiqué les résultats.

— Pouvez-vous me dire ce qu'étaient ces résultats ?

— Auparavant, pourriez-vous m'expliquer en quoi ceci vous paraît important ?

— Le maestro semblait profondément soucieux, quelque chose l'inquiétait. C'est ce que j'ai appris auprès de plusieurs personnes, ici. J'essaie donc de trouver à quel propos et de tout savoir sur ce qui aurait pu influencer son état d'esprit.

— J'ai bien peur de ne pas voir le rapport.

— J'essaie d'en apprendre le plus possible sur son état de santé, docteur. N'oubliez pas : le renseignement en apparence le plus anodin peut m'aider à trouver le responsable de sa mort et à présenter ce dernier à la justice. »

Paola avait souvent dit à son mari que le meilleur moyen de motiver un Allemand était d'invoquer la loi. La rapidité de la réaction du médecin parut lui donner raison.

« Dans ce cas, je ne demande qu'à vous aider.

— Quels examens lui avez-vous fait subir ?

— Comme je vous l'ai dit, il n'avait aucun problème au niveau de la gorge. Sa vision était parfaite. Il avait une légère perte auditive, cependant, et c'est pour cette raison qu'il m'a consulté.

— Et le résultat ?

— Je vous l'ai dit, une légère perte de l'ouïe. Minime. Le genre de chose qui est tout à fait normal à son âge. À notre âge, s'empressa-t-il de corriger.

— Quand cet examen a-t-il eu lieu, docteur ? Les rendez-vous que j'ai relevés sont en octobre.

— Oui, c'est à cette époque-là. Il faudrait que je consulte mes dossiers pour vous donner les dates exactes, mais c'est bien en octobre.

— Et les résultats exacts, vous vous en souvenez ?

— Non, pas dans le détail. Mais la perte était inférieure à dix pour cent, sans quoi, je ne l'aurais pas oublié.

— Est-ce une perte significative, docteur ?

— Non, pas du tout.

— Se remarque-t-elle ?

— Comment cela ?

— Pouvait-elle le gêner dans son activité de chef d'orchestre ?

— C'était précisément ce que Helmut voulait savoir. Je lui ai dit que sa perte d'audition était à peine mesurable, qu'il n'avait rien à craindre. Il m'a cru. Mais le même matin, je lui ai donné d'autres nouvelles, et celles-ci l'ont attristé.

— De quoi s'agissait-il ?

— Il m'avait envoyé une jeune cantatrice qui avait des problèmes avec sa voix. J'ai découvert des nodosités sur ses cordes vocales, et qu'on allait devoir l'opérer. J'ai dit à Helmut qu'elle allait rester six mois sans pouvoir chanter. Il avait envisagé de l'engager au printemps à Munich ; du coup, c'était impossible.

— Vous souvenez-vous d'autre chose ?

— Non, rien de particulier. Il m'a dit qu'il me reverrait à son retour de Venise, mais j'ai supposé qu'il parlait à l'ami, et non au médecin. »

Brunetti crut relever une légère hésitation dans la voix du médecin.

« Rien d'autre, docteur ?

— Il m'a demandé si je ne connaîtrais pas un médecin, à Venise, que je puisse lui recommander. Je lui ai dit de ne pas être idiot, qu'il avait une santé de fer. S'il tombait malade, l'opéra lui trouverait les meilleurs médecins. Pourtant, il a insisté ; il voulait absolument que je lui recommande quelqu'un.

— Un spécialiste ?

— Oui. Finalement, je lui ai donné le nom d'un médecin avec lequel j'avais eu quelques consultations. Il est professeur à l'université de Padoue.

— Son nom ?

— Valerio Treponti. Il a également une clientèle privée, mais je ne connais pas le numéro de son cabinet. Helmut ne me l'a pas demandé, d'ailleurs ; il paraissait satisfait d'avoir le nom.

— Vous souvenez-vous s'il l'a noté, docteur ?

— Non, il ne l'a pas fait. En fait, à l'époque, j'ai pensé que c'était simplement de l'obstination. Il était surtout là pour parler de la jeune cantatrice.

— Une ultime question, docteur…

— Oui ?

— Les dernières fois que vous vous êtes vus, avez-vous remarqué un changement quelconque en lui ? Avez-vous relevé, dans son comportement, des signes de préoccupation ou d'inquiétude ? »

La réponse du Steinbrunner n'arriva qu'après un long silence.

« Il y avait peut-être bien quelque chose, mais j'ignore ce que c'était.

— Lui en avez-vous parlé ?

— Ce n'était pas le genre de question qu'on posait à Helmut. »

Brunetti se retint de répliquer que c'était justement celle qu'on posait, quand on était l'ami de quelqu'un depuis quarante ans. Au lieu de cela, il demanda : « Avez-vous une idée de ce que ces soucis pouvaient être ? »

Le deuxième silence du médecin fut aussi long que le premier.

« Il m'a semblé que cela avait quelque chose à voir avec Elizabeth. C'est pour cette raison que je n'ai rien dit à Helmut. Il était très sensible à tout ce qui la touchait, très conscient de leur différence d'âge. Vous pourriez peut-être lui poser la question, commissaire.

— En effet, docteur, j'envisage de le faire.

— Bien. Y a-t-il autre chose ? Je dois retourner à mes patients.

— Non, rien. C'était très aimable de votre part de m'avoir parlé. Vous m'avez beaucoup aidé.

— Je l'espère. J'espère aussi que vous trouverez le coupable et qu'il sera condamné.

— Je ferai tout mon possible pour cela, docteur, croyez-moi », répondit poliment le policier, sans ajouter qu'il s'intéressait bien plus à l'arrestation qu'au châtiment. Les Allemands ne voyaient peut-être pas les choses de la même façon.

Dès que la ligne fut de nouveau libre, Brunetti appela les Renseignements pour avoir le numéro du docteur Valerio Treponti à Padoue. Au cabinet du médecin italien, la secrétaire lui dit que Treponti était en consultation et qu'il ne pouvait le prendre au téléphone. Le policier expliqua qui il était, que l'appel était urgent et qu'il allait attendre. Il en profita pour feuilleter les journaux du matin. La mort de Wellauer avait disparu de la grande presse nationale ; on en parlait encore dans *Il Gazzettino,* en deuxième page de la deuxième section, parce qu'une bourse portant son nom allait être créée au conservatoire.

Il y eut un cliquetis sur la ligne et une voix profonde, sonore, annonça : « Treponti.

— Ici le commissaire Brunetti, de la police de Venise, docteur.

— C'est ce qu'on m'a dit. Que désirez-vous ?

— J'aimerais savoir si, au cours du dernier mois, vous n'auriez pas eu comme patient un homme âgé, de haute taille, parlant l'italien, le parlant même très bien, mais avec un accent allemand.

— Quel âge ?

— Environ soixante-dix ans.

— Vous voulez parler de l'Autrichien. Comment s'appelle-t-il, déjà ? Ah, oui, Doerr, Hilmar Doerr. Il n'est pas allemand, mais autrichien. Cela revient au même, d'ailleurs. Et que voulez-vous savoir de lui ?

— Pouvez-vous me le décrire, docteur ?

— Vous êtes sûr que c'est important ? J'ai six patients dans ma salle d'attente et je dois être à l'hôpital dans une heure.

— Pouvez-vous me le décrire, docteur ?

— Ne l'ai-je pas fait ? Grand, les yeux bleus, un peu plus de soixante ans.

— Quand l'avez-vous vu ? »

Brunetti entendit une autre voix, plus loin, dire quelque chose. Puis tous les bruits disparurent. Le médecin avait mis la main sur le micro du combiné. Une minute passa, et il reprit la ligne, l'air encore plus pressé et impatient.

« Je n'ai pas le temps de vous parler, commissaire. J'ai des obligations impératives à remplir. »

Brunetti laissa passer l'objection et demanda : « Pourriez-vous me recevoir aujourd'hui, docteur, si je venais vous voir ?

— À cinq heures, cet après-midi. Je pourrais vous accorder vingt minutes. Ici. »

Il raccrocha avant que Brunetti ait pu lui demander l'adresse. Patiemment, se forçant à conserver son calme, il composa à nouveau le numéro et demanda à la secrétaire l'adresse du cabinet. Il la remercia avec une politesse appuyée avant de raccrocher.

Il resta quelques instants à se demander quelle était la meilleure façon de se rendre à Padoue. Patta, lui, aurait exigé une voiture et peut-être une escorte de deux motards, au cas où il y aurait eu pléthore de terroristes sur l'autoroute. Du fait de son rang, Brunetti avait bien droit à un véhicule, mais il ne voulait pas perdre de temps et il appela donc la gare pour connaître les horaires de l'après-midi. L'express de Milan faisait un arrêt à Padoue et il aurait tout le temps de se rendre au cabinet de Treponti. Il décida donc d'aller directement à la gare après le déjeuner avec Padovani.

20

QUAND BRUNETTI arriva au restaurant, Padovani l'attendait déjà au bar, à côté d'une coupe remplie de bigorneaux, d'encornets et de crevettes. Ils se serrèrent rapidement la main avant d'être conduits à leur table par la signora Antonia, la serveuse junonesque qui régnait ici. Une fois assis, ils retardèrent le moment d'aborder la question du meurtre et des commérages pour établir le menu avec la signora Antonia. Il en existait bien un exemplaire écrit, mais les habitués le consultaient rarement ; la plupart ne l'avaient même jamais ouvert. Plats du jour et spécialités étaient gravés dans la tête d'Antonia. Elle débita rapidement sa liste — pure formalité, comme le savait Brunetti — et décida dans la foulée que les deux hommes allaient manger un *antipasto di mare*, un risotto aux crevettes et un *branzino* grillé — arrivé ce matin même tout droit du marché aux poissons. Padovani demanda s'il était possible, si du moins la signora le conseillait, d'avoir aussi une salade verte. Antonia accorda à cette requête toute l'attention qu'elle méritait, approuva, et ajouta qu'ils ne pouvaient que boire une bouteille du blanc de la maison avec cela, bouteille qu'elle alla chercher sur-le-champ.

Une fois le vin sur la table et le premier verre versé, Brunetti demanda à Padovani s'il avait encore beaucoup de travail avant de quitter Venise. Le critique lui répondit qu'il lui restait deux vernissages à commenter, l'un à Trévise et l'autre à Milan, mais qu'il allait probablement le faire par téléphone.

« Tu veux dire que tu appelles directement le journal après les avoir vus ?

— Oh, non », répondit Padovani. Il cassa un gressin en deux et commença à le grignoter. « Je fais tout par téléphone.

— Tu... tu fais des articles sur la peinture par téléphone ?

— Bien entendu. Tu ne voudrais pas que je perde mon temps à aller voir ces cochonneries, non ? » Devant l'air perplexe du policier, il s'expliqua. « Je connais le travail de ces deux peintres. Ça ne vaut pas un clou. Ils ont tous les deux loué les galeries, et tous les deux enverront des amis acheter quelques toiles. Le premier, ou plutôt la première, est la femme d'un avocat de Milan, et l'autre le fils d'un neurochirurgien de Trévise, propriétaire de la clinique privée la plus chic de la province. L'une et l'autre ont beaucoup de temps et rien à faire, et c'est comme ça qu'ils ont décidé de devenir artistes. » Il lâcha ce dernier mot avec un mépris non dissimulé.

Padovani s'interrompit et s'enfonça dans son siège, le temps que la signora Antonia, à laquelle il adressa un grand sourire, dispose les assiettes ovales d'antipasto devant eux.

« Quel genre d'articles vas-tu écrire ?

— Oh, ça dépend, répondit le critique en transperçant de sa fourchette un morceau de poulpe. Pour le fils du toubib, je vais raconter qu'il manifeste *une ignorance totale de la couleur et de la ligne*. Mais comme l'avocat est l'ami de l'un des patrons du journal, sa femme fera preuve *d'une grande maîtrise de la composition et du dessin*, alors qu'en réalité, elle n'est pas fichue de tracer un rectangle sans qu'il ressemble à un triangle.

— Ça ne t'ennuie pas ? demanda Brunetti.

— Quoi donc ? Écrire quelque chose que je ne crois pas ?

— Oui.

— Je crois me souvenir que cela m'embêtait bien un peu au début. Puis je me suis rendu compte que c'était le seul moyen d'écrire les articles que je voulais pour les choses qui, à mes yeux, comptaient vraiment. » Il vit l'expression quelque peu éberluée de Brunetti et sourit. « Allons, voyons, Guido, ne va pas me raconter que tu n'as jamais négligé un indice ou un autre, ou écrit un rapport destiné à suggérer autre chose que ce que semblaient indiquer tes indices. »

Avant qu'il ait pu répondre, Antonia était de retour. Padovani s'empara de la dernière crevette de son assiette et lui sourit.

« Délicieux, signora. »

Elle débarrassa mais fut immédiatement de retour avec un risotto fumant, aux effluves prometteurs. Quand elle vit la main du critique qui s'avançait sur la salière, elle dit : « Le plat est déjà suffisamment salé. » Padovani retira la main comme s'il s'était brûlé et prit sa fourchette.

« Mais à mon avis, Guido, tu ne m'as pas invité ici — aux frais de la princesse, j'espère — pour bavarder des aléas de ma carrière ou m'obliger à me livrer à un examen de conscience. Tu m'as dit que tu voulais davantage d'informations.

— J'aimerais savoir ce que tu as appris d'autre sur la signora Santina.

— J'ai bien peur, dans ce cas, de devoir payer ma part.

— Pourquoi ?

— Parce que je n'ai aucune autre information à te donner sur elle. Narciso était sur le point de partir quand je l'ai appelé, et il a tout juste eu le temps de me donner l'adresse. Si bien que tout ce que je sais est ce que je t'ai dit l'autre soir. Je suis désolé. »

Brunetti trouva que la remarque sur le fait d'avoir à payer son écot n'était pas du meilleur goût.

« Dans ce cas, tu pourrais peut-être me parler de certaines autres personnes, à la place.

— Pour tout t'avouer, Guido, je n'ai pas perdu mon temps. J'ai appelé plusieurs de mes amis, ici, ainsi qu'à Milan et à Rome. Prononce un nom, et je déverse un flot ininterrompu d'informations.

— Flavia Petrelli ?

— Ah, la divine Flavia... » Le critique enfourna une

solide bouchée de risotto et le déclara excellent. « Je suppose que tu aimerais également en apprendre un peu plus sur la tout aussi divine Miss Lynch, n'est-ce pas ?

— J'aimerais savoir tout ce que tu sais sur l'une et l'autre. »

Padovani mangea encore un peu de risotto, puis repoussa l'assiette de côté.

« Désires-tu me poser des questions précises, ou préfères-tu que je dise les choses comme elles me viennent ?

— La deuxième méthode me paraît la meilleure.

— Oui. Aucun doute. C'est ce qu'on m'a dit souvent, répondit-il en prenant une gorgée de vin. J'ai oublié où Flavia a fait ses études. À Rome, peut-être. Toujours est-il que comme cela ne manque jamais d'arriver, le hasard est intervenu : un jour, on lui a demandé de remplacer la Caballé, qui était souffrante, au pied levé. Elle s'en est admirablement sortie, les critiques la portèrent aux nues et elle se trouva célèbre du jour au lendemain. » Il se pencha sur la table et effleura d'un doigt la main de Brunetti. « Je crois que, pour l'effet, il vaudrait mieux diviser l'histoire en deux parties : la vie professionnelle, la vie privée. » Brunetti acquiesça. « Voilà donc pour la vie professionnelle. Devenue célèbre, elle l'est restée et l'est encore. »

Il vida son verre, le remplit à nouveau.

« La vie privée, à présent. Entrée de l'époux. Elle chantait au Liceo, à Barcelone, deux ou trois ans après son triomphe romain. Lui, c'est quelqu'un d'important en Espagne, dans les plastiques, je crois. Il a des usines. Bref, un type parfaitement barbant mais un vrai tiroir-caisse. Non seulement beaucoup d'argent, mais beaucoup d'amis avec des maisons comme des châteaux et des noms à rallonge. Le conte de fées, avec guirlandes de fleurs et gerbes arrivant par camion partout où elle chantait, bijoux, toutes les tentations habituelles ; et la Petrelli — qui, soit dit entre parenthèses, a des origines très modestes puisqu'elle est fille de paysans habitant un bled du côté de Trente — finit par y céder, tombe amoureuse et se marie. Se marie à lui, à ses usines, à ses plastiques, à ses amis importants. »

Antonia arriva et débarrassa, avec un regard des plus désapprobateurs pour l'assiette encore à moitié pleine de Padovani.

« Elle poursuivit sa carrière et devint de plus en plus célèbre. Il paraissait prendre plaisir à voyager avec elle, à être l'époux latin de la diva, à rencontrer des personnages connus, à voir sa photo dans les journaux — le genre de choses dont les gens de sa classe ont besoin pour exister. Il devint néanmoins vite évident que la lune de miel était bel et bien terminée. Elle annula une représentation, puis une autre. Peu après, elle arrêta de chanter pendant un an, qu'elle passa en Espagne avec lui. »

Antonia s'approcha de leur table, tenant un grand plat ovale dans lequel était placé le branzino. Elle posa le plat sur une petite table de service, découpa habilement deux portions du poisson à chair blanche et disposa les assiettes devant les deux convives.

« J'espère que cela vous plaira. »

Brunetti et Padovani échangèrent un regard — la menace était bien enregistrée.

« Merci, signora, dit Padovani. Puis-je avoir la salade ?

— Quand vous aurez terminé le poisson », répondit-elle, repartant aussitôt pour la cuisine. Ils étaient, dut se rappeler le policier, dans l'un des meilleurs restaurants de la ville.

Le critique mangea un peu de poisson.

« Et puis elle fut de retour sur scène, aussi soudainement qu'elle en avait disparu. Sa voix était entre-temps devenue plus ample, pour acquérir le timbre incomparable qu'elle possède à l'heure actuelle. Le mari, en revanche, était devenu très discret, invisible, pour tout dire, et il y eut un divorce encore plus discret, obtenu tout d'abord ici, en Italie, puis confirmé plus tard en Espagne.

— Quel était le motif de ce divorce ? »

Padovani leva une main pour calmer l'impatience du policier.

« Chaque chose en son temps, Guido. Je tiens à ce que mon récit progresse à l'allure d'un roman du XIXe siècle. Elle s'est donc remise à chanter, notre Flavia, d'une voix plus somptueuse que jamais, comme je viens de le dire. Sauf qu'on ne la voyait nulle part. Ni aux dîners de gala, ni aux réceptions, ni même aux premières des autres chanteurs. Elle vivait discrètement, presque comme une recluse, avec ses enfants, dans son appartement de Milan, ville où elle se produit régulièrement. » Il se pencha sur la table. « Le suspense augmente-t-il ?

— C'est un vrai supplice, répondit Brunetti, reprenant un peu de poisson. Et le divorce ? »

Padovani éclata de rire.

« Paola m'avait averti que tu étais un vrai furet. Très bien, très bien, tu auras droit à la vérité. Malheureusement, comme la plupart du temps, celle-ci est d'une grande banalité. Il s'avéra qu'il la battait, très régulièrement, et très sérieusement. Sans doute était-ce sa conception de la meilleure façon de traiter une femme. » Il haussa les épaules. « Mais je n'en sais rien.

— Elle l'a donc quitté ?

— Elle a attendu pour ça qu'il l'envoie à l'hôpital. Même en Espagne, cependant, on trouve des gens pour considérer que ce n'est pas tolérable. Elle est allée se réfugier à l'ambassade l'Italie avec ses enfants. Sans argent, sans passeport. Notre ambassadeur, à l'époque, était un triste sire qui fit tout pour la renvoyer à son époux. Mais la femme de l'ambassadeur, une Sicilienne — et que personne ne dise jamais le moindre mal des Siciliennes — prit d'assaut les services consulaires jusqu'à ce qu'elle ait obtenu trois passeports, après quoi elle conduisit elle-même Flavia et ses enfants à l'aéroport, où elle acheta trois billets de première classe pour Milan sur les fonds de l'ambassade et attendit que l'avion ait décollé. Elle avait entendu Flavia chanter *Odabella* trois ans auparavant et elle estimait, semble-t-il, qu'elle lui devait bien ça. »

Brunetti se demanda quelle importance cette histoire pouvait revêtir, au regard de la mort de Wellauer et, rendu soupçonneux par le ton ironique de Padovani, dans quelle mesure tout cela était vrai.

Comme s'il avait lu dans son esprit, le critique se

pencha une fois de plus et dit : « Je t'assure que c'est la vérité.

— Comment as-tu appris tout ça ?

— Voyons, Guido, tu es dans la police depuis assez longtemps pour ne pas ignorer que dès que quelqu'un atteint un certain niveau de notoriété, tout se sait. Absolument tout. » Brunetti sourit, signifiant par là qu'il était d'accord, et Padovani reprit son récit. « On en arrive au morceau de bravoure, le retour de notre héroïne à la vie. Chose qui s'est produite, comme toujours dans ce genre d'histoire, grâce à l'amour. Ou du moins, ajouta-t-il après un instant de réflexion, grâce à la luxure. »

Brunetti, bien conscient du plaisir que prenait son informateur à lui tricoter cette histoire, fut tenté de prendre sa revanche en disant à Antonia que Padovani avait dissimulé les restes de poisson sous sa serviette.

« La période *vie de recluse* dura presque trois ans. Puis il y eut une série de… disons, de liaisons. La première, avec un ténor qui était son partenaire sur la scène. Un fort mauvais ténor, mais, heureusement pour elle, un homme charmant. Malheureusement pour elle, il avait une femme elle aussi tout à fait charmante, avec laquelle il ne tarda pas à retourner. Sur quoi il y eut, se succédant rapidement (il compta sur ses doigts au fur et à mesure), un baryton, un autre ténor, un danseur ou un metteur en scène, je ne sais plus très bien, un médecin — le raton laveur de la liste — et finalement, merveille des merveilles, un contre ténor. Puis tout aussi soudainement que cela avait commencé, la série des liaisons s'interrompit. » Ce que fit également Padovani, pendant qu'Antonia disposait la salade devant lui. Il l'assaisonna, y mettant (au goût de Brunetti) bien trop de vinaigre. « On ne la vit avec personne pendant un an. Et soudain l'*Americana* entra en scène et parut avoir fait la conquête de la divine Flavia. » Sentant l'intérêt de Brunetti se réveiller, il demanda : « Tu la connais ?

— Oui.

— Et qu'est-ce que tu en penses ?

— Elle me plaît bien, admit le policier.

— À moi aussi. Cette histoire entre elle et Flavia n'a aucun sens. »

Brunetti se sentait mal à l'aise à l'idée de manifester de l'intérêt pour cette question et ne demanda donc pas à Padovani de s'étendre davantage. De toute façon, le critique n'avait pas vraiment besoin d'être sollicité.

« Elles se sont rencontrées il y a trois ans, pendant l'exposition sur la Chine. » Padovani abandonna alors tout d'un coup son ton badin et espiègle. « J'ai lu ses livres sur l'art chinois, les deux qui ont été traduits en italien, plus un petit opuscule en anglais. Si elle n'est pas l'archéologue la plus importante à travailler aujourd'hui sur le terrain, elle ne va pas tarder à le devenir. Je n'arrive pas à comprendre ce qu'elle trouve à Flavia, car Flavia, cantatrice de génie ou pas, est par ailleurs une vraie salope.

— Oui, mais l'amour, là-dedans ? objecta Brunetti, amendant aussitôt sa question comme l'avait fait le critique : Ou du moins, la luxure ?

— Ce n'est pas un problème pour les Flavia et consorts ; ça ne les empêche pas de travailler. Mais l'autre a entre les mains l'une des découvertes archéologiques les plus importantes de notre siècle et je la crois suffisamment douée et intelligente pour… » Padovani s'arrêta soudain, prit son verre et le vida d'un trait. « Excuse-moi. Je m'emballe rarement de cette façon. Sans doute l'influence de la noble Antonia. »

Bien que sachant que cela était sans intérêt dans le cadre de son enquête, Brunetti ne put se retenir de demander : « Est-elle la première, euh… la première amante de la Petrelli ?

— Je ne pense pas, mais les autres n'ont guère compté.

— Et là ? C'est différent ?

— Pour laquelle ?

— Pour les deux.

— Étant donné que leur liaison dure depuis trois ans, je dirais que oui, que c'est sérieux. Pour l'une comme pour l'autre. » Padovani cueillit la dernière feuille de salade de son assiette, puis ajouta : « Je suis peut-être injuste pour Flavia. Parce qu'elle l'a payée cher, cette histoire.

— Comment cela ?

— On trouve beaucoup de lesbiennes parmi les cantatrices, expliqua-t-il. Bizarrement, la plupart sont des mezzo-sopranos. Mais ce n'est pas ça. La difficulté tient à ce qu'elles sont beaucoup moins bien tolérées que leurs collègues masculins, quand ils sont homosexuels. Si bien qu'elles n'osent pratiquement jamais parler ouvertement de leur mode de vie, sont pour la plupart très discrètes et préfèrent affubler leur amante du titre de secrétaire ou d'agent. Faire jouer un tel rôle à Brett Lynch est cependant bien difficile. Si bien que des bruits courent, et je suis sûr qu'on ne manque pas de les regarder en douce et de murmurer quand elles arrivent ensemble quelque part. »

Brunetti n'avait qu'à évoquer le ton sur lequel avait parlé le concierge du théâtre pour savoir à quel point c'était vrai.

« Connais-tu leur appartement de Venise ?

— Ah, ces lucarnes ! » dit Padovani.

Les deux hommes éclatèrent de rire.

« Comment a-t-elle réussi son coup ? demanda Brunetti, à qui on avait refusé le droit d'installer de simples fenêtres isolantes.

— Elle appartient à l'une de ces vieilles familles américaines qui, ayant volé leur argent il y a plus d'un siècle, sont donc aujourd'hui respectables. L'un de ses oncles lui a légué cet appartement — qu'il avait gagné au cours d'une partie de poker, il y a une cinquantaine d'années, si je ne me trompe. Quant aux fenêtres, l'histoire veut qu'elle ait essayé de les faire poser par des entreprises, mais personne n'a voulu lever le petit doigt sans permis. Si bien que finalement, elle est montée sur le toit, a enlevé les tuiles, découpé les ouvertures et posé les cadres elle-même.

— Et personne ne l'a vue ? » À Venise, il suffisait presque de brandir un marteau devant un immeuble pour que tous les téléphones du secteur se décrochent dans la minute suivante. « Personne n'a appelé la police ?

— C'est l'un des toits les plus hauts de la ville, comme tu l'as constaté toi-même. Même si on l'a vue, il était sans doute difficile de comprendre ce qu'elle fabriquait ; les gens ont dû croire qu'elle vérifiait l'état des tuiles, ou en changeait quelques-unes.

— Et ensuite ?

— Le travail terminé, elle a appelé le service des bâtiments de la ville pour leur dire ce qu'elle avait fait. Elle leur a demandé d'envoyer quelqu'un pour évaluer le montant de l'amende.

— Et ? dit Brunetti, estomaqué à l'idée qu'une étrangère ait été capable de trouver une solution aussi parfaitement italienne à son problème.

— C'est ce qu'ils ont fait, quelques mois plus tard. Mais lorsqu'ils sont venus et ont vu la qualité du travail, ils n'ont pas voulu croire qu'elle l'avait fait toute seule et ont exigé qu'elle leur donne le nom de ses soi-disant complices. Elle a réaffirmé qu'elle l'avait fait toute seule, ils ont continué à ne pas la croire. Elle a finalement décroché le téléphone, composé le numéro du bureau du maire et demandé à parler à "Lucio". Sous le nez des deux architectes de la ville qui la regardaient, leur mètre à ruban à la main. Elle échangea quelques paroles avec "Lucio" et tendit le téléphone à l'un des deux fonctionnaires, leur expliquant que le maire voulait leur dire deux mots. »

Padovani mima toute la scène, qu'il termina en faisant semblant de tendre le combiné par-dessus la table.

« Le maire leur dit donc ces quelques mots, ils montèrent sur le toit, mesurèrent les lucarnes, calculèrent l'amende et elle les renvoya dans leur bureau avec un chèque. »

Brunetti se renversa dans son siège et éclata de rire tellement fort que des têtes se tournèrent, dans la salle.

« Attends, ce n'est pas fini, enchaîna Padovani. Le chèque était en blanc et elle ne reçut jamais le moindre reçu prouvant que l'amende avait été payée. Et je me suis laissé dire que depuis, les lucarnes figurent en bonne et due forme sur les plans déposés au cadastre de la ville. »

Les deux hommes rirent ensemble à cette victoire de l'intelligence sur l'autorité.

« D'où vient sa fortune ? demanda Brunetti.

— Oh, Dieu seul le sait. D'après toi, d'où vient l'argent des Américains ? L'acier, les chemins de fer, le pétrole... Tu sais comment ça se passe, là-bas. Peu importe que tu aies volé ou tué pour te le procurer. L'astuce consiste à le garder un siècle, et te voilà aristocrate.

— Est-ce si différent d'ici ? persifla Brunetti.

— Évidemment. » Padovani ne se démonta pas. « Ici, nous devons le garder cinq cents ans avant de devenir aristocrate. Sans compter qu'en Italie, on doit être bien habillé. En Amérique, on a du mal à faire la différence entre les millionnaires et leurs domestiques. » Se souvenant des bottes de Brett, Brunetti fut sur le point de formuler une objection, mais il n'y avait plus moyen d'interrompre Padovani. « Ils ont même une revue, je ne me souviens pas de son nom, qui publie tous les ans la liste des hommes les plus riches des États-Unis. Seulement les noms, et l'activité dans laquelle ils ont fait tout leur fric. À mon avis, ils ont la frousse de laisser publier leur photo. Quant à ceux qui se font tirer le portrait, leur vue suffit à te convaincre que l'argent est vraiment la racine de tous les maux ou, à tout le moins, du mauvais goût. Les femmes ont toutes l'air d'avoir été desséchées au-dessus d'un feu, comme du poisson. Et les hommes, dieux du ciel, les hommes ! Mais qui donc les habille ? Crois-tu qu'ils mangent du plastique ? »

Le retour impromptu d'Antonia empêcha Brunetti de répondre à cette question toute rhétorique. La Junon vénitienne voulait savoir s'ils désiraient des fruits ou une pâtisserie comme dessert. Un peu nerveux, ils dirent tous les deux qu'ils n'en prendraient pas et se contenteraient d'un café. Réponse qui ne plut pas à Antonia ; elle débarrassa néanmoins la table.

« Mais pour répondre à ta question, si j'ignore effectivement d'où vient son argent, la source en paraît inépuisable. Son oncle s'est montré très généreux envers divers hôpitaux et organismes charitables de la ville, et elle semble suivre son exemple, même si ses dons sont en général spécifiquement destinés à la restauration des édifices.

— Ce qui expliquerait le petit coup de main de "Lucio".

— Tout à fait.

— Et sa vie privée ? »

Padovani lui jeta un étrange coup d'œil; il se rendait compte depuis un bon moment que tout cela n'avait guère de rapport avec la mort de Wellauer. Il en aurait fallu beaucoup plus, cependant, pour l'empêcher de déballer tout ce qu'il savait. Après tout, l'un des grands charmes du commérage est son insondable inutilité.

« Pas grand-chose à dire. En tout cas pas grand-chose dont on soit sûr. Elle paraît avoir toujours pratiqué la même religion, si tu vois ce que je veux dire, mais on ne sait pratiquement rien de ce qui touche le domaine privé avant son arrivée ici.

— Qui date de quand ?

— D'il y a environ sept ans. Du moins, c'est à ce moment-là que Venise est devenue son adresse permanente. Elle a vécu ici des années avec son oncle, quand elle était enfant.

— Ce qui explique qu'elle pratique le vénitien. »

Padovani eut un petit rire.

« Bizarre, n'est-ce pas, d'entendre quelqu'un qui n'est pas de chez nous le parler aussi bien...

— Oui. »

Antonia revint avec les cafés, complétés de deux petits verres de grappa, offerts, leur dit-elle, avec les compliments de la maison. Ni l'un ni l'autre n'avaient envie d'un breuvage aussi ardent, mais ils y goûtèrent avec ostentation et firent grands compliments de sa saveur. Elle s'éloigna, soupçonneuse, et Brunetti la surprit qui se retournait, à la porte de la cuisine, comme si elle s'attendait à les voir vider la grappa dans leurs chaussures.

« Quoi d'autre, encore ? demanda Brunetti, ne dissimulant plus sa curiosité.

— Elle ne livre pratiquement rien de sa vie privée à personne, j'ai l'impression. Il se trouve qu'un de mes amis de New York a fait ses études avec elle. Harvard, évidemment. Puis Yale. Après quoi elle est allée à Taïwan, ensuite en Chine. Elle fut l'une des toutes premières archéologues occidentales à travailler là-bas. C'était en 83 ou 84, je crois. Elle a écrit son premier livre à ce moment-là, quand elle était encore à Taïwan.

— N'est-elle pas un peu jeune pour avoir fait tout cela ?

— Si, sans doute. Mais elle est fichtrement douée. »

Antonia passa près d'eux, portant les cafés à la table voisine, et Brunetti, d'un geste, lui fit comprendre qu'il voulait l'addition. Elle acquiesça.

« J'espère qu'il y aura au moins quelque chose là-dedans qui pourra faire ton bonheur, Guido, reprit Padovani, sincère.

— Moi aussi, répondit le policier, à qui il répugnait d'admettre que ce ne serait probablement pas le cas, tout comme de reconnaître que ces deux femmes l'intéressaient indépendamment de l'affaire Wellauer.

— Si je peux encore t'être utile, n'hésite pas, appelle-moi, dit Padovani, ajoutant aussitôt : On pourrait revenir ici. Dans ce cas, emmène deux de tes gorilles pour me protéger des assauts de... Ah, signora Antonia, enchaîna-t-il sans effort lorsqu'il vit la femme se diriger vers leur table pour déposer l'addition en face de Brunetti. Nous avons admirablement bien mangé, et espérons revenir dès que possible. »

Le résultat de cette flatterie étonna Brunetti. Pour la première fois depuis le début du service, Antonia leur adressa un sourire rayonnant de la joie la plus pure ; il lui creusa deux profondes fossettes de part et d'autre de la bouche et révéla des dents parfaites, éclatantes. Brunetti se prit à envier sa technique au critique ; elle serait d'une valeur inestimable pour interroger des suspects.

21

LE VENISE-MILAN parcourut à petite vitesse la digue qui relie la ville au continent et ne tarda pas à longer cette horreur industrielle qu'est Marghera. De même qu'on ne peut se retenir de titiller de la langue une dent douloureuse, Brunetti ne put s'empêcher de contempler la forêt de grues et de cheminées d'usine qui se dressaient au milieu des miasmes méphitiques que les vents allaient pousser au-dessus de la lagune et de Venise.

Peu après Mestre, les guérets à demi dénudés de l'hiver remplacèrent le chancre industriel, mais le paysage ne s'en trouva guère amélioré. Après la sécheresse dévastatrice de l'été, la plupart des champs étaient couverts d'un maïs étique que l'on n'avait pas moissonné : son irrigation aurait coûté trop cher, son ramassage ne valait pas les frais encourus.

Le train n'avait que dix minutes de retard, et il arriva donc à l'heure chez le médecin, dont le cabinet se trouvait dans un bâtiment moderne, non loin de l'université. En bon Vénitien, Brunetti ne pensa pas à emprunter l'ascenseur et gagna le troisième étage par l'escalier. Il n'y avait personne dans la salle d'attente, en dehors d'une femme en blouse blanche assise derrière un bureau. « Le docteur va vous recevoir », dit-elle dès l'entrée du policier, sans prendre la peine de lui demander qui il était. Cela se voyait-il donc tant que ça ? se demanda une fois de plus Brunetti.

Le docteur Treponti était un homme de petite taille à la

mise impeccable, au menton orné d'une courte barbichette, et dont les yeux bruns paraissaient plus grands à cause des verres épais qu'il portait. Il avait les joues aussi rondes et tendues que celle d'un hamster qui a fait ses provisions et arborait, à sa ceinture, ce qui avait tout l'air d'une poche marsupiale. Il ne sourit pas mais tendit la main à Brunetti, lui indiquant ensuite une chaise du geste. Il attendit que son visiteur soit installé avant de s'asseoir lui-même et lui demanda alors ce qu'il désirait savoir.

Brunetti prit dans sa poche une photo du chef d'orchestre venue d'un dépliant publicitaire et la tendit au médecin.

« Est-ce l'homme qui est venu vous voir? Celui qui s'est présenté à vous comme Autrichien? »

Treponti prit la photo, l'étudia un court instant et la rendit à Brunetti.

« Oui, c'est bien lui.

— Pour quelle raison est-il venu vous consulter, docteur?

— Allez-vous me dire de qui il s'agit? Pourquoi la police s'intéresse à lui? Son nom n'est peut-être pas Hilmar Doerr… »

Brunetti fut stupéfait de constater qu'on pouvait être italien, vivre en Italie, et tout ignorer de la mort du chef d'orchestre. Néanmoins, il se contenta de répondre : « Je vous expliquerai tout ça quand vous m'aurez dit ce que vous pourrez à son sujet, docteur. » Et avant que ce dernier ait pu soulever une objection, il ajouta : « Je ne tiens pas à ce que votre réponse soit influencée par mes informations.

— Ce n'est pas une histoire politique, n'est-ce pas? voulut savoir le médecin, avec la note de profonde méfiance que seul un Italien arrive à mettre dans ce genre de question.

— Non, cela n'a rien à voir avec la politique. Je vous en donne ma parole. »

Aussi dubitatif qu'ait été Treponti sur la valeur de celle-ci, il n'en acquiesça pas moins.

« Très bien. » Il ouvrit l'enveloppe de papier kraft posée sur son bureau et ajouta : « Ma secrétaire vous en donnera une photocopie tout à l'heure.

— Merci, docteur.

— Comme je vous l'ai dit, il m'a déclaré s'appeler Hilmar Doerr, être autrichien et habiter Venise. Comme il n'était pas à la sécurité sociale italienne, il venait me consulter à titre privé. Je n'avais aucune raison de ne pas le croire. »

Tout en parlant, le médecin étudiait ses notes, rédigées sur un papier ligné. Même à l'envers, on se rendait compte qu'elles étaient d'une netteté parfaite.

« Il m'a expliqué qu'il souffrait d'une perte sensible de l'ouïe depuis quelques mois et me demanda de vérifier. Cela se passait… (Treponti revint à la première page du dossier) le 3 novembre dernier. J'ai procédé aux tests habituels et j'ai constaté, effectivement, une importante dégradation de son audition. » Anticipant la question de Brunetti, il enchaîna : « J'ai estimé sa perte à trente ou quarante pour cent, par rapport à une ouïe normale. Ce qui m'a intrigué, c'est qu'il m'a dit qu'il n'avait jamais eu le moindre symptôme auparavant ; ses difficultés s'étaient manifestées brusquement au cours des cinq ou six semaines précédentes.

– Ce genre de chose est-il courant chez une personne de son âge ?

— Il m'a dit qu'il avait soixante-deux ans. Je suppose qu'il s'agit aussi d'un mensonge ? Si vous pouviez me donner son âge exact, je serais mieux en mesure de répondre à votre question.

— Il en avait soixante-quatorze. »

Treponti revint à la page des informations d'identité, et fit une correction.

« En fait, cela ne change pas beaucoup les choses, pas de manière significative, en tout cas. La dégradation a été brutale et, comme elle touchait le tissu nerveux, irréversible.

— En êtes-vous sûr, docteur ? »

Treponti ne prit même pas la peine de répondre.

« Étant donné la nature de la perte, je lui ai proposé de revenir au bout de quinze jours ; nous avons refait les tests. J'ai constaté que la situation s'était aggravée et j'ai confirmé l'irréversibilité.

— Aggravée dans quelle proportions ?

— Je dirais d'encore dix pour cent. Peut-être légèrement plus.

— Étiez-vous en mesure de faire quelque chose pour lui ?

— Je lui ai proposé l'un des nouveaux appareillages dont nous disposons depuis quelques temps. J'espérais — mais sans trop y croire, je dois l'avouer — que cela l'aiderait au moins un peu.

— Ce fut le cas ?

– Je l'ignore.

— Je vous demande pardon ?

— Il n'est jamais revenu me consulter. »

Brunetti réfléchit quelques instants. La deuxième visite avait eu lieu alors que les répétitions de l'opéra étaient commencées depuis un bon moment.

« Pouvez-vous être plus précis sur ce type d'aide auditive ?

— C'est minuscule. On la monte sur une paire de lunettes en verres neutres ou correcteurs. L'appareil fonctionne sur le principe de… je me demande si tout ceci est bien important, dans ce cas. »

Au lieu de s'expliquer, Brunetti louvoya encore.

« Cet appareil aurait-il pu l'aider, néanmoins ?

— Difficile à dire. Ce n'est pas seulement avec nos oreilles que nous entendons, loin de là. » Devant l'air perplexe de Brunetti, il s'expliqua. « Nous lisons beaucoup sur les lèvres, nous complétons les mots manquants à partir du contexte, et ainsi de suite. Quand on porte ce genre d'aide auditive, c'est que l'on a finalement accepté l'idée que notre ouïe était déficiente. Si bien que tous les autres sens se mettent à faire des heures supplémentaires et essaient de combler le déficit de signaux et de messages ; comme la seule chose qui a changé a été l'adjonction d'une aide auditive, on s'imagine que c'est celle-ci qui nous soulage alors qu'en réalité, ce sont les autres sens qui travaillent au maximum.

— Était-ce le cas, ici ?

— Je ne peux pas être affirmatif, comme je vous l'ai déjà dit. Lorsque j'ai posé l'appareil, lors du second rendez-vous, il paraissait convaincu qu'il entendait mieux. Il réagissait avec plus de précision à mes questions, mais c'est toujours ce qui arrive, qu'il y ait ou non une véritable amélioration physique. Je me tiens en face d'eux, je les interroge en les regardant, ils me voient bien en face. Pendant l'examen, cependant, quand les sons leur parviennent par le biais d'écouteurs et en l'absence de tous signaux visuels, on constate rarement une amélioration, en tout cas pas dans des cas comme celui-ci. »

Brunetti réfléchit à tout ceci, et demanda : « Vous m'avez dit que vous aviez constaté une nouvelle dégradation au cours de votre second examen, docteur. Avez-vous une idée de ce qui peut provoquer une perte d'audition aussi soudaine ? »

Il était manifeste, à voir le sourire de Treponti, que celui-ci avait prévu cette question. Il croisa les mains devant lui, tout à fait comme font les médecins dans les séries télévisées.

« Cela pourrait venir de l'âge, mais c'est insuffisant pour expliquer la soudaineté. Il pourrait s'agir aussi d'une infection, mais elle s'accompagnerait de douleur, et il n'en ressentait aucune, ou de perte de sens de l'équilibre, mais il m'a affirmé qu'il n'en avait pas constaté. On pourrait également incriminer un usage trop constant de diurétiques, mais il disait n'en prendre jamais.

— Vous avez discuté de tout cela avec lui, docteur ?

— Bien entendu, répondit le médecin, légèrement piqué. Jamais je n'avais eu de malade aussi inquiet pour un problème de ce genre ; il était mon patient, il avait le droit de savoir.

— Bien entendu, docteur, bien entendu. »

Treponti se calma et continua.

« Je lui ai également mentionné les antibiotiques ; comme cela l'intéressait, je lui ai expliqué qu'il aurait fallu qu'il en prenne à de fortes doses pour qu'un tel traitement ait un effet néfaste sur son ouïe.

— Les antibiotiques ?

— Oui. Un effet secondaire possible, peu fréquent mais qui se rencontre néanmoins parfois, est la détérioration du nerf auditif. Seulement à doses massives, toutefois, comme je vous l'ai dit. Il m'a déclaré qu'il n'en prenait pas. Si bien que toutes ces possibilités étant exclues, la seule explication raisonnable restait son âge avancé. En tant que médecin, elle ne me satisfaisait pas et ne me satisfait toujours pas. » Il jeta un coup d'œil à son calendrier. « S'il m'était possible de l'examiner, je pourrais vérifier si la dégradation ne s'est pas poursuivie. Assez de temps s'est écoulé. Si jamais elle avait continué au même rythme qu'entre le premier et le deuxième examen, il devrait être complètement sourd, à l'heure actuelle. À moins, bien entendu, que je ne me sois trompé et qu'il ne se soit agi d'une infection qui aurait échappé à mes investigations. » Treponti referma le dossier et demanda : « Ai-je une chance de le revoir pour faire cet examen ?

— Cet homme est mort », dit froidement Brunetti.

Le regard du médecin ne cilla pas.

« Puis-je connaître la cause du décès ? » demanda-t-il, se hâtant d'ajouter : « J'aimerais le savoir, au cas où il aurait eu une infection que je n'aurais pas détectée.

— Il a été empoisonné.

— Empoisonné, répéta Treponti. Je vois, je vois… » Il réfléchit quelques instants et sa question suivante, posée sur un ton curieusement méfiant, montra qu'il avait conscience que Brunetti détenait maintenant l'avantage : « Quel poison, si je puis me permettre ?

— Du cyanure.

— Ah… »

Il paraissait déçu.

« Cela change-t-il quelque chose, docteur ?

— S'il s'était agi d'arsenic, il y aurait eu une baisse de son ouïe du type de celle qu'il présentait. Dans la mesure, bien sûr, où on lui en aurait fait prendre sur une période de temps assez longue. Mais le cyanure, non, je ne crois pas. » Il garda le silence un moment, rouvrit le dossier et inscrivit une courte note qu'il souligna d'un trait horizontal appuyé. « A-t-on procédé à une autopsie ? Je crois que c'est obligatoire, dans ces cas-là.

— Oui.

— Le rapport mentionne-t-il quelque chose, relativement à son système auditif ?

— Je ne pense pas qu'il y ait eu des recherches de ce côté-là.

— C'est dommage, dit le médecin, se corrigeant aussitôt : On n'aurait probablement rien trouvé. » Il ferma les yeux, et Brunetti comprit qu'il feuilletait mentalement ses manuels, s'arrêtant ici et là sur un passage particulier. Finalement, il rouvrit les yeux et regarda Brunetti. « Non, ça n'aurait pas été évident. »

Le policier se leva.

« Si votre infirmière pouvait me faire la photocopie de la fiche, docteur, je n'aurais plus besoin d'abuser de votre temps.

— Oui, bien entendu. » Le médecin se leva à son tour et suivit Brunetti jusqu'à la porte. Dans l'entrée, il donna ses instructions à la femme en blouse blanche, puis s'adressa à une patiente arrivée pendant l'entretien avec Brunetti. « Vous pouvez entrer, signora Mosca. » Il salua son visiteur d'un simple signe de tête, suivit la femme dans son cabinet et referma la porte derrière eux.

L'infirmière revint et lui tendit la photocopie encore tiède. Il la remercia et partit. Dans l'ascenseur, qu'il n'oublia pas de prendre, cette fois, il regarda la note finale inscrite par Treponti : *Patient décédé par empoisonnement au cyanure. Résultats du traitement suggéré inconnus.*

22

IL ARRIVA CHEZ LUI avant huit heures — pour apprendre que Paola était allée au cinéma avec les enfants. Elle lui avait laissé un mot où elle disait aussi qu'une femme avait appelé deux fois, pendant l'après-midi, sans vouloir laisser son nom. La descente qu'il opéra dans le réfrigérateur ne lui rapporta qu'un maigre butin : un peu de salami, du fromage et un sachet d'olives noires. Il disposa tout cela sur la table. Puis il alla prendre une bouteille de vin rouge et un verre. Il se jeta une olive dans la bouche, remplit son verre, cracha le noyau dans le creux de sa main et chercha du regard un endroit où le poser, tout en mangeant une deuxième olive. Puis une troisième. Finalement, il alla jeter les noyaux directement dans la poubelle, sous l'évier.

Il se confectionna un sandwich au salami des plus sommaires et remplit de nouveau son verre. Le dernier numéro d'*Epoca* traînait sur la table, là où Paola avait dû le lire. Il s'assit, mordit dans son sandwich tout en commençant à feuilleter l'hebdomadaire. Et le téléphone sonna.

La bouche pleine, il gagna le séjour sans se presser, avec l'espoir que celui ou celle qui l'appelait se découragerait avant qu'il ait atteint l'appareil. Il décrocha à la septième sonnerie et donna son nom.

« Bonsoir, Brett à l'appareil, dit l'Américaine avec une certaine urgence dans le ton. Désolée de vous déranger chez vous, mais j'aimerais vous parler… si c'est possible.

— Est-ce important ? demanda-t-il, sachant que ça l'était au moins aux yeux de la jeune femme, si elle prenait la peine de l'appeler, mais espérant le contraire.

— Oui, c'est à propos de Flavia. » Cela, il s'en doutait. « Elle a reçu une lettre de l'avocat. » L'avocat de qui, inutile de le demander. « Et nous avons parlé de la dispute qu'elle a eue avec lui. » Le « lui » en question devait être Wellauer. Brunetti se rendait compte qu'il aurait dû lui proposer d'aller la voir, mais il n'en avait pas très envie. « Guido, vous êtes là ? »

Il sentit à la fois la tension dans sa voix et les efforts qu'elle faisait pour la contenir.

« Oui. D'où m'appelez-vous ?

— De chez moi. Mais on ne peut pas se voir ici. »

Le léger chevrotement dans la voix de la jeune femme lui donna soudain le désir de la retrouver.

« Écoutez-moi, Brett. Connaissez-vous le Giro ? Le bar qui est juste à côté de Santa Marina ?

— Oui.

— Bon. On s'y retrouve dans un quart d'heure.

— Merci, Guido.

— Dans un quart d'heure », répéta-t-il, puis il raccrocha. Il griffonna un mot à l'intention de Paola, expliquant qu'il devait ressortir, et finit son sandwich en descendant l'escalier.

Le Giro était un établissement lugubre et enfumé, mais l'un des rares bars de Venise à être encore ouvert après dix heures du soir. Il avait changé de propriétaire quelques mois auparavant, et le nouveau patron avait fait de son mieux pour améliorer la décoration et l'ambiance — rideaux blancs, musique de fond entraînante — lui faisant perdre son côté bistrot de quartier où l'on retrouve ses amis, sans parvenir à le transformer en établissement branché. Il n'avait ni classe, ni charme, seulement du vin trop cher et une salle trop enfumée.

Il la vit entrer et aller s'asseoir à une table du fond, placée de façon à surveiller la porte, mais elle souleva l'attention de trois ou quatre jeunes gens qui, debout au bar, buvaient de petits verres de vin rouge et s'étaient mis à parler plus fort pour l'impressionner. Brunetti sentit leurs regards virils lui peser dans le dos quand il s'approcha de la table. Elle lui adressa un sourire chaleureux, et il fut content d'être venu.

« Merci, dit-elle simplement.

— Parlez-moi de cette lettre. »

Elle regarda la table ; ses mains, posées à plat dessus, ne bougèrent pas de tout le début de son récit.

« Elle vient d'un avocat de Milan, celui qui s'est occupé du divorce. Il dit que selon les informations qui lui sont parvenues, Flavia mènerait une vie immorale et contre nature — tels sont les mots qu'il a employés. Elle m'a montré la lettre. Immorale et contre nature... » Elle leva les yeux sur le policier et essaya de sourire. « C'est de moi qu'il s'agit, non ? » Elle écarta les mains, étreignant le vide. « Je n'arrive pas à y croire, reprit-elle, secouant la tête. Il va intenter des poursuites contre elle et demander... exiger que les enfants soient rendus à la garde de leur père. La lettre avait pour but de nous notifier officiellement leurs intentions. » Elle porta la main à la bouche, comme pour y retenir les mots. « Non, pas à nous, mais à Flavia, seulement à elle. Le procès va recommencer. »

Brunetti sentit l'arrivée du serveur et le renvoya d'un geste agacé de la main. Lorsque l'homme ne fut plus à portée d'oreille, il demanda : « Et quoi d'autre ? »

Elle essaya bien de répondre; il la voyait lutter pour s'arracher les mots de la bouche. Elle n'y parvint pas. Elle leva de nouveau les yeux sur lui et eut un sourire nerveux, du genre de ceux que lui adressait Chiara quand elle avait fait une bêtise qu'il lui fallait avouer.

L'Américaine balbutia quelque chose et baissa la tête.

« Quoi ? Je n'ai pas compris, Brett.

— Il fallait que je le dise à quelqu'un. Je n'avais personne d'autre, répondit-elle sans que son regard ne quitte la table.

— Personne d'autre ? »

Elle avait passé l'essentiel de sa vie dans cette ville, et il n'y avait personne à qui elle pouvait en parler, mis à part le policier dont le boulot était de déterminer si, par hasard, elle ne serait pas amoureuse d'une meurtrière ?

« Personne ?

— Je n'ai jamais parlé à quiconque de... de ce qu'il y a entre Flavia et moi, répondit-elle, osant enfin soutenir le regard de Brunetti. Elle disait qu'elle ne voulait pas de cancans, qu'ils pourraient lui nuire dans sa carrière. Je n'ai jamais parlé d'elle à personne. De *nous* à personne. »

Il se souvint, à cet instant, de Padovani lui racontant les premiers émois de Paola, et de la manière dont elle parlait à tous ses amis de l'homme dont elle était amoureuse, au point que c'en était presque son seul sujet de conversation. La société lui avait permis non seulement de connaître cette joie, mais de la manifester publiquement. Or cette femme était amoureuse — cela ne faisait aucun doute — depuis trois ans, et n'en avait jamais parlé à quiconque. Sauf à lui. Le policier.

« Votre nom était-il mentionné dans cette lettre ? »

Elle secoua négativement la tête.

« Et Flavia ? Comment a-t-elle réagi ? »

L'Américaine se mordit la lèvre et, du doigt, montra son cœur.

« Elle a dit que c'était de votre faute ? »

Elle hocha la tête exactement comme l'aurait fait Chiara, puis se passa le dos de la main sous le nez. Elle en revint mouillée et luisante. Brunetti sortit son mouchoir et le lui tendit. Elle le prit bien, mais parut ne pas savoir qu'en faire. Elle restait là, le mouchoir à la main, tandis que les larmes lui coulaient sur les joues et gouttaient de son nez. Se sentant un peu idiot mais se rappelant qu'après tout, il était le papa d'une grande fille, il reprit le mouchoir et lui essuya délicatement la figure. Elle eut un sursaut et, se saisissant du carré de baptiste, s'essuya vigoureusement, se moucha — puis mit le mouchoir dans sa poche. Le deuxième de la semaine qu'il perdait.

« Oui, elle a dit que c'était de ma faute, que rien ne serait arrivé si je n'avais pas été là. » Elle parlait d'une voix tendue, rauque. Elle fit une grimace. « Le plus affreux, c'est que c'est vrai. Je sais bien que d'un autre côté, c'est stupide, mais à la manière dont elle le dit, je suis obligée de reconnaître que c'est vrai.

— La lettre précise-t-elle l'origine de l'information ?

— Non, mais ça ne peut venir que de Wellauer.

— Parfait. »

Elle le regarda, stupéfaite.

« Comment ça, parfait ? L'avocat va demander la révision du jugement ! Toute l'affaire va être étalée au grand jour !

— Écoutez, Brett, dit-il d'un ton calme, sans élever la voix. Réfléchissez un peu. Un témoin doit venir faire une déposition formelle devant le tribunal, dans une telle affaire. Or Wellauer est mort et je doute que même vivant, il aurait accepté d'être mêlé à quelque chose de ce genre. Ce n'était qu'une menace.

— N'empêche, si l'avocat porte plainte…

— Tout ce qu'il cherche, pour le moment, c'est à vous faire peur. On peut dire qu'il a réussi. Il n'y a pas un tribunal, même un tribunal italien, pour fonder un arrêt sur des racontars. Et cette lettre n'est rien de plus qu'un ramassis de racontars, sans même que celui qui l'a écrite soit là pour apporter ses preuves. » Il la regarda plus attentivement. « Il n'y a pas de preuve, n'est-ce pas ?

— Que voulez-vous dire, des preuves ?

— Je ne sais pas, moi. Des lettres, des conversations…

— Non, rien de tel. Je ne lui ai jamais écrit, même de Chine… Et Flavia est toujours beaucoup trop occupée pour écrire.

— Et les amis de Flavia ? Sont-ils au courant ?

— Je ne sais pas. C'est un sujet que les gens n'aiment pas aborder.

— Dans ce cas, je suis convaincu que vous n'avez rien à craindre, ni l'une ni l'autre. »

Elle essaya de sourire, essaya de se convaincre qu'il avait réussi à l'arracher à son chagrin, à la mettre hors de danger.

« Vraiment ?

— Vraiment, répondit-il avec un sourire. J'ai beaucoup

fréquenté les avocats, et c'est évident que celui-ci cherche simplement à vous effrayer et à vous menacer. »

Elle eut un rire nerveux qui se transforma en crise de hoquet.

« Eh bien… il a drôlement réussi… son coup… le salopard », ajouta-t-elle un ton plus bas.

Brunetti estima que le moment était venu de commander les cognacs, que le serveur leur apporta avec empressement. Lorsqu'il fut reparti, elle reprit : « Elle a été odieuse. »

Brunetti prit une gorgée et attendit la suite.

« Elle a dit des choses affreuses.

— Ça arrive à tout le monde, un jour ou l'autre.

— Pas à moi », rétorqua-t-elle sur-le-champ.

Il se fit la réflexion que c'était bien possible, qu'elle était peut-être de celles qui se servent du langage comme d'un instrument, et non pas comme d'une arme.

« Elle l'oubliera, Brett. Les personnes qui disent ce genre de choses sont les premières à les oublier. »

Elle haussa les épaules, rejetant ce genre de consolation. Elle, manifestement, n'oublierait rien.

« Qu'allez-vous faire ? demanda-t-il, sincèrement intéressé par la réponse.

— Rentrer chez moi. Voir si elle est là. Voir ce qui arrive. »

Il se rendit compte, tout d'un coup, qu'il n'avait même pas cherché à savoir si la Petrelli ne disposait pas de son propre domicile à Venise ; qu'il n'avait lancé aucune enquête sur son comportement, soit avant, soit après la mort de Wellauer. Pouvait-on aussi facilement le mener en bateau ? N'était-il pas en fin de compte comme tous les hommes ? Un joli minois, quelques larmes, des manifestations d'intelligence et d'honnêteté et il était exclu qu'on puisse tuer un homme, ou aimer quelqu'un qui avait tué un homme ?

Il fut effrayé de constater avec quelle facilité cette femme l'avait désarmé. Il tira quelques billets de sa poche et les laissa tomber sur la table.

« Oui, c'est une bonne idée », dit-il finalement.

Il repoussa sa chaise et se leva.

Le brusque changement d'attitude de Brunetti, qui d'ami devenait soudain étranger, fit renaître instantanément le sentiment d'insécurité chez l'Américaine. Même ça, il ne savait pas bien le faire.

« Allez, venez. Je vais vous raccompagner jusqu'à SS Giovanni e Paolo. »

Dehors, parce qu'il faisait nuit et que c'était son habitude, il lui prit le bras en marchant. Ils gardèrent le silence. Il avait conscience de toute sa féminité, de l'arrondi de la hanche qui frôlait la sienne, de ce qu'il y avait d'agréable à la sentir se serrer contre lui lorsqu'ils croisaient d'autres passants, dans les rues étroites. C'est à cela qu'il pensa en la ramenant chez celle qu'elle aimait.

Ils se dirent bonsoir sous la statue de Colleoni. Rien de plus que cela. Bonsoir.

23

BRUNETTI TRAVERSA à nouveau à pied la ville endormie, troublé par ce qu'il venait d'entendre. Il croyait savoir ce qu'était l'amour, il croyait l'avoir appris avec Paola. Était-il cependant à ce point soumis aux conventions pour que l'amour qu'éprouvait cette femme, amour authentique et réel, lui reste étranger simplement parce qu'il ne se conformait pas à ses conceptions ? Il chassa ces pensées comme relevant d'un sentimentalisme de bas étage et se concentra sur la question qu'il s'était posée à lui-même dans le bar : son affection pour cette femme, l'attrait pour un je-ne-sais-quoi en elle, ne l'auraient-ils pas empêché de voir ce qu'il aurait dû faire ? Certes, Flavia Petrelli n'était pas du genre à assassiner de sang-froid. Il n'avait aucun doute que, dans un moment de violence ou de passion, elle puisse tuer quelqu'un. La plupart des gens en sont capables. Avec la cantatrice, ç'aurait été un poignard dans les côtes, une poussée dans l'escalier ; pas le poison, administré froidement, presque sans passion.

Qui, dans ce cas ? La sœur réfugiée en Argentine ? Revenue pour venger la mort de son aînée, au bout d'un demi-siècle ? Hypothèse ridicule.

Mais alors, qui ? Sûrement pas Santore, le metteur en scène, pour une simple histoire d'annulation de contrat — et même pas pour lui, pour un ami. Santore, avec la carrière qu'il avait faite et les relations dont il disposait certainement, n'aurait sans doute eu aucun mal à trouver un autre rôle pour son protégé, même si le talent de ce dernier était des plus modestes. Voire même s'il n'avait pas de talent du tout.

Ce qui ne lui laissait que la veuve, mais son instinct de policier lui disait que le chagrin qu'elle avait manifesté était réel, et que le peu d'intérêt qu'elle portait à la recherche du coupable n'était pas motivé par le besoin de se protéger elle-même. Tout au plus paraissait-elle vouloir protéger le défunt, ce qui ramenait Brunetti à son point de départ : il fallait en apprendre davantage sur le passé du chef d'orchestre, sur son caractère, sur les fissures sous la couche soigneusement ripolinée et entretenue de rectitude morale — bref, sur ce qui aurait pu pousser quelqu'un à mettre du cyanure dans son café.

Le peu de sympathie qu'il ressentait pour Wellauer gênait Brunetti ; il n'éprouvait rien de sa compassion habituelle scandalisée pour ceux que l'on avait privés de la vie avant l'heure. Il n'arrivait pas à se débarrasser de l'impression que Wellauer avait joué un rôle dans sa propre mort ; il n'aurait su mieux décrire ce qu'il ressentait. Il eut un petit reniflement ; tout le monde joue un rôle dans sa propre mort. Toutefois, cette idée ne voulait ni le quitter ni se clarifier, et il continua, sans y parvenir, de chercher le détail qui pouvait être à l'origine de cette mort.

Le temps, le lendemain matin, était aussi morose que son humeur. Un brouillard épais s'était formé pendant la nuit, montant des eaux au-dessus desquelles s'élevait la ville, et non pas venu de la mer. Quand il sortit de chez lui, des volutes froides de vapeur d'eau vinrent caresser son visage et se glisser sous son col. On ne voyait qu'à quelques mètres de distance ; au-delà, tout se perdait dans le brouillard, les bâtiments disparaissaient complètement, comme s'ils s'étaient éloignés. Des fantômes nimbés d'un chatoiement argenté le croisaient dans la rue, donnant l'illusion de flotter comme s'ils étaient désincarnés. S'il les suivait des yeux, il les voyait rapidement disparaître, engloutis par la couche épaisse de brume qui remplissait les rues étroites et reposait sur l'eau, telle une malédiction. Sa longue expérience lui disait qu'il n'y aurait aucun service de vaporetto sur le Grand Canal ; le brouillard était beaucoup trop épais. Il marchait à l'aveuglette, laissant ses pas le conduire, ne doutant pas que des dizaines d'années de fréquentation des ponts, des ruelles et des carrefours le feraient aboutir aux Zattere et à l'embarcadère où le 8 et le 5 s'arrêtaient avant de traverser jusqu'à la Giudecca.

Le service était limité et les bateaux, sans le moindre souci de l'horaire, surgissaient du brouillard au hasard, l'écran-radar allumé. Il attendit un quart d'heure l'arrivée fantomatique du 5, qui heurta lourdement l'embarcadère. Le balancement fit tomber les uns sur les autres quelques-uns des gens qui attendaient. Tout le monde se massa dans la cabine. Sur le bateau, les passagers étaient aussi aveugles que des taupes dans du sable.

Lorsqu'il descendit à terre, Brunetti n'eut pas le choix de faire autrement que d'avancer jusqu'à toucher ou presque l'immeuble qui longeait le quai. Il suivit le mur à moins d'un mètre jusqu'à l'endroit où, dans son souvenir, se trouvait le passage voûté. Lorsqu'il tomba sur une ouverture dans l'alignement des façades, il s'y engagea, sans être tout à fait certain qu'il s'agissait bien de la Corte Mosca. Il n'avait pas pu lire la plaque, pourtant située à moins de cinquante centimètres au-dessus de sa tête.

L'humidité et le froid rendaient encore plus présente et aiguë la puanteur de pipi de chat. Les plantes crevées de la cour disparaissaient dans le brouillard. Il frappa à la porte à plusieurs reprises, plus fort à chaque fois, et entendit enfin une voix s'élever de l'autre côté.

« Qui est là ?

— Le commissaire Brunetti. »

Il entendit à nouveau les grincements irrités du métal sur le métal, les verrous qui claquaient. La vieille femme tira le battant à elle ; la brutale augmentation du taux d'humidité l'obligea à le soulever au milieu de sa course pour lui faire franchir une irrégularité du sol. Elle portait toujours son manteau, mais boutonné jusqu'au col, cette fois, et ne se fatigua même pas à demander au policier ce qu'il voulait. Elle recula juste assez pour lui permettre d'entrer, puis claqua la porte derrière lui. Elle tira à nouveau les verrous, fit demi-tour et le précéda dans le couloir étroit. Une fois dans la cuisine, il alla s'asseoir près du poêle pendant qu'elle remettait en place, du pied, les chiffons qui colmataient la fente, sous la porte.

Elle se traîna jusqu'à son fauteuil, s'y laissa tomber, et se retrouva immédiatement emmitouflée dans les foulards et les châles qui l'attendaient.

« Vous êtes revenu.

— Oui.

— Qu'est-ce que vous voulez ?

— La même chose que la dernière fois.

— Et c'est quoi ? Je suis une vieille femme, j'oublie tout. »

La lueur d'intelligence qui pétillait dans son regard démentait cette affirmation.

« J'aimerais avoir certaines informations sur votre sœur. »

Sans prendre la peine de lui demander laquelle, elle demanda : « Qu'est-ce que vous voulez savoir ?

— Je ne souhaite pas raviver vos chagrins, signora, mais j'ai besoin d'en apprendre davantage sur Wellauer pour comprendre pour quelle raison il est mort.

— Et s'il méritait de mourir ?

— Signora, nous méritons tous de mourir, mais personne n'a le droit de décider pour nous du moment auquel nous devons mourir.

— Ma parole, dit-elle avec un petit rire, vous êtes un vrai jésuite, hein ? Et qui a décidé que ma sœur devait mourir ? Et qui a décidé comment ? » Sa colère s'évanouit aussi soudainement qu'elle s'était déclenchée, et elle répéta sa question. « Qu'est-ce que vous voulez savoir ?

— Je suis au courant de la liaison que vous avez eue avec lui. Je sais qu'il passe pour avoir été le père de l'enfant qu'a porté votre sœur. Et je sais que celle-ci est morte à Rome en 1939.

— Elle n'est pas simplement morte. Elle a saigné à mort. » Elle dit cela d'un ton aussi sinistre qu'étaient sinistres les choses qu'elle évoquait. « Elle a saigné à mort dans une chambre d'hôtel où il l'a laissée après l'opération et où il n'est pas venu la voir. » Dans sa voix les souffrances de l'âge luttaient avec celles des souvenirs. « Quand on l'a trouvée, cela faisait un jour qu'elle était morte. Deux, peut-être. Et ce n'est que le surlendemain que je l'ai appris. J'étais assignée à résidence, mais des amis sont venus me le dire. J'ai quitté la maison. J'ai dû assommer un policier pour ça. Il est tombé, et je l'ai achevé à coups de pied dans la tête. Mais je suis partie. Et personne, parmi tous ceux qui m'ont vue lui donner des coups de pied, personne n'est intervenu pour l'aider.

« Mes amis m'ont accompagnée. Là où elle était. Le nécessaire avait déjà été fait, et on l'a enterrée le jour même. Aucun prêtre n'est venu, à cause des raisons pour lesquelles elle était morte. On l'a donc enterrée comme ça. La tombe était toute petite. »

Sa voix se perdit, comme emportée par la puissance du souvenir.

Il avait déjà souvent assisté à cela, au cours de sa carrière, et il eut le bon sens de garder le silence. Les vannes étaient ouvertes et le flot des paroles continuerait à couler jusqu'à ce qu'elle en soit complètement libérée. Il attendit, patient, revivant le passé avec elle.

« Nous l'avons habillée tout en blanc. Puis nous l'avons enterrée, dans cette tombe minuscule. Ce trou minuscule. Je suis revenue chez moi après les funérailles, et ils m'ont arrêtée. Mais étant donné que je l'étais déjà, ça n'a pas changé grand-chose. J'ai demandé des nouvelles du policier, et ils m'ont dit que ça allait. Je lui ai fait des excuses quand je l'ai revu. Après la guerre, quand les Alliés sont arrivés à Rome, je l'ai caché pendant un mois dans ma cave, jusqu'à ce que sa mère vienne et le reprenne. Je n'avais rien contre lui, aucune raison de lui en vouloir.

— Comment est-ce arrivé ? »

Elle le regarda, ne comprenant manifestement pas la question.

« Votre sœur et Wellauer ? »

Elle se passa la langue sur les lèvres et étudia ses mains déformées, qui dépassaient à peine de ses châles.

« C'est moi qui les ai présentés l'un à l'autre. Il savait comment avait commencé ma carrière de cantatrice, si bien que quand elles sont venues m'écouter chanter en Allemagne, il m'a demandé de les lui présenter. Clara, et la petite Camilla.

— Votre relation avec lui avait-elle déjà commencé ?

— Vous voulez savoir s'il était mon amant à ce moment-là ?

— Oui.

— En effet, il était déjà mon amant. Notre liaison a commencé pratiquement tout de suite, dès que je suis allée là-bas pour chanter.

— Et la liaison avec votre sœur ? »

Elle eut un mouvement de recul, presque comme s'il l'avait frappée. Puis elle se pencha en avant, et Brunetti crut un instant que c'était elle qui allait le gifler. Au lieu de cela, elle cracha. Un mince filet de bave aqueuse atterrit sur la cuisse de son pantalon et s'infiltra lentement dans le tissu. Il resta trop interloqué pour penser à l'essuyer.

« Bonté divine ! Vous êtes tous les mêmes ! Vous êtes *toujours* tous les mêmes, cria-t-elle d'une voix rouillée, démente. Partout où vous regardez, vous voyez toujours les ordures que vous voulez voir ! Sa liaison avec ma sœur, sa liaison ! » répéta-t-elle, moqueuse. Elle se pencha à nouveau vers lui, les yeux plissés de haine, et murmura : « Ma sœur avait *douze ans. Douze ans*, vous m'entendez ? C'est dans sa robe de première communion qu'on l'a enterrée. Elle n'était encore qu'une enfant. Une petite fille.

« Il l'a violée, monsieur le policier. Ce n'est pas une liaison qu'il a eue avec ma petite sœur. Il l'a violée. Une première fois ; et puis les suivantes, il la menaçait de tout me dire. De me dire à quel point elle était une mauvaise fille. Ensuite, quand elle s'est aperçue qu'elle était tombée enceinte, nous étions revenues à Rome. Moi, je n'étais au courant de rien. Il me faisait l'amour, et après il violait ma petite sœur, un bébé. Comprenez-vous maintenant, monsieur le policier, pourquoi je suis contente qu'il soit mort, pourquoi je dis qu'il méritait de crever ? »

La haine qu'elle nourrissait depuis un demi-siècle lui déformait les traits.

« Ah, vous voulez tout savoir, monsieur le policier ? »

Brunetti acquiesça. Il voyait. Il comprenait.

« Il est venu à Rome diriger cette Norma où je devais chanter. C'est là qu'elle lui a dit qu'elle était enceinte. Elle avait bien trop peur pour nous en parler, bien trop peur qu'on lui dise qu'elle n'était qu'une méchante fille. C'est donc lui qui s'est arrangé pour la faire avorter, après quoi il l'a conduite dans cet hôtel. Et il l'a laissée là, et elle a saigné à mort. Elle n'avait toujours que douze ans. »

Il vit la main surgir des châles et des foulards et monter vers lui. Il n'eut qu'un mouvement à faire pour éviter le coup. Mais son échec la rendit enragée et elle s'en prit au bras de son fauteuil, qu'elle frappa de son poing noué d'arthrite. La douleur la fit crier.

Elle jaillit du siège, envoyant au sol châles et couvertures.

« Sortez de chez moi, espèce de cochon ! Sale cochon ! »

Brunetti s'écarta d'un bond, manqua de s'étaler en se prenant le pied dans la chaise, et courut jusqu'à la porte, fuyant cette bouffée de rage, tandis qu'elle le suivait, la main brandie. Elle s'arrêta, haletante, pendant qu'il s'escrimait sur les verrous. Une fois dans la cour, il entendit encore la voix de la vieille femme qui hurlait ses imprécations — à lui, à Wellauer, au monde entier. Elle claqua violemment le battant, le verrouilla, mais continua à rager. Il se retrouva frissonnant dans le brouillard, secoué d'avoir provoqué un tel accès de fureur. Il se força à respirer à fond, lentement, afin d'oublier cet instant où elle lui avait vraiment fait peur, où il avait été réellement effrayé par le formidable élan de souvenirs qui l'avait fait jaillir de son fauteuil pour se jeter sur lui.

24

OBLIGÉ D'ATTENDRE pendant près d'une demi-heure, il était complètement frigorifié quand se présenta la navette suivante, un bateau de la ligne 5. Le temps n'avait pas changé, si bien qu'il se réfugia dans la cabine à peine chauffée pendant la traversée jusqu'à San Zaccaria, le regard perdu sur la grisaille uniforme et chargée d'humidité qui venait se déposer en gouttelettes sur les vitres. Une fois à la questure, il monta rapidement à son bureau, ignorant les quelques personnes qui le saluèrent, referma la porte derrière lui et garda son manteau jusqu'à ce qu'il se sente un peu réchauffé. Des images se bousculaient dans son esprit. Il revoyait la vieille femme transformée en furie, hurlant derrière lui dans la pénombre du couloir; les trois sœurs disposées en V, « artistiquement », sur la photo; il imaginait la plus jeune gisant, morte, dans sa robe de communiante. Et il voyait tout, la trame, le plan.

Il enleva finalement son manteau, qu'il jeta sur une chaise, puis se mit à fouiller dans le désordre des papiers accumulés sur son bureau, déplaçant les dossiers et les classeurs, jusqu'à ce qu'il ait récupéré le rapport d'autopsie, sous sa couverture verte.

Sur la deuxième page, il trouva le détail qui lui était resté en mémoire : la note de Rizzardi sur les petites ecchymoses relevées sur un bras et une fesse, et que le médecin légiste avait classées sous la rubrique *Traces d'hémorragies sous-cutanées, cause inconnue.*

Aucun des deux médecins avec lesquels il avait parlé n'avait mentionné avoir fait de piqûre à Wellauer. Toutefois, un homme dont l'épouse était médecin n'aurait eu nul besoin de faire venir une infirmière pour cela. Et Brunetti estimait ne pas avoir besoin d'un rendez-vous pour s'adresser à ce médecin-là.

Il revint à la pile de papiers, retrouva le rapport de la police allemande et le lut jusqu'à ce qu'il ait retrouvé quelque chose qui lui titillait la mémoire. Le premier époux d'Elizabeth Wellauer, le père d'Alexandra, non seulement était professeur à l'université de Heidelberg, mais en présidait le département de Pharmacologie. Elle s'était arrêtée pour le voir en se rendant à Venise.

« Oui ? dit Elizabeth Wellauer en lui ouvrant la porte.

— Je m'excuse de vous déranger une fois de plus, signora, mais je dispose de nouveaux éléments et j'aimerais vous poser quelques questions.

— À quel sujet ? demanda-t-elle, sans faire mine de s'écarter pour le laisser entrer.

— Les résultats de l'autopsie conduite sur votre mari », expliqua-t-il, certain que cela suffirait à lui ouvrir la voie. D'un mouvement sec et sans grâce, elle ouvrit le battant en grand et s'effaça. Elle le précéda en silence jusque dans la pièce où s'étaient déroulés leurs deux entretiens précédents et lui indiqua, d'un geste, le siège qu'il commençait à considérer comme le sien. Il attendit pendant qu'elle allumait une cigarette, comportement qui lui était tellement habituel que le policier n'y fit pratiquement pas attention.

« Au moment de l'autopsie, commença-t-il sans autre préambule, le médecin légiste m'a dit qu'il avait remarqué, sur le corps de votre mari, des traces d'ecchymoses qui auraient pu résulter d'une forme ou une autre de piqûre. Il en fait également mention dans son rapport. » Il se tut, lui laissant le temps de fournir d'elle-même une explication. Comme elle ne réagissait pas, il enchaîna : « D'après le docteur Rizzardi, il peut s'agir de n'importe quoi, de drogues aussi bien que de vitamines ou d'antibiotiques. L'endroit où ces piqûres ont été faites, dit-il, ne permet pas de penser qu'il se les soit faites lui-même — votre mari était bien droitier, n'est-ce pas ?

— En effet.

— Une partie des ecchymoses se trouvait sur son bras droit, et il n'avait donc pu se les faire lui-même. » Il marqua un court temps d'arrêt. « S'il s'agissait d'injections, bien entendu... Est-ce vous, signora, qui aviez administré ces piqûres ? » Pas de réaction. « Avez-vous compris ma question, signora ? Est-ce vous qui avez fait ces piqûres à votre mari ?

— C'était des vitamines, finit-elle par répondre.

— Quel genre ?

— B 12.

— Auprès de qui vous les étiez-vous procurées ? Votre ex-mari ? »

La question la surprit manifestement. Elle secoua la tête en une dénégation énergique.

« Non, il n'a rien à voir avec ça. J'ai rédigé moi-même une ordonnance alors que nous étions encore à Berlin. Helmut se plaignait de se sentir fatigué et je lui ai donc suggéré de faire une série d'injections de B 12. Il y avait eu recours, par le passé, et elles lui avaient fait du bien.

— Quand a commencé cette dernière série, signora ?

— Je ne m'en souviens pas exactement, mais cela doit faire environ six semaines.

— Paraissait-il aller mieux ?

— Comment ?

— Votre mari. Son état s'est-il amélioré à la suite de ces piqûres ? Ont-elles eu l'effet que vous en attendiez ? »

Elle lui adressa un regard aigu à l'énoncé de la deuxième question, mais répondit avec calme.

« Non, elles n'ont rien changé, si bien qu'au bout de six ou sept, j'ai décidé de les arrêter.

— Est-ce vous ou votre mari qui avez pris la décision, signora ?

— Quelle importance, que ce soit lui ou moi ? Elles n'ont pas fait d'effet et on les a donc arrêtées.

— Je trouve au contraire très important, pour ma part, de savoir lequel des deux a pris la décision. Et je crois savoir qui l'a prise.

— Alors c'est lui, je suppose.

— Où avez-vous présenté l'ordonnance ? Ici, en Italie ?

— Non, je ne suis pas autorisée à y pratiquer. À Berlin, juste avant notre départ.

— Je vois. Le pharmacien doit avoir ça dans ses archives.

— Oui, sans doute. Mais je ne me souviens pas où je les ai achetées.

— Vous voulez dire que vous avez rédigé votre ordonnance et acheté les vitamines dans la première pharmacie venue ?

— Oui.

— Depuis combien de temps habitez-vous Berlin, signora ?

— Dix ans. Je ne vois pas ce que cette question vient faire ici.

— Je trouve curieux qu'un médecin qui vit depuis dix ans dans une ville n'ait pas un pharmacien attitré. Ou que le maestro n'ait pas eu une pharmacie où il allait habituellement. »

Sa réaction fut trop tardive d'une seconde.

« Il en avait une — nous en avions une. Mais je n'étais pas chez moi quand j'ai rédigé l'ordonnance, et je suis donc allée dans la pharmacie la plus proche.

— Vous vous rappelez certainement quelle était cette pharmacie ? Cela ne remonte pas à très longtemps... »

Elle regarda par la fenêtre, se concentrant, essayant de se souvenir. Puis elle se tourna de nouveau vers le policier.

« Je suis désolée, mais je n'arrive pas à m'en souvenir.

— Ce n'est pas grave, signora, répondit-il. La police de Berlin pourra certainement l'établir pour nous. » Elle le regarda avec étonnement, ou quelque chose d'autre. « Et je suis sûr qu'ils trouveront ce qu'il y avait sur cette ordonnance, de quel genre de... de vitamines il s'agissait », acheva-t-il après avoir laissé une seconde le mot en suspens.

Elle avait une cigarette qui se consumait dans le cendrier, mais tendit néanmoins la main vers le paquet, puis changea d'idée et se contenta de le déplacer du bout du doigt, lui faisant parcourir un quart de tour précis à chaque poussée.

« Et si on arrêtait ? demanda-t-elle d'une voix tranquille. Je n'ai jamais aimé ce genre de petits jeux, et vous n'êtes d'ailleurs pas vous-même très doué. »

Depuis qu'il exerçait ce métier, Brunetti avait vu ce genre de situation se répéter un nombre incalculable de fois ; la personne interrogée atteint un point au-delà duquel elle ne peut aller, le point où, plus ou moins à contrecœur, elle préfère dire la vérité. C'est comme pour une ville assiégée : la première ligne de défense cède, puis les troupes de cette ligne battent en retraite, première concession au harcèlement ennemi. Selon le type de défense, l'issue du combat est rapide ou traîne en longueur, s'embourbant au pied de tel ou tel rempart ; il peut se produire une contre-attaque, ou bien rien. Mais le premier mouvement était toujours identique ; c'était presque avec soulagement qu'on se débarrassait du fardeau du mensonge, ce qui conduisait, à la fin, à l'ouverture des portes donnant sur la vérité.

« Ce n'était pas de la vitamine. Mais vous êtes au courant, je suppose... », lança-t-elle.

Il acquiesça.

« Et savez-vous ce que c'était ? ajouta-t-elle.

— Non, ou du moins, pas exactement. Mais je pense qu'il s'agissait d'un antibiotique. J'ignore lequel, mais je ne pense pas que ce détail soit très important.

— Non, ce n'est pas très important. » Elle le regarda avec un petit sourire dont la tristesse était surtout manifeste dans les yeux. « De la Netilmycine. Elle vient de la pharmacie Ritter, à environ trois rues de l'entrée du zoo. Vous ne devriez pas avoir de mal à trouver.

— Qu'avez-vous dit que c'était à votre mari ?

— La même chose qu'à vous. Des vitamines B 12.

— Combien de piqûres lui avez-vous faites ?

— Six, à six jours d'intervalle.

— Combien de temps a-t-il fallu pour qu'il prenne conscience des premiers symptômes ?

— Quelques semaines. Nous ne nous parlions pas beaucoup, mais il me considérait toujours comme son médecin, et c'est pourquoi il m'a parlé de sa fatigue. Et ensuite de son ouïe.

— Et que lui avez-vous dit ?

— Je lui ai rappelé qu'il n'était plus tout jeune, qu'il pouvait s'agir d'un effet secondaire temporaire de la vitamine. C'était idiot de ma part. La maison est pleine de livres de médecine et il aurait pu facilement vérifier ce que je lui avais dit.

— L'a-t-il fait ?

— Non, non. il me faisait confiance. J'étais son médecin.

— Comment a-t-il compris, alors ? Ou comment a-t-il commencé à avoir des soupçons ?

— Il est allé consulter Erich. Vous êtes au courant, sinon vous ne seriez pas ici à me poser ces questions. Ensuite, après notre arrivée ici, il a commencé à porter des lunettes équipées, et j'en ai déduit qu'il avait été consulter un autre médecin. Quand j'ai voulu lui faire la piqûre suivante, il a refusé. Il avait compris, à ce moment-là, mais je ne sais toujours pas comment il a su. Par l'autre médecin ? »

Il acquiesça de nouveau, et elle lui adressa le même sourire triste.

« Qu'est-il arrivé ensuite, signora ?

— Nous étions venus à Venise au milieu du traitement. En fait, c'est dans cette pièce que je lui ai fait sa dernière piqûre. Alors même qu'il savait déjà mais refusait de le croire. » Elle ferma les yeux et se les frotta. « Ça devient très compliqué, de savoir quand il a été au courant de tout.

— Quand vous êtes-vous rendue finalement compte vous-même qu'il savait ?

— Il y a environ quinze jours. D'une certaine manière, je suis surprise qu'il lui ait fallu autant de temps, mais c'était parce que nous étions tellement amoureux l'un de l'autre. » Elle le regarda bien en face en disant cela. « Il savait à quel point je l'aimais. C'est pour cela qu'il n'arrivait pas à croire que je puisse lui faire une chose pareille. » Elle eut un sourire amer. « D'ailleurs, moi-même, parfois, je n'arrivais pas à le croire, quand je me souvenais à quel point je l'aimais.

« Mais c'est faux, je me souviens très bien du moment où j'ai compris qu'il savait. J'étais ici, un soir, occupée à lire. Je n'avais pas été assister à la répétition, comme je le faisais d'habitude. C'était trop douloureux, les cordes qui jouaient mal, les attaques qui arrivaient trop tôt ou trop tard, et de savoir que c'était moi qui avais provoqué cela, aussi efficacement que si je lui avais pris la baguette des mains pour l'agiter en l'air n'importe comment. »

Elle se tut, comme si elle écoutait la musique discordante des répétitions.

« J'étais donc ici, en train de lire, ou d'essayer de lire, et j'ai entendu... » Elle leva les yeux à cet instant et, du ton d'un acteur qui débite un aparté destiné au public, déclara : « Mon Dieu, c'est difficile d'éviter ce mot, n'est-ce pas ? » avant de retourner à son rôle. « Il était tôt ; il était revenu de bonne heure du théâtre. Je l'ai entendu entrer, puis passer dans le couloir. Il a ouvert la porte. Il avait gardé son manteau et tenait la partition de *La Traviata* à la main. C'était l'un de ses opéras préférés. Il adorait le diriger. Il est entré et est resté debout ici. » Elle montra l'espace vide qu'il y avait entre eux. « Il m'a regardée et il m'a demandé : "C'est toi qui as fait ça, n'est-ce pas ?" » Elle continuait de regarder la porte, comme si elle revoyait toute la scène et s'attendait à entendre de nouveau prononcer cette phrase.

« Lui avez-vous répondu ?

— Je lui devais bien cela, non ? dit-elle d'un ton calme et raisonnable. Oui, je lui ai dit que c'était moi.

— Et qu'a-t-il fait ?

— Il est parti. Il n'a pas quitté la maison, il est juste sorti de la pièce. Et nous nous sommes arrangés pour ne pas nous revoir. Pas jusqu'à la première.

— Vous a-t-il menacée, d'une manière ou d'une autre ? A-t-il parlé de porter plainte, de vous punir ? »

La question parut sincèrement l'intriguer.

« À quoi cela aurait-il servi ? Si vous avez parlé au médecin, vous savez déjà que les dommages étaient irréversibles. La police n'aurait rien pu faire, personne n'aurait rien pu faire pour lui rendre son ouïe. Et il n'avait aucun moyen de me punir. » Elle se tut, le temps d'allumer une autre cigarette. « Sauf en faisant ce qu'il a fait, ajouta-t-elle.

— C'est-à-dire ? » demanda Brunetti.

Elle se rebiffa ouvertement.

« Si vous êtes aussi au courant que vous semblez l'être, vous devez aussi savoir cela. »

Il soutint son regard, le visage dépourvu d'expression.

« J'ai encore deux questions à vous poser, signora. En toute honnêteté, j'ignore la réponse à la première. La deuxième est plus simple, et je crois en connaître déjà la réponse.

— Alors commençons par la deuxième.

— Elle concerne votre mari. Pourquoi a-t-il essayé de vous punir de cette façon ?

— Par *de cette façon,* vous voulez dire en essayant de faire croire que je l'avais assassiné ?

— Oui. »

Il la vit faire des efforts pour parler, il vit les mots commencer à se former puis s'effacer, oubliés. Finalement, d'une voix retenue, elle lui dit : « Il se croyait au-dessus des lois… au-dessus des lois que le reste de l'humanité doit respecter. Il estimait, je crois, que son génie lui donnait ce pouvoir, ce droit. Et, seigneur ! comme on l'encourageait dans cette croyance… Nous en avons fait le dieu de la musique, nous étions à genoux devant lui et nous l'adorions. » Elle s'interrompit et regarda le policier. « Je suis désolée ; je ne réponds pas à votre question. Vous vouliez savoir s'il était capable de tenter de faire de moi la coupable. Mais voyez-vous, ajouta-t-elle avec un geste des mains comme si elle cherchait à lui arracher sa compréhension, j'étais responsable. Si bien qu'il avait le droit de me faire ce coup. En un sens, il aurait été moins horrible que je le tue. La mort de l'homme aurait laissé le dieu intact. »

Elle se tut, mais Brunetti se garda bien de dire quoi que ce soit.

« J'essaie de vous faire saisir la façon dont il aurait vu les choses. Je le connaissais si intimement... je savais si bien ce qu'il ressentait, ce qu'il pensait... » Elle marqua encore une pause, puis poursuivit sa tentative de se faire comprendre. « Quelque chose d'étrange m'est arrivé après sa mort et j'ai commencé à me rendre compte des précautions qu'il avait prises, comment il m'avait invitée à venir dans sa loge. Il m'a semblé sur le moment, et je ressens toujours la même chose, qu'il avait le droit de faire ce qu'il a fait, de me punir. D'une certaine manière, il *était* sa musique. Et j'ai tué cela au lieu de le tuer, lui. J'ai tué son âme. Je l'ai constaté durant les répétitions, quand il scrutait les musiciens par-dessus ses lunettes et essayait d'entendre, avec cet appareillage inutile, la musique qui était jouée. Et il n'y arrivait pas. Il n'entendait presque plus rien. » Elle secoua la tête à quelque chose qu'elle ne paraissait pas comprendre. « Il n'avait pas besoin de me punir, monsieur Brunetti. C'était déjà fait. J'ai accompli mon temps en enfer. »

Elle croisa les mains sur ses genoux. Brunetti gardait toujours le silence.

« Puis, la nuit de la première, il m'a dit ce qu'il allait faire. » Devant l'étonnement manifesté par le policier, elle s'expliqua. « Non, il ne me l'a pas confié comme ça, aussi clairement. Je n'ai pas compris, sur le moment.

— Au moment où vous êtes allée dans les coulisses ?

— Oui.

— Qu'est-ce qui s'est passé ?

— Tout d'abord, il n'a rien dit quand il m'a vue à la porte ; il m'a simplement regardée. Puis il a dû apercevoir quelqu'un derrière moi, dans le couloir. Peut-être a-t-il pensé qu'une autre personne venait dans sa loge. » Elle baissa la tête. « Je l'ignore. Les seuls mots qu'il a prononcés étaient empruntés à une citation, les paroles qui échappent à Tosca devant le cadavre de Cavaradossi — *Finire così, finire così.* Je n'ai pas su interpréter, sur le moment, ce que voulait dire ce "Finir ainsi, finir ainsi", mais j'aurais dû. Elle le prononce juste avant de se tuer elle-même, mais je n'ai pas compris. Pas sur le coup. » Le sourire amusé qui éclaira un instant le visage de la jeune veuve surprit Brunetti. « Voilà qui lui ressemblait bien… une vraie fin dramatique. Ou plutôt, mélodramatique. Plus tard, je me suis tout de même étonnée qu'il ait emprunté ses dernières paroles à un opéra de Puccini. » Elle ne souriait plus. « J'espère que je ne vous parais pas trop bizarre. Mais j'aurais cru qu'il aurait plutôt fait appel à Mozart ou à Wagner. »

Il la regarda lutter contre le fou rire nerveux qui la gagnait. Il se leva et se dirigea vers le bar, placé entre les deux fenêtres, et prépara un petit verre de cognac. Il resta là quelques instants, le verre à la main, le regard perdu sur le campanile de San Marco. Puis il revint auprès d'elle et lui tendit le cognac.

Sans avoir vraiment conscience de ce qu'elle buvait, elle en prit quelques gorgées. Brunetti retourna auprès de la fenêtre et se remit à contempler le campanile. Quand il se fut bien assuré qu'il n'avait rien de changé, il alla reprendre place sur son siège.

« Me direz-vous pourquoi vous avez agi ainsi, signora ? »

L'étonnement qu'elle manifesta n'était pas feint.

« Si vous avez été assez habile pour deviner comment je m'y suis prise, vous devez certainement savoir pour quel motif. »

Il secoua la tête.

« Je ne dirai pas ce que je pense, car si par hasard je me trompe, ce serait déshonorer la mémoire de cet homme. »

Avant même qu'il ait fini sa phrase, il se rendit compte à quel point elle paraissait, elle aussi, sortir tout droit d'un livret de Puccini.

« Ce qui signifie que vous avez bien compris, n'est-ce pas ? demanda-t-elle, se penchant pour poser le verre encore presque plein à côté des cigarettes.

— Votre propre fille, signora ? »

Elle se mordit la lèvre supérieure et acquiesça d'un hochement de tête à peine perceptible. La marque de ses dents resta sur la peau. Elle eut un geste vers les cigarettes, puis se ressaisit et remit les deux mains sur ses genoux. Et c'est d'une voix si basse qu'il dut se pencher pour l'entendre qu'elle reprit ses explications.

« Je ne me doutais de rien, dit-elle avec un mouvement de dénégation de la tête, à l'idée d'une chose aussi laide. Alex n'est pas mélomane. Elle ne savait même pas qui il était quand nous avons commencé à nous voir. Lorsque je lui ai dit que je voulais l'épouser, elle a paru intéressée. Puis, quand elle a appris qu'il avait une ferme et des chevaux, elle fut très intéressée. C'est la seule chose qui lui plaît, le cheval, comme l'héroïne d'un livre anglais pour la jeunesse. Le cheval et les livres sur les chevaux.

« Elle avait onze ans quand nous nous sommes mariés. Ils s'entendaient bien. Lorsqu'elle apprit qui il était — je crois que ce sont ses camarades de classe qui le lui ont dit —, elle donna l'impression d'avoir un peu peur de lui, mais cette période passa vite. Helmut était très bon avec les enfants. »

Elle s'arrêta et fit une grimace devant l'ironie grotesque de ce qu'elle venait de dire.

« Et puis... et puis... et puis..., répéta-t-elle, comme si le sillon de sa mémoire était rayé. Cet été, j'ai dû retourner à Budapest. Pour voir ma mère, qui est en mauvaise santé. Helmut m'avait dit de ne pas me faire de souci, que tout irait bien. J'ai pris un taxi, et je suis allée à l'aéroport. Mais l'aéroport était fermé — je ne sais plus pour quel motif, une grève, un problème avec les douaniers. » Elle leva les yeux sur lui. « Peu importe la raison, n'est-ce pas ?

— En effet, signora.

— On a commencé par attendre longtemps, une bonne heure, puis on nous a dit que tous les vols étaient annulés jusqu'au lendemain matin. J'ai donc repris un taxi pour rentrer à la maison. Il n'était pas très tard, même pas minuit, et comme les téléphones étaient pris d'assaut, je suis revenue sans avertir. Je suis rentrée dans la maison. Les lumières étaient éteintes. Je suis montée au premier. Alex a toujours eu des problèmes de sommeil, et j'ai donc été dans sa chambre pour vérifier si elle dormait... pour vérifier si elle dormait. »

Elle regarda Brunetti, le visage dépourvu d'expression.

« Quand je suis arrivée en haut de l'escalier, je l'ai entendue. J'ai cru qu'elle faisait un cauchemar. Ce n'était pas un cri, juste un bruit. Comme un animal. Oui, un bruit d'animal. C'était tout. Je suis allée dans la chambre de ma fille. Et il était là. Avec elle.

« Le plus étrange dans tout ça, enchaîna-t-elle d'un ton parfaitement calme, comme si elle le mettait simplement au courant d'un fait mystérieux pour savoir ce qu'il en pensait, c'est que je n'ai aucun souvenir de ce qui s'est passé. Certes, je sais qu'il est parti, mais je ne me rappelle ni ce que je lui ai dit, ni ce qu'il m'a dit. Je suis restée avec Alex, cette nuit-là.

« Plus tard, des jours plus tard, il m'a dit qu'Alex avait eu un cauchemar. » Elle eut un rire de dégoût et d'incrédulité. « Il n'a rien ajouté. Nous n'en avons jamais reparlé. J'ai envoyé Alex chez ses grands-parents, pour qu'elle poursuive sa scolarité auprès d'eux. Oui, et nous n'en avons jamais reparlé. Oh, comme nous étions modernes et civilisés ! Nous avons bien entendu cessé de dormir ensemble, cessé d'être ensemble. Et Alex était partie.

— Ses grands-parents savent-ils ce qui lui est arrivé ?

— Non, répondit-elle en secouant vivement la tête. Je leur ai donné l'explication que je donne à tout le monde, que je ne voulais pas que sa scolarité soit interrompue par nos séjours à Venise.

— Quand avez-vous décidé de faire ce que vous avez fait ? »

Elle haussa les épaules.

« Je ne sais pas. L'idée m'en est venue, un jour, c'est tout. La seule chose qui était réellement importante pour lui, la seule chose qu'il aimait vraiment, c'était la musique. J'ai donc décidé que c'était cela qu'il fallait que je lui enlève. Sur le moment, j'avais le sentiment que ce n'était que justice.

— Et aujourd'hui ? »

Elle réfléchit longuement avant de répondre.

« Oui, je le pense toujours. Tout ce qui s'est passé n'était que justice. Mais ce n'est pas la question, n'est-ce pas ? »

Pour Brunetti, la question n'était plus ni là ni ailleurs. Elle avait disparu, il n'y avait ni message, ni leçon. Ce n'était rien de plus que le mal que peut faire l'homme et l'affreux gâchis qui en résulte.

« Qu'est-ce qui va se passer, maintenant ? reprit-elle d'une voix soudain fatiguée.

— Je ne sais pas encore, répondit-il, honnête. Avez-vous une idée de la façon dont il s'est procuré le cyanure ? »

Elle haussa les épaules comme si la question lui paraissait oiseuse.

« Les possibilités ne manquent pas. Un de ses amis est chimiste ; il peut aussi s'agir de l'une de ses anciennes relations. » Devant l'air intrigué de Brunetti, elle ajouta : « Vous voyez, il avait des amis puissants à l'époque de la guerre, et certains sont restés des hommes de pouvoir.

— Les rumeurs qui le concernent sont donc vraies ?

— Je ne le sais pas. Avant notre mariage, il m'a dit que ce n'était qu'un ramassis de mensonges, et je l'ai cru. Mais aujourd'hui… » Elle dit cela d'un ton amer, puis s'obligea à revenir à ses explications. « J'ignore donc où il se l'est procuré, mais en tout cas, ce n'était certainement pas un problème pour lui. » Elle avait retrouvé son petit sourire triste. « J'aurais aussi pu m'en procurer, et il le savait.

— Ah oui ? Et comment ?

— Nous ne sommes pas venus ici en même temps. Nous ne voulions plus voyager ensemble. Je me suis arrêtée deux jours à Heidelberg, pour voir mon ancien mari. » Qui, se souvenait Brunetti, enseignait la pharmacologie.

« Le maestro le savait-il ? »

Elle acquiesça.

« Mon ancien mari et moi sommes restés en bons termes, et nous avons encore des biens en commun.

— Lui avez-vous parlé de ce qui est arrivé ?

— Bien sûr que non ! s'exclama-t-elle, élevant la voix pour la première fois.

— Où l'avez-vous rencontré ?

— À l'université. À son laboratoire, exactement. Il travaille sur un nouveau médicament censé diminuer les symptômes de la maladie de Parkinson. Il m'a fait visiter les installations, puis nous sommes allés déjeuner ensemble.

— Le maestro l'a-t-il su ? »

Elle haussa les épaules.

« Je ne m'en souviens plus. J'ai très bien pu le lui dire C'est même vraisemblable. Nous avions les plus grandes difficultés à trouver un sujet de conversation. Celui-ci était neutre, et nous avons dû être contents de l'avoir.

— Vous dites que vous n'avez plus jamais évoqué ce qui s'est passé. Mais avez-vous parlé de l'avenir ? De ce que vous alliez faire ?

— Non, pas directement.

— C'est-à-dire ?

— Un jour, je suis rentrée au moment où il partait pour une répétition. Il m'a dit : “Attends après *La Traviata*.” J'ai cru qu'il voulait dire que nous déciderions alors de ce que nous allions faire. De toute façon, j'étais déjà déterminée à le quitter. J'avais écrit à deux hôpitaux, l'un à Budapest et l'autre à Augsburg, et j'avais demandé à mon premier mari s'il ne pourrait pas m'aider à trouver un poste. »

D'une manière ou d'une autre, se rendit compte Brunetti, elle était piégée. Des preuves existaient qu'elle avait envisagé la séparation dès avant la mort de Wellauer. Maintenant qu'elle était veuve, elle se retrouvait à la tête d'une fortune énorme. Et même si ce qui s'était passé entre Wellauer et Alexandra était rendu public, on avait la preuve qu'en venant à Venise, elle s'était arrêtée en chemin pour parler au père de l'enfant — un homme qui pouvait très certainement se procurer sans problème le poison qui avait tué le maestro.

Aucun juge italien ne condamnerait une femme pour ce qu'elle avait fait, une fois expliqué ce qui était arrive à sa fille. Étant donné les preuves dont disposait Brunetti — le témoignage de Santina sur sa sœur, les entretiens avec les médecins, jusqu'au suicide de sa deuxième femme intervenu à une époque où leur fille avait douze ans —, pas un tribunal en Italie ne l'accuserait d'assassinat. Cependant, tout cela dépendrait du témoignage de l'adolescente montée en graine, de la gamine qui n'aimait que les chevaux et était encore une enfant.

Le policier était convaincu que jamais cette femme n'accepterait que soit produit ce témoignage, quelles qu'en soient les conséquences pour elle-même. Lui-même, d'ailleurs, refuserait aussi d'avoir recours à cette procédure.

Et sans le témoignage de la jeune fille ? Il y avait la froideur évidente de leurs rapports, depuis quelques temps ; la facilité avec laquelle elle aurait pu se procurer du poison ; sa présence dans la loge ce soir-là, en contradiction flagrante avec ce qui était leurs habitudes. Tout cela avait l'apparence de la vérité. Si elle était seulement accusée de lui avoir administré les antibiotiques qui, elle le savait, détruiraient son ouïe, elle échapperait à l'accusation de meurtre, mais ce scénario ne pouvait marcher que si le nom de sa fille était mentionné. Et il savait que c'était exclu.

« Avant sa mort, avant que rien de tout cela ne se produise, demanda-t-il en lui laissant le soin d'interpréter ce *tout cela*, votre mari vous a-t-il jamais parlé de son âge ? Craignait-il le déclin physique ? »

Elle garda longtemps le silence, intriguée par le manque d'à-propos apparent de la question.

« Oui, c'est arrivé. Nous avons dû en parler une ou deux fois. Un jour, où nous avions tous un peu bu, nous avons même évoqué ce problème avec Erich et Hedwig.

— Et qu'a-t-il dit ?

— C'est Erich qui l'a mis sur le tapis, si je me rappelle

bien. Il a déclaré que si un jour il ne pouvait plus travailler — non seulement ne plus exercer la chirurgie, mais s'il n'était plus lui-même, même pas capable de soigner les gens —, eh bien, qu'il était médecin, et qu'il savait comment s'y prendre.

« Il était très tard, et nous étions tous très fatigués. C'est peut-être pour cette raison que la conversation avait pris un tour aussi sérieux. Helmut lui a répondu qu'il le comprenait parfaitement et qu'il ferait la même chose.

— Pensez-vous que le docteur Steinbrunner se souvienne de cette conversation ?

— Probablement. Elle ne remonte qu'à l'été dernier. Le soir de notre anniversaire de mariage.

— Votre mari a-t-il ajouté quelque chose de plus précis ? » Avant qu'elle ait eu le temps de répondre, il ajouta : « Alors que vous n'étiez pas tout seuls ?

— Vous voulez dire… devant témoin ? »

Il acquiesça.

« Non, pour autant que je m'en souvienne. Mais la conversation était tellement sérieuse, ce soir-là, que le sens de leurs paroles ne faisait aucun doute.

— Vos amis se les rappelleront-ils en leur donnant la même interprétation que vous ?

— Oui, il me semble. Je crois qu'il n'approuvait pas le fait que je sois la femme de Helmut. » Soudain, elle leva sur lui des yeux agrandis par une expression d'horreur. « Vous pensez qu'ils étaient au courant ? »

Brunetti secoua négativement la tête, espérant l'assurer ainsi que non, ils ne savaient pas, n'auraient pu savoir quelque chose d'aussi terrible et garder le silence. Il n'avait cependant aucune raison de le croire. Au lieu de cela, il louvoya : « Vous rappelez-vous d'autres circonstances où votre mari aurait évoqué ce sujet ?

— Oui. Dans les lettres qu'il m'a envoyées avant notre mariage.

— Qu'y disait-il ?

— Il plaisantait, essayait de minimiser le problème de la différence d'âge. Il écrivait que je ne me retrouverais jamais avec un mari affaibli, cacochyme, qu'il y veillerait.

— Avez-vous encore ces lettres ? »

Elle inclina la tête et répondit, d'une voix retenue : « Oui. J'ai encore tout ce qu'il m'a donné, y compris ces lettres.

— Je n'arrive toujours pas à comprendre comment vous avez pu faire cela, observa le policier — à son ton, on comprenait qu'il n'était ni choqué ni scandalisé, mais simplement intrigué.

— Je n'arrive plus à le comprendre moi-même. J'y ai tellement réfléchi depuis que j'ai certainement dû m'inventer de nouvelles raisons, de nouvelles justifications. Pour le punir ? Ou bien peut-être voulais-je l'affaiblir de telle manière qu'il devienne totalement dépendant de moi... ou encore, peut-être, je soupçonnais que cela l'obligerait à faire ce qu'il a fait. Je ne le sais tout simplement plus, et je crois que je ne le comprendrai plus jamais. » Il croyait qu'elle avait terminé, mais elle ajouta, d'une voix glaciale : « Je suis contente de l'avoir fait, et je le referais si c'était à refaire. »

Brunetti détourna les yeux. N'étant pas avocat, il ignorait comment classer ce type de crime. Coups et blessures ? Vol ? Si on dérobe son ouïe à quelqu'un, quelle est la nature d'un tel vol ? Et le crime est-il aggravé si l'ouïe est pour la victime plus importante que pour toute autre personne ?

« Pensez-vous, signora, qu'il vous a invitée à le rejoindre en coulisses pour laisser croire que c'était vous qui l'aviez empoisonné ?

— Je ne saurais dire, mais ce n'est pas impossible. Il croyait à la justice. Mais si c'est ce qu'il a voulu faire, il aurait pu s'y prendre d'une manière qui aurait été bien pire pour moi. J'y ai repensé, depuis... Peut-être a-t-il agi ainsi pour que je ne sois jamais sûre de ce qu'avaient été ses intentions. Et de cette façon, il n'aurait pas été responsable de ce qui aurait pu m'arriver. » Elle esquissa un sourire. « C'était un personnage très complexe. »

Brunetti s'inclina vers elle et lui posa une main sur le bras.

« Signora, écoutez très attentivement. Je vais vous dire

ce qui s'est passé pendant cette entrevue. » Il avait pris sa décision. Il avait pensé à la petite Chiara, et tranché. « Nous avons parlé de la manière dont votre mari vous avait confié son angoisse devant la surdité qui le gagnait. »

Surprise, elle voulut protester.

« Mais… »

Il la coupa avant qu'elle ait pu ajouter autre chose.

« Comment il vous a révélé qu'il devenait sourd, et à quel point cette perspective le terrifiait. Qu'il en avait tout d'abord parlé à son ami Erich puis à un médecin de Padoue, et que les deux spécialistes lui avaient confirmé le diagnostic. Ce qui explique son comportement à Venise, son état dépressif manifeste. Vous m'avez dit aussi que vous avez commencé à craindre qu'il ne mette fin à ses jours lorsqu'il prendrait conscience que sa carrière était terminée, qu'il n'avait plus aucun avenir comme musicien. »

Son ton de voix trahissait la fatigue qu'il ressentait.

Comme elle essayait de nouveau de protester, il lui dit seulement : « La seule personne qui aurait à souffrir de la vérité, signora, est aussi la seule à être innocente. »

La justesse de cette remarque la réduisit au silence.

« Comment dois-je m'y prendre ? »

Il n'avait aucune idée des conseils qu'il fallait lui donner : c'était bien la première fois qu'il aidait un criminel à inventer un alibi ou à travestir les preuves d'un crime.

« L'important, c'est que vous m'avez parlé de sa surdité. Tout le reste en découle. » Elle le regarda, toujours intriguée, et il se mit à lui parler comme à un enfant obtus qui refuse de comprendre. « Vous m'avez parlé de cette surdité la deuxième fois que nous nous sommes vus, c'est-à-dire à ma première visite ici-même. Vous m'avez dit qu'il avait de sérieux problèmes d'ouïe et qu'il en avait fait part à son ami Erich. » Elle voulait encore protester ; il avait envie de la secouer pour la tirer de sa torpeur. « Il vous a aussi dit qu'il avait été consulter un autre médecin. Tout ceci figurera dans mon rapport.

— Pourquoi le faites-vous ? » demanda-t-elle finalement.

Il eut un geste d'agacement, mais elle répéta sa question.

« Pourquoi le faites-vous ?

— Parce que vous ne l'avez pas tué.

— Et le reste ? Ce que je lui ai fait ?

— Il n'y a aucun moyen de vous punir pour cela sans punir votre fille bien plus encore. »

Frappée par cette remarque, elle grimaça.

« Qu'est-ce que je dois faire d'autre ? voulut-elle savoir, enfin obéissante.

— Pour l'instant, je ne sais pas trop. Rappelez-vous simplement que c'est lors de notre premier entretien dans cet appartement que nous en avons parlé. »

Elle fut sur le point de dire quelque chose, puis se ravisa.

« Quoi ? demanda-t-il.

— Non, rien. »

Il se leva brusquement, se sentant tout d'un coup mal à l'aise d'être assis ici, à comploter.

« Dans ce cas, c'est tout. Je suppose qu'il vous faudra témoigner devant le juge d'instruction, quand il prendra l'enquête.

— Serez-vous présent ?

— Oui. Le ministère public aura eu mon rapport entre-temps. J'y donnerai mon opinion.

— Et quelle sera-t-elle ?

— La vérité, signora. »

C'est d'une voix calme qu'elle lui répondit.

« Je ne sais plus ce qu'elle est.

— Je dirai au juge que mon enquête a révélé que votre mari s'est suicidé lorsqu'il s'est rendu compte qu'il devenait sourd. Ce qui est l'exacte vérité.

— Oui, dit-elle en écho, ce qui est l'exacte vérité. »

Il la laissa seule dans la pièce où elle avait fait la dernière piqûre à son mari.

25

À HUIT HEURES le lendemain matin, exactement comme il en avait reçu l'ordre, Brunetti déposa son rapport sur le bureau du vice-questeur Patta. Le document y resta jusqu'à l'arrivée du cavaliere, c'est-à-dire jusqu'à onze heures passées de quelques minutes. Lorsque, après avoir rappelé les personnes qui lui avaient laissé un message et feuilleté les journaux financiers, le vice-questeur se donna la peine de le lire, il le trouva à la fois intéressant et éclairant :

Le résultat de mes investigations me conduit à conclure que le maestro Helmut Wellauer a mis fin à ses jours à cause d'une surdité de plus en plus importante.

1. Au cours des derniers mois, son ouïe s'est détériorée au point d'être réduite à quarante pour cent d'une ouïe normale. (Voir entretiens ci-joints avec les docteurs Steinbrunner et Treponti, rapport médical de Treponti.)

2. Cette perte de l'audition s'est traduite par une incapacité de plus en plus grande à diriger des musiciens. (Voir entretiens ci-joints avec le professeur Rezzonico et le signor Traverso.)

3. Le chef d'orchestre était dans un état dépressif manifeste. (Voir entretiens ci-joints avec la signora Wellauer et la signora Breddes.)

4. Il lui était facile de se procurer le poison utilisé. (Voir entretiens ci-joints avec la signora Wellauer et le docteur Steinbrunner.)

5. Il avait déclaré être partisan du suicide, au cas où il en arriverait à ne plus pouvoir exercer son métier de chef d'orchestre. (Voir entretien téléphonique ci-joint avec le docteur Steinbrunner, correspondance à suivre.)

Étant donné l'importance et la concordance de toutes ces informations, à quoi il faut ajouter l'exclusion logique des suspects qui auraient pu avoir une raison ou une occasion de commettre un crime, je ne peux tirer qu'une seule conclusion : le maestro Wellauer a eu recours au suicide pour échapper à la surdité.

Respectueusement soumis
Guido Brunetti
Commissaire de police

« Tel a été mon sentiment dès le début, évidemment, dit Patta, lorsque Brunetti se fut rendu au bureau de son supérieur, à la requête de ce dernier, pour discuter de l'affaire. Mais j'ai préféré n'en rien dire et vous laisser aborder l'enquête sans préjugés.

— C'était très généreux de votre part, monsieur, et très fin. »

Brunetti se mit à étudier la façade de San Lorenzo, dont une partie était visible au-dessus de l'épaule du vice-questeur.

« Il était impensable que quelqu'un aimant la musique puisse commettre un acte pareil. » Et il était évident que Patta se considérait comme appartenant à ce groupe. « Sa femme déclare ici..., continua-t-il en consultant le rapport. (Brunetti reporta son attention, cette fois, sur l'épingle ornée d'un petit diamant en forme de rose qui retenait la cravate rouge de Patta.) qu'il était visiblement perturbé. » Cette citation convainquit Brunetti que son supérieur avait lu le rapport, événement plus que rarissime. « Aussi révoltant que soit le comportement de ces deux femmes, ajouta le cavaliere avec une petite moue de dégoût pour quelque chose qui ne figurait pourtant pas dans le rapport, elles n'ont guère, ni l'une ni l'autre, le profil psychologique de meurtrières. » Remarque à interpréter comme on voulait. « Quant à la veuve, impossible, même si c'est une étrangère. » Puis, bien que Brunetti ne lui ait nullement demandé de préciser sa pensée, Patta ajouta : « Jamais une mère n'aurait pu faire un telle chose de sang-froid. Elles ont un instinct en elle qui les en empêche. » Il sourit devant la pertinence de son analyse et Brunetti sourit aussi, ravi d'en avoir eu la primeur. « Je déjeune avec le maire, aujourd'hui, enchaîna le vice-questeur d'un ton négligent qui reléguait ce fait au rang d'événement quotidien des plus ordinaires. Je vais lui présenter les résultats de notre enquête. » Cette première personne du pluriel allait sans aucun doute laisser la place, dès l'heure du déjeuner, non seulement au singulier, mais encore à la première personne.

« Ce sera tout, monsieur ? » demanda poliment Brunetti.

Patta, qui paraissait vouloir apprendre le rapport par cœur, leva les yeux.

« Oui, oui, ce sera tout.

— Et le parquet ? L'informerez-vous vous-même ? demanda le commissaire, avec l'espoir que le vice-questeur y tiendrait, conférant ainsi le poids de son autorité à toute recommandation de ne pas poursuivre qui serait faite au ministère public.

— Oui, je m'en chargerai. »

Brunetti comprit, à voir l'expression de Patta, que celui-ci envisageait la possibilité d'inviter le procureur général à déjeuner avec le maire, puis y renonçait.

« Je m'en occuperai en revenant du déjeuner avec son Honneur. »

Ce qui, songea Brunetti, lui ferait deux scènes à jouer au lieu d'une. Le commissaire se leva.

« Dans ce cas, je retourne à mon bureau, monsieur.

— Oui, oui, marmonna Patta d'un ton absent, absorbé par ce qu'il lisait. Et au fait, Brunetti, reprit-il dans le dos de son subordonné.

— Oui, monsieur ? »

Brunetti se retourna ; il souriait tout en se posant les conditions du pari du jour.

« Merci pour votre aide.

— Il n'y a pas de quoi, monsieur. »

Une douzaine de roses feraient l'affaire.

Sept mois plus tard, une lettre adressée à Brunetti arriva à la questure. Son attention fut attirée par les timbres, deux rectangles lilas encadrés d'une calligraphie délicate et au bas desquels on lisait : *People's Republic of China*. Il ne connaissait pourtant personne en Chine.

Aucune adresse d'expéditeur ne figurait sur l'enveloppe. Il l'ouvrit, et il en tomba la photo polaroïd d'une couronne ornée de bijoux. On en évaluait mal l'échelle, mais si elle était faite pour une tête humaine, certaines des pierres qui l'ornaient avaient la taille d'œufs de pigeon. Des rubis ? Aucune autre, se dit-il, n'aurait pu avoir cette couleur de sang. Celle du milieu, massive et taillée grossièrement, ne pouvait être qu'un diamant.

Il retourna la photo et lut : *Voici un exemple de la beauté à laquelle je suis retournée*. Et c'était signé, *B. Lynch*. Aucun autre message, rien d'autre dans l'enveloppe.

DU MÊME AUTEUR

Toutes les enquêtes
du commissaire Brunetti
en Points

Mort en terre étrangère

Un Vénitien anonyme

Le Prix de la chair

Entre deux eaux

Péchés mortels

Noblesse oblige

L'Affaire Paola

Des amis haut placés

Mortes-eaux

Une question d'honneur

Le Meilleur de nos fils

Dissimulation de preuves

De sang et d'ébène

Requiem pour une cité de verre

Le Cantique des innocents

La Petite Fille de ses rêves

La Femme au masque de chair

Brunetti et le mauvais augure

IMPRESSION : CPI BRODARD ET TAUPIN À LA FLÈCHE
DÉPÔT LÉGAL : JUIN 2014. N° 113800 (3006012)
IMPRIMÉ EN FRANCE